Bernhard Hennen, né en 1966, est l'auteur d'une vingtaine de romans historiques et de Fantasy. Sa série sur les elfes l'a promu au rang des auteurs de Fantasy les plus connus en Allemagne et rencontre un succès international.

Des mêmes auteurs, aux éditions Bragelonne,
en grand format :

Les Elfes – L'Intégrale

Aux éditions Bragelonne,
au format poche :

Les Elfes :
1. *La Chasse des elfes*
2. *Étoiles d'Albes*
3. *Pierres d'Albes*

Ce livre est également disponible
au format numérique

www.bragelonne.fr

Bernhard Hennen
& James Sullivan

La Chasse des elfes

Les Elfes – 1

Traduit de l'allemand par Nelly Lemaire

Bragelonne

Collection dirigée par Stéphane Marsan et Alain Névant

Titre original : *Die Elfen*

Cet ouvrage a été proposé à l'éditeur français
par l'agence EDITIO DIALOG, Michael Wenzel, Lille.

Carte :
Cédric Liano d'après la carte originale de Dirk Schulz

ISBN : 979-10-281-0862-5

Bragelonne
60-62, rue d'Hauteville – 75010 Paris

E-mail : info@bragelonne.fr
Site Internet : www.bragelonne.fr

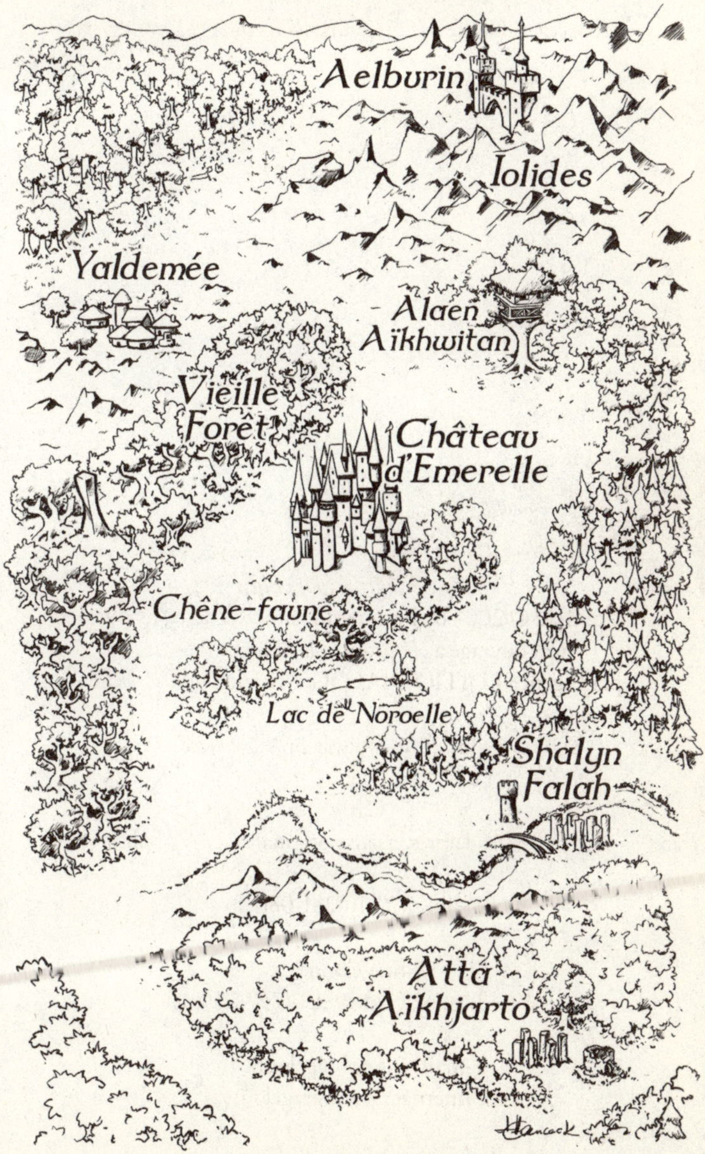
Aelburin
Iolides
Yaldemée
Alaen
Aïkhwitan
Vieille
Forêt
Château
d'Emerelle
Chêne-faune
Lac de Noroelle
Shalyn
Falah
Atta
Aïkhjarto
Hancock

Par la forêt, au clair de lune,
J'ai vu les elfes chevaucher ;
J'ai entendu leurs cors sonner
Et leurs petits grelots tinter.

Leurs blancs petits coursiers portaient
Des bois en or ; cygnes sauvages,
Ils défilaient puis s'en allaient,
Fendant les airs, à tire d'aile.

En s'en allant, dans un sourire,
La reine pencha sa tête vers moi.
Promesse d'un nouvel amour
Ou annonce de mort prochaine.

Heinrich Heine

L'HOMME-SANGLIER

Au centre de la clairière, un élan mort gisait dans la neige, ses chairs déchirées encore fumantes. Mandred et ses trois compagnons comprirent qu'ils venaient d'effrayer le chasseur. L'animal avait le corps couvert de traces sanglantes, son crâne était brisé. Mandred ne connaissait aucune bête chassant dans la seule intention de manger la cervelle de sa proie. Un bruit sourd le fit se retourner : au bord de la clairière, la neige tombait en paquets d'un grand pin. L'air était empli de fins cristaux de glace. Méfiant, Mandred scruta le sous-bois. La forêt avait retrouvé son calme. Au-dessus des cimes, la lueur verte des fées dansait dans le ciel. Ce n'était pas une nuit pour entrer dans la forêt !

— Juste une branche qui a cédé, dit le blond Gudlef tout en époussetant sa cape alourdie par la neige. Allez, ne fais pas ces yeux de chien fou ! Tu verras, si ça se trouve, nous ne suivons qu'une meute de loups.

L'inquiétude les avait gagnés tous les quatre. Chacun d'eux pensait au vieil homme qui les avait avertis de la présence d'une bête féroce descendue des montagnes. N'étaient-ce que divagations proférées dans un accès de fièvre ? Mandred était le jarl de Firnstayn, une petite localité au bord du fjord, derrière la forêt. Il avait pour devoir d'écarter tout danger menaçant son village. Le vieillard avait tant insisté, qu'il s'était senti obligé de le croire. Cependant…

Lors des hivers précoces et froids comme celui-ci, où le ciel vibrait de la lueur verte des fées, les enfants d'albes s'introduisaient dans le Monde des Humains. Mandred le savait, tout comme ses compagnons.

Asmund avait encoché une flèche sur son arc et il clignait nerveusement des yeux. Ce grand rouquin était plutôt taciturne. Il était arrivé à Firnstayn deux ans auparavant. Le bruit courait qu'il avait été, dans le Sud, un voleur de bétail notoire et que le roi Horsa avait mis sa tête à prix. Mandred n'en avait cure : Asmund était un bon chasseur qui rapportait beaucoup de viande au village. Ceci comptait plus que n'importe quels racontars.

Mandred connaissait Gudlef et Ragnar depuis l'enfance. Ils étaient pêcheurs, tous les deux. Gudlef était un solide gaillard, fort comme un ours. Toujours de bonne humeur, il ne manquait pas d'amis, même s'il passait pour être un peu simplet. Ragnar était petit ; sa taille et ses cheveux noirs le distinguaient des grands habitants, le plus souvent blonds, du Pays des Fjords. Parfois on le raillait pour cela et, dans son dos, on le disait fils de kobold. Une pure absurdité. Ragnar était un homme qui avait le cœur à la bonne place. Quelqu'un sur qui l'on pouvait toujours compter !

Nostalgique, Mandred pensait à Freya, sa femme. Il se l'imaginait en ce moment, assise près du feu, prêtant l'oreille aux bruits de la nuit. Il avait emporté sa corne. Un coup pour signaler un danger, deux coups pour annoncer au village que rien ne menaçait au dehors et que les chasseurs prenaient le chemin du retour.

Asmund avait abaissé son arc ; il posa un doigt sur ses lèvres et leva la tête en reniflant, comme un chien de chasse. Mandred l'imita. Une odeur étrange flottait dans la clairière. Une pestilence d'œufs pourris.

— C'est peut-être un troll, chuchota Gudlef. On dit qu'ils quittent les montagnes, par les hivers froids. Un troll pourrait bien abattre un élan d'un coup de poing.

Asmund lui jeta un regard sombre et lui fit signe de se taire. Les arbres craquaient doucement dans le froid. Mandred se sentait observé. Quelque chose était là, tout près.

Soudain, les noisetiers s'écartèrent ; deux ombres blanches filèrent dans la clairière, à grands coups d'ailes. D'instinct, Mandred avait brandi sa lance, il soupira de soulagement. Ce n'étaient que deux perdrix des neiges !

Pourtant, quelque chose avait dû les effaroucher. Ragnar pointa son arc sur les noisetiers ; le jarl abaissa son arme, l'estomac noué.

Le monstre était-il tapi là, à les épier ? Ils attendirent en silence.

Une éternité ou presque… mais rien ne bougea. Ils s'étaient déployés tous les quatre, en demi-cercle autour du bosquet. La tension devenait insupportable. Mandred sentait la sueur lui glacer le dos. Le chemin était long pour rentrer au village. Si ses vêtements trempés de sueur ne le protégeaient plus du froid, il leur faudrait dresser un campement et allumer un feu.

Le gros Gudlef s'agenouilla et planta sa lance dans le sol. Il gratta ensuite la neige fraîche, en fit une boule, puis chercha l'approbation de Mandred. Le jarl hocha la tête. La boule de neige s'envola vers le buisson. Mais rien ne bougea. Leur peur avait prêté vie aux ombres de la nuit.

Mandred sourit de soulagement.

— Il n'y a rien ici. La charogne qui a déchiré cet élan est déjà loin.

— Vous parlez d'une troupe de chasseurs ! ironisa Ragnar. D'ici peu, un pet de lapin nous fera détaler.

Gudlef se leva et prit sa lance.

— Allez, moi, j'embroche les ombres !

En riant, il donna des coups de pique dans le buisson.

Brusquement, il fut happé vers l'avant. Une grande main armée de griffes avait empoigné son épieu. Gudlef poussa un cri perçant qui s'acheva dans un gargouillis. Le solide guerrier recula en vacillant, les deux mains pressées sur sa gorge. Le sang giclait entre ses doigts et coulait sur son pourpoint en peau de loup.

Une énorme silhouette, mi-homme, mi-sanglier, émergea du taillis. Sa tête de sanglier était si lourde que la créature se tenait penchée en avant, ce qui ne l'empêchait pas de se dresser à plus de six pieds de haut. La bête avait un corps de géant ; ses épaules et ses bras étaient bardés de muscles noueux. Ses mains se terminaient par de sombres griffes. Ses jambes anormalement minces étaient couvertes de soies noires. Des sabots fendus lui tenaient lieu de pieds.

L'homme-sanglier poussa un sourd grognement. Ses défenses, longues comme des dagues, sortaient de sa gueule. Il dévorait Mandred des yeux.

Asmund brandit son arc et décocha une flèche. Elle atteignit le monstre à la tête et fit une profonde entaille rouge. Mandred serra plus fort sa lance.

Gudlef plia les genoux et chancela avant de s'effondrer. Ses mains crispées se détendirent. Le sang coulait toujours de sa gorge, et ses jambes robustes tressautèrent une dernière fois.

Pris d'une rage aveugle, Mandred se rua en avant et planta sa lance dans le poitrail de l'homme-sanglier. Il eut alors l'impression de heurter un rocher. La pointe ripa sur la créature sans la blesser. Une main griffue s'empara de la lance et la mit en pièces.

Ragnar attaqua le monstre par le flanc pour créer une diversion. Mais sa lance se montra tout aussi inefficace.

Mandred se laissa tomber dans la neige et tira une hache de sa ceinture. C'était une bonne arme, à la lame étroite et bien acérée. Le jarl frappa de toutes ses forces dans les jarrets de l'homme-sanglier. Le monstre gronda, baissa sa hure massive et fonça sur le guerrier. Une défense atteignit Mandred à la cuisse, lui déchira les muscles et fit voler en éclats la corne de chasse cerclée d'argent qu'il portait à la ceinture. L'homme-sanglier rejeta la tête en arrière et propulsa Mandred dans les noisetiers.

À moitié assommé de douleur, celui-ci pressa sa blessure d'une main, tout en déchirant de l'autre une bande d'étoffe de son manteau. Il la bourra vite dans la plaie béante et retira ensuite sa ceinture pour garrotter sa jambe du mieux possible.

La clairière résonnait de cris perçants. Mandred cassa une branche et l'introduisit dans sa ceinture. Puis il serra la lanière de cuir autour de sa cuisse et la tendit comme un cercle de tonneau. Il manqua de défaillir de douleur.

Le silence était revenu dans la clairière. Prudemment, Mandred écarta les branches du fourré. Ses camarades gisaient sans vie dans la neige. L'homme-sanglier, penché sur Ragnar, lui labourait la poitrine de ses défenses. La hache de Mandred se trouvait tout près de la bête. Tout en lui le poussait à attaquer hardiment ce monstre, armé ou non. Quel déshonneur de fuir un combat ! Mais il aurait été stupide de se lancer dans une lutte sans espoir. En tant que jarl, il avait la responsabilité de son village. Il devait alerter ceux qui étaient encore en vie.

Pourtant, il ne serait pas si simple de retourner à Firnstayn. Sa trace conduirait le monstre directement au village. Il devait trouver un autre moyen de les avertir.

Pouce après pouce, à reculons, Mandred quitta le buisson en rampant. À chaque craquement de branche, son cœur s'arrêtait presque. Mais la bête ne se souciait pas de lui. Accroupie dans la clairière, elle s'adonnait à son terrifiant repas.

Une fois sorti du taillis, Mandred osa se redresser à moitié. Une douleur fulgurante parcourut sa jambe. Il tâta les lambeaux d'étoffe. Des croûtes s'y formaient. Combien de temps tiendrait-il encore dans le froid ?

Le jarl boita jusqu'à la lisière du bois. Arrivé là, il regarda la falaise et son sommet sombre qui dominait le fjord. Là-haut, il y avait un cercle de pierres très ancien.

Et, tout à côté, un tas de bois prêt pour le feu de signal. S'il pouvait l'allumer, le village serait averti. Mais il lui faudrait parcourir plus d'une lieue pour l'atteindre.

Mandred longea l'orée du bois ; la neige fraîche ralentissait sa marche. D'un regard angoissé, il balaya le vaste champ de neige qui s'élevait en pente douce. Là-bas, impossible de se mettre à couvert, et le large sillon qu'il laisserait dans la neige ne passerait pas inaperçu.

Épuisé, il s'adossa au tronc d'un vieux tilleul pour rassembler ses forces. Si seulement il avait prêté foi aux paroles du vieil homme ! Ils l'avaient trouvé un jour devant la palissade qui protégeait le village. Le pauvre bougre, transi de froid, était sur le point de passer de vie à trépas. Dans son délire, il avait parlé d'un sanglier venu des lointaines montagnes du Nord pour semer ruine et désolation dans le Pays des Fjords. Un mangeur d'hommes ! Le vieillard aurait-il parlé de trolls surgis des profondeurs de la montagne, de féroces kobolds teintant leurs bonnets de laine en le trempant dans le sang des guerriers tombés au combat, ou de la Chasse des elfes et de ses loups blancs, Mandred l'aurait cru. Mais un sanglier qui se tenait debout et dévorait les hommes… Jamais encore, il n'avait entendu parler d'une telle créature ! Ils avaient eu vite fait de mettre les dires du vieillard sur le compte du délire causé par la fièvre.

Ensuite, la nuit de mi-hiver était arrivée. L'étranger avait fait venir Mandred à son chevet. Il n'avait pu mourir en paix tant que le jarl ne lui avait pas juré de partir sur la trace du monstre et d'alerter les autres villages au bord du fjord. Mandred n'avait toujours pas été convaincu, mais son honneur lui imposait de ne pas prendre un serment à la légère. Alors, il s'était mis en route…

Si seulement ils s'étaient montrés plus prudents !

Mandred inspira profondément, puis il s'engagea sur le champ de neige, en traînant la jambe. Il ne la sentait plus. Au moins, le froid avait-il quelque chose de bon : sa plaie ne le faisait plus souffrir. Mais ce poids mort lui compliquait la marche. Il n'arrêtait pas de trébucher. Moitié rampant, moitié marchant, il se battait pour avancer. Il n'entendait toujours pas l'homme-sanglier. Avait-il terminé son effroyable repas ?

Il finit par atteindre un vaste champ d'éboulis. Une carrière s'était effondrée là, l'automne précédent. Le sous-sol perfide se trouvait maintenant caché sous un épais manteau de neige. Mandred respirait par à-coups. Son souffle s'élevait en volutes qui givraient instantanément sa barbe. Maudit froid !

Le jarl pensa à l'été précédent. Il était parfois venu ici avec Freya. Allongés dans l'herbe, ils avaient contemplé le ciel étoilé. Il s'était vanté devant elle de ses aventures de chasse et lui avait raconté comment il avait accompagné le roi Horsa Louréku dans son expédition guerrière aux côtes de Fargon. Freya l'avait écouté patiemment et s'était quelquefois gentiment moquée de lui en l'entendant un peu trop enjoliver ses exploits. Elle pouvait avoir la langue aussi acérée qu'un couteau ! Mais ses baisers… Non, ne pas y penser ! Il ravala difficilement sa salive. Bientôt, il serait père. Mais il ne verrait jamais son enfant. Serait-ce un garçon ?

Pour reprendre son souffle, Mandred prit appui contre une grosse roche. Il avait déjà parcouru la moitié du chemin. Il regarda la forêt derrière lui. La verte lueur des fées ne parvenait pas à en percer l'obscurité, mais ici, sur ce versant de la falaise, il faisait aussi clair que par une nuit de pleine lune.

Alors que la plupart des hommes des Pays du Nord en avaient peur, il avait toujours aimé ce genre de nuit, où il croyait voir dans le ciel des voiles tissés en clair d'étoiles.

Certains prétendaient que les elfes se cachaient dans cette lumière quand, par les nuits d'hiver, ils partaient à la chasse en chevauchant le ciel cristallin. Mandred sourit. Freya aurait trouvé plaisir à cette image. Les soirs d'hiver, assise auprès du feu, elle aimait écouter les conteurs évoquer les trolls des montagnes lointaines et les elfes au cœur froid comme les étoiles hivernales.

Un mouvement en lisière de la forêt tira Mandred de ses pensées. L'homme-sanglier ! La bête avait donc suivi sa trace. Tant mieux : chaque pas vers le haut l'éloignait du village. Il fallait juste tenir… Libre à ce monstre, ensuite, de lui déchirer la poitrine et de dévorer son cœur, si le guerrier parvenait à allumer le feu de signal !

Mandred se détacha de la roche et trébucha. Ses pieds ! Ils… ils étaient encore là, mais il ne les sentait plus. Il n'aurait pas dû s'arrêter ! Quelle stupidité ! N'importe quel enfant savait qu'une halte, par ce froid, pouvait entraîner la mort.

Mandred regarda désespérément ses pieds. Gelés et totalement insensibles, ils ne l'avertiraient plus des éboulis dangereux. Les traîtres ! Ils étaient passés à l'ennemi qui voulait l'empêcher d'allumer le feu.

Le jarl éclata de rire. D'un rire sans joie. Ses pieds l'avaient trahi. Quelle idiotie ! Voilà qu'il perdait la raison. Ses pieds n'étaient que de la chair morte, tout comme le bonhomme tout entier ne serait bientôt plus que de la chair morte. Furieux, il donna un coup de pied dans le rocher. Rien ! Comme si ses pieds n'existaient pas. Mais il pouvait marcher ! C'était juste une question de volonté. Toutefois, il lui fallait faire très attention aux endroits où il marchait.

Inquiet, il jeta un coup d'œil derrière lui. L'homme-sanglier traversait maintenant le champ de neige. Il n'avait pas l'air de se hâter. Savait-il que ce chemin était le seul qui menait à la falaise ? Mandred ne pourrait plus lui échapper désormais. Mais il n'en avait même pas l'intention. S'il parvenait à donner l'alarme, tout le reste lui serait égal !

Un bruit le fit sursauter : la bête poussait un long grognement. Mandred eut l'impression que l'homme-sanglier le regardait droit dans les yeux. Naturellement, c'était impossible à cette distance, et pourtant… Il sentit comme un souffle d'air froid glacer son cœur.

Le jarl pressa le pas. Surtout conserver son avance ! Il lui faudrait un peu de temps pour allumer le feu. Il haletait comme un soufflet de forge. L'air qu'il expirait produisait un cliquetis, comme celui des glaçons s'entrechoquant dans les cimes des sapins, mais en plus léger. Le baiser de la fée des glaces ! Un conte pour enfants lui revint en mémoire. Il disait que la fée des glaces était invisible et qu'elle se promenait dans le Pays des Fjords par les nuits d'un froid tel qu'il en gelait même la lumière des étoiles. Quand elle s'approchait, elle faisait disparaître la vapeur de la respiration et un léger cliquetis résonnait dans l'air. Si elle venait à toucher de ses lèvres le visage d'un promeneur, il succombait à ce baiser. Était-ce pour cette raison que l'homme-sanglier hésitait tant à s'approcher ?

Mandred regarda encore par-dessus son épaule. La bête semblait avancer facilement dans la neige profonde. En fait, elle aurait dû le rattraper bien plus vite. Pourquoi jouait-elle avec lui comme le chat avec la souris ?

Mandred dérapa ; sa tête heurta violemment un rocher, mais il ne ressentit aucune douleur. Il passa ses moufles en cuir sur son front. Des gouttes de sang foncé en dégoulinèrent. Il fut pris de vertige. Il ne manquait plus que ça ! Acculé, il se retourna. L'homme-sanglier s'était arrêté : la hure rejetée en arrière, il levait les yeux vers lui.

Mandred n'arrivait plus à se redresser. Quel imbécile ! Quelle idée de regarder derrière soi, tout en continuant à marcher ! De toutes ses forces, il tenta de se relever. Mais ses jambes à demi gelées lui refusaient tout service. Il lui aurait fallu l'aide d'un gros rocher pour prendre appui. À présent, il devait ramper. Quelle humiliation ! Lui, Mandred Torgridson, le guerrier le plus vaillant du fjord, fuyait à plat ventre devant son ennemi ! Il avait vaincu rien moins que sept hommes en duel lors de l'expédition du roi Horsa. Pour chaque ennemi vaincu, il s'était fièrement tressé une natte. Et maintenant, il se sauvait à plat ventre !

C'est un tout autre combat, essayait-il de se persuader. Les armes ne pouvaient rien contre ce monstre. Il avait nettement vu la flèche d'Asmund ricocher sur lui et sa hache ne lui causer aucune blessure. Non, ce combat suivait d'autres règles. Il vaincrait, s'il parvenait à allumer le feu.

Désespéré, Mandred progressa sur ses coudes. Ses bras aussi allaient bientôt l'abandonner. Mais le sommet n'était plus très loin. Le guerrier jeta un coup d'œil vers les pierres dressées ; la neige qui les couronnait tranchait sur la lueur verte du ciel. Les bûches étaient empilées juste derrière leur cercle.

Les yeux plissés, il continua à ramper ; avec sa femme, pour seule pensée. Il fallait la sauver ! Surtout ne pas faiblir ! Plus loin, toujours plus loin !

Il cligna les yeux. Il n'y avait plus de neige. Il se trouvait à même la roche. Devant lui se dressait un des piliers du cercle de pierres. Tout chancelant, il s'en aida pour se redresser. Ses jambes ne le porteraient plus longtemps.

Le sommet était lisse et plat. En temps normal, il aurait largement contourné le cercle. Personne ne franchissait les pierres levées ! Ce n'était pas une question de courage. En été, il avait observé le sommet tout un après-midi : les oiseaux eux-mêmes ne survolaient pas ces pierres sinistres.

Un étroit sentier sur la falaise permettait de les éviter. Mais il ne pouvait plus compter sur ses jambes insensibles pour s'y risquer. Il n'avait pas d'autre possibilité que de traverser le cercle.

Comme s'il s'attendait à recevoir un coup, Mandred rentra la tête dans les épaules en y pénétrant. Dix pas à faire pour en sortir. Une distance ridicule...

Angoissé, il regarda autour de lui. Pas le moindre flocon de neige sur le sol rocheux. L'hiver semblait ne pas vouloir entrer à l'intérieur du cercle. D'étranges motifs, des lignes sinueuses, étaient gravés dans la pierre.

La falaise était très abrupte. Vue d'en bas, depuis le village, on aurait dit qu'une couronne de pierres était posée à son sommet. Les blocs de granit disposés en cercle dominaient de plus de vingt pieds le plateau rocheux. On disait qu'ils se trouvaient déjà là bien avant l'arrivée des hommes au Pays des Fjords. Ils étaient, eux aussi, ornés de motifs de lignes entrelacées. Des entrelacs d'une telle finesse qu'aucun homme ne pouvait les imiter. Et, quand on les regardait longtemps, on s'en retrouvait enivré, comme si l'on avait bu du lourd hydromel d'hiver, épicé.

Bien des années auparavant, un scalde itinérant, arrivé à Firnstayn, avait prétendu que les pierres levées étaient d'anciens guerriers elfes ayant subi la malédiction de leurs ancêtres, les albes. Ils avaient été condamnés à monter la garde jusqu'à ce que le pays lui-même les appelle au secours et rompe ainsi le sort. Mandred s'était autrefois moqué du scalde. N'importe quel enfant savait que les elfes étaient de frêle stature et pas plus grands que les humains. Ces pierres étaient trop imposantes pour être des elfes.

Après avoir franchi le cercle, Mandred sentit un vent glacé. À présent, il avait pratiquement réussi. Rien ne pourrait... Le tas de bois! Il aurait dû le voir d'ici!

Il était empilé sur une corniche à l'abri du vent, juste sous le bord de la falaise. Mandred s'agenouilla et s'avança en rampant. Mais il ne vit rien ! La falaise plongeait à pic dans le fjord deux cents pas plus bas. Des pierres s'étaient-elles détachées ? La corniche s'était-elle éboulée ? Mandred eut l'impression que ses dieux le bafouaient. Il avait donné toutes ses forces pour arriver jusqu'ici, et maintenant…

Désespéré, il parcourut le fjord du regard. Là-bas, de l'autre côté du bras de mer gelé, son village était tapi dans la neige : Firnstayn. Il se composait de quatre maisons longues et d'une poignée de petites cabanes, entourées par une palissade ridiculement fragile. Constituée de troncs de pin, elle devait servir à éloigner les loups et à dissuader les pilleurs. Elle n'arrêterait jamais l'homme-sanglier.

Prudemment, le jarl se rapprocha du ravin et regarda le fjord en contrebas. La lumière féerique du ciel projetait des ombres vertes sur le paysage enfoui sous la neige. Firnstayn s'était mis en hibernation. Les humains et les animaux avaient déserté ses chemins. Les conduits sous les toits laissaient échapper une fumée blanche que les bourrasques de vent dispersaient et chassaient vers le fjord. Freya était certainement assise près du feu ; elle tendait l'oreille pour entendre les deux coups de corne annonçant le retour de la chasse.

Si seulement la corne ne s'était pas brisée ! Depuis ce sommet, son signal aurait retenti jusque dans le village. À quel jeu cruel les dieux s'amusaient-ils ? Se contentaient-ils de le regarder en cet instant en se riant de lui ?

Mandred perçut un léger bruit de sabots. Épuisé, il se retourna. L'homme-sanglier se trouvait de l'autre côté du cercle de pierres. Et il le longeait lentement. Craignait-il, lui aussi, de le franchir ?

Le jarl quitta le bord de la falaise en rampant. C'en était fini de sa vie, il le savait. Mais, s'il avait le choix, il préférait encore mourir de froid plutôt que de servir de repas à ce monstre.

Le son mat des sabots se rapprochait. Vite, un dernier effort ! Mandred avait réussi : il se trouvait dans le cercle magique.

Une fatigue de plomb s'empara de lui. À chaque inspiration, l'air glacial lui sciait la gorge. Exténué, il s'adossa à l'une des pierres. Le vent qui passait en rafales tirait sur ses vêtements raidis par le gel. Autour de sa cuisse, le garrot s'était relâché. Les lambeaux d'étoffe étaient trempés de sang.

En silence, Mandred s'adressa à ses dieux. À Firn, le Seigneur de l'Hiver ; à Norgrimm, le Seigneur des Batailles ; à Naïda, la Cavalière des Nuages, qui commandait à plus de vingt-trois vents ; et à Luth, le Maître-Tisseur, qui assemblait les fils de la destinée en de précieuses tapisseries ornant les murs de la halle d'or, où les dieux festoyaient avec les plus vaillants des guerriers morts.

Mandred sentit ses yeux se fermer. Il allait dormir… d'un long sommeil… Il avait perdu sa place dans la halle des héros. Il aurait dû périr avec ses compagnons. Il était un lâche ! Gudlef, Ragnar et Asmund, aucun d'eux ne s'était enfui. Si le tas de bois était tombé de la falaise, c'était la punition des dieux.

— *Tu as raison, Mandred Torgridson. Les dieux ne protègent plus celui qui s'est montré lâche*, disait une voix dans sa tête.

Est-ce la mort? se demanda Mandred. *Rien qu'une voix?*

— *Bien plus qu'une voix! Regarde-moi!*

Le jarl put à peine ouvrir les yeux. Un souffle chaud passa sur son visage. Il vit de grands yeux, bleus comme un ciel d'été tardif où la lune et le soleil se trouvent ensemble au firmament. L'homme-sanglier! La bête était près de lui, accroupie, juste à l'extérieur du cercle de pierres. La bave coulait de sa gueule pleine de sang séché. Des lambeaux de chair pendaient encore à ses défenses.

— *Les dieux ne protègent plus celui qui s'est montré lâche*, reprit la voix inconnue dans la tête de Mandred. *Maintenant, les autres peuvent venir te chercher.*

L'homme-sanglier se dressa de toute sa taille. Les babines tremblantes. Presque souriant. Puis il se détourna. Il contourna le cercle de pierres et fut bientôt hors de vue.

Mandred rejeta la tête en arrière. La lumière spectrale des fées dansait encore dans le ciel. *Les autres?* Déjà, l'obscurité l'entourait. Ses paupières s'étaient-elles fermées sans qu'il s'en soit aperçu? Dormir... rien qu'un moment. L'obscurité était attirante. Prometteuse de paix.

Jeu d'amour courtois

Assise à l'ombre de deux tilleuls, Noroelle se laissait charmer par la flûte de Farodin et le chant de Nuramon. Les douces mélodies de ses deux soupirants éveillaient presque de nouveaux sens chez elle. Rêveuse, elle contempla le jeu d'ombre et de lumière dans la voûte de feuillage loin au-dessus d'elle, puis elle baissa les yeux sur la source toute proche qui scintillait au soleil. Elle se pencha, y plongea doucement la main et sentit les picotements de sa magie.

Elle suivit du regard le ruisseau qui se déversait dans le petit lac. Le soleil dardait ses rayons jusqu'au fond du cours d'eau en faisant miroiter les gemmes colorées qu'elle y avait soigneusement disposées autrefois. Elles absorbaient la magie de la source. Celle restée libre était entraînée plus loin, au fil de l'eau, jusque dans les prairies qui s'en nourrissaient. La nuit, les petites fées quittaient leurs fleurs et se grisaient ensemble à la lumière des étoiles tout en chantant la beauté d'Albemark, la Terre des albes.

Les prairies avaient passé leur robe printanière. Une légère brise apportait à Noroelle un parfum d'herbes et de fleurs diverses, qui se mêlait sous les arbres à la fragrance délicate des fleurs de tilleul. Le frémissement de l'air, le chant des oiseaux et le murmure de la source accompagnaient les modulations de Farodin et de Nuramon.

Sur la trame de tous ces sons qui vibraient alentour, Farodin, de sa flûte, tissait un subtil tapis sonore. Nuramon élevait sa voix au-dessus et ses mots comparaient Noroelle à une albe. Tendrement, elle regarda Nuramon, assis sur une pierre plate au bord de l'eau, puis de nouveau Farodin, adossé au tronc du plus grand tilleul.

Farodin avait le visage d'un prince elfe, dont les chants anciens vantaient la noble beauté comme étant l'éclat particulier des albes. Ses yeux vert tilleul en étaient les joyaux, et ses cheveux d'un blond presque blanc, l'écrin. Il portait la tenue des ménestrels ; ses vêtements pourpres – chemise, pantalon, manteau et écharpe – étaient en soie de fée la plus fine. Seules, ses chaussures étaient en cuir souple de gelgerok. Noroelle regardait ses doigts danser sur la flûte. Elle aurait pu les regarder ainsi toute la journée…

Si Farodin avait tout de l'elfe idéal, ce n'était pas le cas de Nuramon. En public, les dames de la cour se moquaient ouvertement de son apparence, mais en privé, elles ne pouvaient s'empêcher d'admirer sa beauté singulière. Nuramon avait les yeux noisette et des cheveux châtains un peu sauvages qui ondulaient sur ses épaules. Dans ses habits couleur de sable, il ne correspondait pas vraiment à l'image d'un ménestrel, mais il n'était cependant pas si désagréable à voir. À la place de soie de fée, il avait choisi un drap de laine, bien moins précieux, mais si solide et si souple que Noroelle, en regardant sa chemise et son manteau couleur de forêt, se sentait l'envie de venir à lui et de poser la tête sur sa poitrine. Même ses bottes mi-hautes, couleur de terre, en cuir de gelgerok particulièrement souple, éveillaient en elle le désir de les toucher. Le visage de Nuramon était aussi expressif que sa voix qui maîtrisait toutes les formes mélodiques et donnait à chaque émotion un timbre particulier. Mais ses yeux bruns parlaient de nostalgie et de mélancolie.

Farodin et Nuramon étaient différents, mais aussi impressionnants l'un que l'autre. Chacun à sa manière était aussi parfait et séduisant que la lumière du jour et l'obscurité de la nuit, l'été et l'hiver, le printemps et l'automne. Noroelle ne voulait rien manquer de cela, et comparer leur apparence ne l'aidait pas à se décider pour l'un ou pour l'autre.

À la cour, on lui avait conseillé plus d'une fois, pour le choix d'un compagnon, de prendre en considération la maison dont il était issu. Mais était-ce le mérite de Farodin, si son arrière-grand-mère avait été une albe en chair et en os ? Et était-ce la faute de Nuramon s'il venait d'une famille séparée des albes depuis plusieurs générations ? Noroelle ne voulait pas décider en fonction de la qualité de leur lignée, mais en fonction de leur propre valeur.

Farodin savait comment courtiser une dame de haute naissance. Il connaissait toutes les règles et agissait toujours conformément aux usages, et si honorablement qu'on l'en admirait partout. Noroelle avait l'impression qu'il connaissait son être intime ; il savait l'émouvoir en trouvant toujours les mots justes, comme s'il percevait à chaque instant ses pensées et ses sentiments, et cela la ravissait. Mais c'était là aussi que résidait son défaut. Farodin connaissait en effet toutes les chansons et toutes les vieilles histoires. Il savait toujours quel doux mot prononcer, parce qu'il les avait déjà tous entendus auparavant. Mais quels étaient ses mots à lui et ceux des anciens poètes ? Cette mélodie était-elle de lui ou l'avait-il déjà entendue un jour ? Noroelle ne put s'empêcher de sourire : cet apparent travers n'était pas le fait de Farodin, mais bien d'elle-même. Cet endroit charmant n'était-il pas en tout point semblable à celui décrit par les anciens aèdes ? Le soleil, les tilleuls, l'ombre, la source, la magie ? Et les anciens aèdes ne produisaient-ils pas les chants appropriés à cet endroit ravissant ? Pouvait-elle alors reprocher à Farodin de ne rien faire d'autre que ce qui convenait à la situation ? Non, elle n'en avait pas le droit. Farodin était parfait à tous égards et toute femme, dans les terres des elfes, s'estimerait heureuse d'être l'objet de sa cour.

Pourtant, elle se demandait qui était vraiment Farodin. Il lui échappait comme la source de Lyn échappait aux regards des elfes dans la lumière rayonnante. Elle souhaitait le voir diminuer l'intensité de son éclat afin de pouvoir jeter un regard à sa source. Souvent, elle avait tenté de l'y amener, mais il n'avait pas compris ses intentions. Ainsi, jusqu'alors, elle n'était pas parvenue à percer son intimité. Et parfois, elle craignait qu'il puisse se tapir là quelque chose de sombre, quelque chose que Farodin cherchait à tout prix à cacher. De temps à autre, son bien-aimé entreprenait de longs voyages, sans jamais dire où il allait ni pour quelle raison il partait. Et à son retour, malgré la joie des retrouvailles, il lui semblait encore plus renfermé qu'avant.

En revanche, Noroelle savait exactement qui était Nuramon. On lui avait souvent dit qu'il n'était pas un bon parti pour elle, qu'il n'était pas digne d'elle. Car il ne venait pas seulement d'un clan prolifique, mais aussi d'une lignée marquée par une souillure. Nuramon portait en lui l'âme d'un elfe qui, durant toutes ses vies antérieures, n'avait pas trouvé le sens de son existence et n'avait donc pas pu rejoindre la Lumière de la Lune. Celui à qui ce chemin restait fermé renaissait dans son clan jusqu'à l'accomplissement de son destin. Mais il n'était alors pas en mesure de se souvenir de ses vies précédentes.

Personne n'avait dû renaître autant que Nuramon ; depuis des millénaires, il était soumis au cycle de l'alternance de la vie, de la mort et de la renaissance. Avec son âme, Nuramon avait aussi hérité de son patronyme. La reine avait reconnu en lui l'âme de son grand-père et lui avait donné son nom. Cette quête apparemment incessante de son destin avait même valu à Nuramon les sarcasmes de sa propre famille. Du moins, pour l'instant personne n'avait à se faire de souci au sujet de son nouveau-né ; mais dès que Nuramon mourrait, son âme planerait comme une ombre au-dessus de son clan. Personne ne saurait alors chez qui Nuramon renaîtrait.

En somme, il ne pouvait vraiment pas se targuer de ses origines dans l'espoir d'être admiré. Au contraire, tout le monde s'accordait à dire que Nuramon reprendrait le chemin habituel : il chercherait son destin, mourrait sans l'avoir trouvé, et renaîtrait encore. Noroelle répugnait à cette vision des choses. Assis devant elle, elle voyait un être charmant et, quand Nuramon entonna une autre chanson qui célébrait sa beauté, Noroelle sentit que chacune de ses paroles était issue de son amour profond pour elle. Ce que le berceau lui avait refusé, il l'avait acquis par lui-même. Il n'y avait qu'une seule chose qu'il n'osait pas faire : l'approcher. Jamais encore il ne l'avait touchée, jamais il n'avait osé prendre sa main ni surtout la baiser comme Farodin l'avait fait. Et chaque fois qu'elle tentait de lui témoigner une innocente tendresse, il la repoussait avec de doux mots enivrants.

De quelque côté qu'elle regarde ses deux prétendants, elle n'arrivait pas à se décider. Si Farodin lui dévoilait son être intime, elle le choisirait. Si Nuramon tendait vers elle ses mains pour saisir la sienne, elle lui accorderait sa préférence. La décision ne dépendait pas d'elle. Leur cour n'avait commencé qu'une vingtaine d'années auparavant. Ils attendraient bien encore une vingtaine d'années sa décision. Et si elle n'arrivait pas à se prononcer, celui qui montrerait la plus grande constance l'emporterait. Mais si là encore, on ne pouvait les départager, leur cour durerait pour toujours – à cette idée, Noroelle eut un sourire amusé.

Farodin se mit à jouer un nouvel air, en y mettant tant de ferveur, que Noroelle ferma les yeux. Elle connaissait cette chanson, elle l'avait autrefois entendue à la cour. Mais chaque son produit par Farodin dépassait tout ce qu'elle avait ouï jadis.

En revanche, la voix de Nuramon resta un peu en retrait jusqu'à ce que Farodin entonne une nouvelle mélodie. Nuramon se mit alors à chanter :

Ô douce enfant d'albes, vois !

Noroelle ouvrit les yeux, surprise par le changement soudain de la voix de son soupirant.

Ce visage sur l'eau, là-bas.

Il regardait l'eau, mais sa bien-aimée ne suivit pas son regard, tant elle était fascinée par sa voix.

Vite, quitte l'ombre, Noroelle
Viens vite où la lumière t'appelle.

Noroelle suivit ses mots : elle se leva, s'éloigna de quelques pas de la source et s'agenouilla au bord du lac pour regarder l'eau. Mais elle n'y vit rien. Nuramon continua à chanter :

Là ! Ces yeux comme un grand lac bleu.

Noroelle vit des yeux bleus, les siens, que Nuramon se plaisait à comparer à un lac.

Au vent du printemps volent tes cheveux.

Elle vit ses cheveux caresser doucement son cou et ne put réprimer un sourire.

Telle une fée, tu souris là
Ô douce enfant d'albes, vois !

Elle se regarda tout à loisir en écoutant Nuramon chanter sa beauté dans les diverses langues des enfants des albes. Dans les langues féïques, c'était tout simplement beau, mais il savait même parler la langue des kobolds et la flatter ainsi.

Tandis qu'elle l'écoutait, ce n'était plus elle qu'elle avait devant les yeux, mais une autre femme, bien plus belle qu'elle ne s'était jamais sentie – aussi noble que la reine et pourvue de la grâce qu'on prêtait aux albes. Même si elle ne se voyait pas elle-même sous ce jour, elle savait que les mots de Nuramon venaient droit de son cœur.

Mais soudain, ses bien-aimés se turent. Décontenancée, elle détourna son regard de l'eau et leva les yeux vers eux.

— Pourquoi vous arrêter ainsi ?

Farodin regarda la voûte de feuillage.

— Les oiseaux sont nerveux. Ils ont apparemment perdu l'envie de chanter.

Noroelle se tourna vers Nuramon.

— Est-ce vraiment mon visage que j'ai vu dans l'eau ou était-ce ta magie ?

Nuramon sourit.

— Je n'ai pas fait de magie, je n'ai fait que chanter. Mais je suis flatté que tu n'aies pas su faire la différence.

Farodin se leva brusquement et Nuramon l'imita avant de porter son regard au loin, par-delà le lac et les prairies.

Noroelle se leva à son tour.

— La reine ?! Qu'a-t-il bien pu se passer ? demanda-t-elle.

Farodin fut près d'elle en quelques pas et posa la main sur son épaule.

— Ne te fais pas de souci, Noroelle.

Nuramon s'était approché, lui aussi, et il lui chuchota à l'oreille :

— Ce n'est certainement rien qui ne puisse être réglé par une troupe d'elfes.

Noroelle soupira.

— C'était sans doute trop beau pour durer toute la journée.

Elle vit les oiseaux s'envoler et prendre aussitôt la direction du château royal qui se dressait sur une colline derrière les près et les forêts.

— La dernière fois, la reine t'a appelé pour la Chasse des elfes. Je me fais du souci pour toi, Farodin.

— Ne suis-je pas revenu chaque fois ? Et Nuramon n'a-t-il pas toujours adouci ton attente ?

Noroelle s'écarta de Farodin et se tourna vers les deux elfes.

— Et si vous deviez maintenant partir tous les deux ?

— On ne me confiera pas une telle mission, objecta Nuramon. Il en a été et il en sera toujours ainsi.

Farodin se tut. Mais Noroelle dit :

— La reconnaissance qu'on te refuse, je te la donnerai, Nuramon. Mais maintenant, partez ! Allez chercher vos chevaux et partez devant ! Je vous suivrai et vous verrai ce soir à la cour.

Farodin prit la main de Noroelle, la baisa et prit congé. Nuramon la quitta sur un tendre sourire. Puis il partit chercher Felbion, son cheval blanc. Farodin avait déjà pris place sur son destrier brun. Noroelle leur fit un dernier signe.

L'elfe observa ses deux bien-aimés traverser la prairie en évitant les fleurs des fées et galoper vers la forêt et le château au-delà. Elle but un peu d'eau de la source et se mit ensuite en chemin. Les pieds nus, elle parcourut les prairies. Elle voulait se rendre au chêne-faune. C'était sous ses branches et nulle part ailleurs qu'elle pouvait avoir les idées les plus claires. De son côté, le chêne dialoguait avec elle et lui avait largement enseigné la magie, dans ses jeunes années.

En chemin, elle songea à Farodin et Nuramon.

Réveil

Quelle chaleur étrange! pensa Mandred en se réveillant. Tout près de lui, il entendait gazouiller des oiseaux. Il ne pouvait se trouver dans la halle des héros! Il n'y avait pas d'oiseaux là-bas… D'ailleurs, il ne sentait pas le parfum de miel du lourd hydromel d'hiver ni l'odeur de résine du bois brûlant dans le feu!

Il lui suffirait d'ouvrir les yeux pour savoir où il était. Mais Mandred repoussait ce moment. Il était allongé sur quelque chose de mou. Plus aucune douleur. Ses mains et ses pieds le picotaient un peu, mais ce n'était pas désagréable. Peu lui importait de savoir où il se trouvait. Il voulait juste profiter de ce moment où il se sentait si bien. C'était donc ainsi quand on était mort.

— Je sais que tu es réveillé.

La voix semblait avoir du mal à former ses mots.

Mandred ouvrit les yeux. Il se trouvait sous la large voûte d'un chêne. Agenouillé près de lui, un étranger tâtait son corps de ses mains puissantes. Les branches lui couvraient presque la tête. Son visage demeurait caché dans leur jeu d'ombre et de lumière.

Mandred cligna les yeux pour y voir mieux. Quelle chose étrange! Les ombres semblaient tournoyer autour du visage inconnu, comme si elles cherchaient à le dissimuler.

— Où suis-je ?

— En sécurité, répondit l'étranger.

En voulant se redresser, Mandred s'aperçut que ses mains et ses jambes étaient liées au sol. Il ne put que soulever la tête.

— Que me veux-tu ? Pourquoi suis-je ainsi attaché ?

Deux yeux apparurent : deux éclairs au sein des ombres. Ils avaient la couleur de l'ambre clair qu'on trouve parfois, après de fortes tempêtes, sur les rives du fjord, plus à l'ouest.

— Quand Atta Aïkhjarto t'aura guéri, tu pourras partir. Je ne tiens pas à ta compagnie au point de t'attacher. C'est lui qui a tenu à soigner tes blessures, articula difficilement l'étranger. Ta langue me donne du fil à retordre. Elle est sans aucune… beauté.

Mandred regarda autour de lui. À part cet étranger plongé dans un inquiétant clair-obscur, il n'y avait personne. Comme par un calme jour d'automne, des feuilles se détachaient et tombaient doucement sur le sol, en se balançant.

Le guerrier leva les yeux. Au-dessus de lui, le feuillage luisait d'un vigoureux vert printanier. Mandred sentit une odeur de bonne terre noire, mais aussi de pourriture et de chair en décomposition.

Un rayon de lumière dorée traversa la frondaison et éclaira sa main gauche. Il vit alors ce qui le retenait captif : les racines du chêne ! Grosses et noueuses, elles s'étaient enroulées autour de son poignet et ses doigts étaient recouverts de radicelles blanches toutes fines. L'odeur pestilentielle venait de là.

Le guerrier se cabra dans ses liens, mais toute résistance était vaine. Des bandes de fer ne l'auraient pas retenu plus fermement que ces racines.

— Que va-t-il m'arriver ?

— Atta Aïkhjarto s'est proposé de te guérir. Tu étais marqué par la mort quand tu as franchi les Portes. Il m'a ordonné de t'amener ici. (L'étranger montra les branches largement déployées.) Il paie un grand prix pour extirper de ton corps le poison du gel et rendre à ta peau le teint des pétales de rose.

— Par Luth, où suis-je donc ?

L'étranger poussa une sorte d'éclat de rire bêlant.

— Tu es là où tes dieux n'ont plus aucun pouvoir. Il faut que tu les aies fâchés, car, en fait, ils vous protègent, vous, les enfants des hommes, en vous empêchant de franchir ces Portes.

— Ces portes ?

— Le cercle de pierres. Nous t'avons entendu prier tes dieux. (De nouveau, l'étranger émit ce drôle de rire.) Tu es maintenant en Albemark, Mandred, chez les enfants d'albes. Bien loin de tes dieux.

Le guerrier prit peur. Celui qui passait les Portes de l'Autre Monde était maudit ! Il avait suffisamment entendu parler d'hommes et de femmes qu'on était parti rechercher dans le royaume des enfants d'albes. Aucune ne finissait bien. Et pourtant... Quand on avait la témérité d'y entrer, on pouvait parfois les amener à vous rendre un service. Connaissaient-ils l'existence de l'homme-sanglier ?

— Pourquoi aurais-je l'aide d'Atta Aïk… Atta Ajek… du chêne ?

L'étranger garda le silence un moment. Mandred aurait aimé voir son visage. Assurément, c'était une magie qui le dissimulait obstinément à sa vue.

— Il faut croire qu'Atta Aïkhjarto t'accorde de l'importance, guerrier. Il paraît que certains très vieux arbres ont des racines si profondes qu'elles prennent naissance dans votre monde, homme. Ce qu'Atta Aïkhjarto sait de toi, doit avoir tant de valeur pour lui, qu'il sacrifie une grande partie de sa force pour toi. Il absorbe ton poison et te donne en échange de sa sève de vie. (L'étranger montra les feuilles en train de tomber.) Il souffre à ta place, homme. Et tu possèdes désormais la force d'un chêne dans ton sang. Jamais plus, tu ne seras pareil à ceux de ta race et tu…

— Assez ! interrompit une voix tranchante.

Les branches de l'arbre s'écartèrent et une silhouette, mi-homme, mi-cheval, s'approcha de la couche de Mandred.

Le guerrier, stupéfait, regarda la créature. Jamais encore, il n'avait entendu parler d'un tel être. Cet homme-cheval avait un torse d'homme prolongé par un corps de cheval ! Une barbe bouclée noire encadrait son visage. Ses cheveux étaient rasés de près et un bandeau en or ceignait son front. Il portait en bandoulière un carquois et des flèches, et tenait dans sa main gauche un court arc de chasse. S'il n'avait eu ce corps de cheval d'un brun roux, il aurait pu faire un guerrier imposant.

L'homme-cheval s'inclina brièvement devant Mandred.

— On m'appelle Aïgilaos. La souveraine d'Albemark souhaite te voir et j'ai l'insigne honneur de te conduire à sa cour.

Il parlait d'une voix profonde et mélodieuse, tout en accentuant curieusement les mots.

Mandred sentit les racines desserrer leur étreinte et le libérer. Pourtant, il n'avait d'yeux que pour l'homme-cheval. Cette étrange créature lui rappelait l'homme-sanglier. Lui aussi était mi-homme, mi-animal. À quoi pouvait bien ressembler la souveraine de celui-là ?

Mandred tâta sa cuisse. La plaie profonde s'était refermée sans laisser la moindre cicatrice. Il essaya d'étirer ses jambes. Pas de picotements désagréables, plus de douleur ! Elles paraissaient tout à fait saines, comme si le gel ne les avait jamais atteintes.

Il se leva prudemment, ne se fiant pas encore à la force de ses jambes. Sous la semelle de ses bottes, il sentit le sol mou de la forêt. C'était de la magie ! Une puissante magie, comme aucune sorcière du Pays des Fjords n'aurait pu en exercer. Ses jambes et ses pieds étaient morts… Et voilà qu'ils avaient retrouvé leur sensibilité.

Le guerrier s'approcha du puissant tronc du chêne. Cinq hommes se tenant par la main n'auraient pas suffi à l'entourer. L'arbre devait être vieux de plusieurs siècles. Respectueusement, Mandred s'agenouilla devant lui et toucha du front son écorce crevassée.

— Je te remercie, arbre. Je te dois la vie.

Il se racla la gorge, gêné. Comment remercier un arbre ? Un chêne qui possédait des forces magiques et que l'homme sans visage traitait avec le respect dû à un roi ?

— Je… Je reviendrai et donnerai une fête en ton honneur. Une fête, telle que nous les célébrons dans les contrées des fjords. Je…

Il écarta les bras. C'était pitoyable de ne remercier son sauveur qu'avec une simple promesse. Il fallait quelque chose de plus concret… Mandred déchira une bande d'étoffe de son pantalon et la noua autour d'une branche basse.

— Si je peux faire quelque chose pour toi, envoie-moi un messager qui m'apportera ce bout d'étoffe. Par le sang qui trempe ce tissu, je jure que tes ennemis trouveront désormais ma hache devant eux.

Un bruissement lui fit lever les yeux. Un gland brun tomba de l'arbre, effleura son épaule et atterrit dans les feuilles mortes.

— Prends-le, dit doucement l'étranger. Atta Aïkhjarto fait rarement des cadeaux. Il a accepté ta promesse. Garde bien ce gland. Il doit s'agir d'un grand trésor.

— Un trésor qui a chaque année des milliers de frères dans les branches d'Atta Aïkhjarto, se moqua l'homme-cheval. Des trésors dont des armées d'écureuils et de souris se remplissent la panse. Vraiment, fils d'hommes, te voici richement comblé. Viens maintenant, tu ne voudrais tout de même pas faire attendre notre souveraine ?

Mandred observa l'homme-cheval avec méfiance et se pencha sur le gland. Cet Aïgilaos ne lui disait rien qui vaille.

— J'ai bien peur de ne pouvoir suivre ton allure.

Des dents blanches apparurent dans la barbe épaisse : Aïgilaos souriait de bon cœur.

— Mais tu n'auras pas besoin de le faire, fils d'hommes. Monte sur mon dos et accroche-toi bien à la lanière de mon carquois. J'ai autant de force qu'un cheval de guerre de ton monde, et je parie ma queue que je battrais à la course tout cheval que tu as déjà croisé. Pourtant, mon trot est si léger que mes sabots ne font qu'effleurer les brins d'herbe. Je suis Aïgilaos, le plus rapide de tous les centaures, et l'on me prête...

— ... une langue encore plus rapide, se moqua l'étranger. On dit des centaures que leur langue s'emballe. Elle est si prompte qu'elle dépasse parfois la réalité.

— Et de toi, Xern, on dit que tu es si grincheux que seuls les arbres te supportent, répondit Aïgilaos en riant. Sans doute, parce qu'ils ne peuvent pas te fuir.

Les feuilles du grand chêne frémirent et tombèrent dru comme des flocons de neige au printemps. Mandred s'en étonna : il ne sentait aucun souffle de vent.

Le centaure leva les yeux vers les branches puissantes. Il ne souriait plus.

— Je ne veux pas me quereller avec toi, Atta Aïkhjarto. (Au loin, retentit le son d'une corne. L'homme-cheval eut l'air soulagé.) Les cornes d'Albemark nous appellent. Je dois te conduire à la cour de la reine, fils d'hommes.

Xern fit un signe de tête à Mandred. La magie qui dissimulait son visage disparut l'espace d'un instant. Il avait un joli visage fin, si l'on voulait bien ne pas prêter attention à la puissante ramure de cerf qui dépassait de ses cheveux épais. Le guerrier en eut le souffle coupé. Effrayé, il fit un pas en arrière. N'y avait-il ici que des hommes-animaux ?

Soudain, Mandred comprit. L'homme-sanglier était venu d'ici ! Il l'avait épargné lors de la chasse ! Ce n'était pas un hasard s'il avait été le seul à ne pas succomber sous les défenses mortelles de la bête. La poursuite… Cela faisait-il partie d'un plan sournois ? Devait-il être acculé dans le cercle de pierres ? Peut-être n'avait-il été que le gibier de cette bête et avait-il fait exactement ce qu'elle attendait de lui ? Il avait pénétré dans le cercle de pierres…

L'homme-cheval grattait nerveusement la terre avec ses sabots.

— Allez, viens, Mandred !

Mandred saisit la lanière du carquois et se hissa sur le dos du centaure. Il affronterait l'adversité ! Il n'était pas un lâche. Cette mystérieuse souveraine pourrait bien faire sonner mille coups de corne, il ne plierait pas le genou devant elle. Non, il irait à elle bien droit et empli de fierté, et il lui demanderait le « wergild », le prix du sang, en réparation du malheur que son homme-sanglier avait apporté dans le Pays des Fjords.

De ses bras musclés, Aïgilaos écarta le rideau de branches protecteur, puis il s'engagea dans une prairie pierreuse. Mandred jeta un regard étonné autour de lui. Ici, le printemps régnait, et le ciel lui parut bien plus vaste que dans le Pays des Fjords ! Mais alors, comment un gland mûr pouvait-il tomber d'un arbre ?

L'homme-cheval se lança au galop. Mandred s'agrippa des deux mains au cuir du carquois. Aïgilaos n'avait pas menti. Il filait comme le vent dans la prairie et passa près d'une imposante tour en ruine. Une colline s'élevait derrière, couronnée par un cercle de pierres.

Mandred n'avait jamais été un bon cavalier. Ses jambes furent prises de crampes tant il serrait les flancs de l'homme-cheval. Aïgilaos riait. Il jouait avec lui ! Mais Mandred ne lui demanderait pas de ralentir, ça non, il se le jura.

Ils traversèrent un clair bocage de bouleaux. L'air était empli de pollen doré. Tous les arbres avaient poussé droit. Leurs troncs luisaient comme de l'ivoire. Nulle part l'écorce ne partait en lambeaux, comme c'était le cas pour les arbres qu'il connaissait au Pays des Fjords. Des églantiers enlaçaient des blocs erratiques de roche grise. On aurait presque dit qu'un ordre étrange et sauvage régnait ici. Mais qui perdrait son temps à soigner ainsi un bout de forêt improductive ? Certainement pas un être comme Aïgilaos !

Le chemin grimpait toujours et ne fut bientôt plus qu'un étroit sentier de gibier. Les bouleaux firent place à des hêtres au feuillage si dense que la lumière pénétrait à peine sous leur frondaison. Leurs troncs élancés ressemblaient à des colonnes grises. Il régnait un calme inquiétant. On n'entendait que le bruit des sabots, assourdi par l'épais tapis de feuilles. De temps à autre, Mandred remarquait, à la cime des arbres, des nids étranges qui ressemblaient à de grands sacs de lin blanc. Des lumières brillaient souvent à l'intérieur. Le guerrier se sentait épié. Il y avait là-haut quelque chose qui les observait avec curiosité.

Aïgilaos filait toujours à toute allure. Ils parcoururent ainsi la forêt silencieuse pendant une heure ou plus, jusqu'à déboucher sur un large chemin. L'homme-cheval n'était même pas en sueur.

La forêt s'éclaircissait. De larges bandes de roche grise moussue striaient le sol noir. Aïgilaos ralentit. Il scruta attentivement les environs.

Mandred aperçut un autre cercle de pierres, caché parmi les arbres. Les pierres levées étaient enserrées par du lierre. Un arbre énorme était tombé à terre en travers du cercle. L'endroit semblait abandonné depuis longtemps.

Le guerrier sentit les poils de sa nuque se hérisser. Ici, l'air était un peu plus froid. Il avait le sentiment oppressant que, quelque part, quelque chose les épiait, quelque chose qui effrayait même l'homme-cheval. Pourquoi avait-on abandonné ce cercle de pierres ? Qu'avait-il bien pu se passer ici ?

Le chemin les mena sur une falaise qui offrait une vue prodigieuse sur le paysage environnant. Juste devant eux s'ouvrait une profonde gorge. On eût dit que Naïda, la Cavalière des Nuages, avait autrefois fendu le sol rocheux d'un énorme coup de foudre. Un étroit sentier, taillé dans la pierre, descendait jusqu'à un pont dont l'arc enjambait hardiment le ravin.

De l'autre côté, s'élevaient de douces collines qui se transformaient à l'horizon en montagnes grises. Depuis le bord de la falaise en face, une multitude de petites cascades se précipitaient dans l'abîme en écumant.

— Shalyn Falah, le pont Blanc, dit respectueusement Aïgilaos. On raconte qu'il aurait été taillé dans une phalange de la géante Dalagira. Celui qui le franchit pénètre dans le Pays du Milieu d'Albemark. Il y a bien longtemps qu'un fils d'hommes n'a vu cet endroit.

L'homme-cheval entama la descente dans la gorge. Le sol de roche lisse était mouillé par les embruns. Prudemment, il descendit à tâtons tout en proférant des jurons dans une langue inconnue de Mandred.

Quand ils eurent atteint une large corniche rocheuse, Aïgilaos pria Mandred de descendre. Le pont se trouvait devant eux. Il n'était large que de trois pieds et légèrement bombé, de sorte que les gouttelettes en suspension n'y formaient pas de flaques en retombant, mais s'écoulaient aussitôt. Il n'y avait pas de parapet.

— Voici, ma foi, un magnifique ouvrage, grommela Aïgilaos, de fort méchante humeur. Sauf que ses constructeurs n'ont pas pensé qu'il pouvait exister des créatures aux sabots ferrés. Il vaut mieux pour toi passer ce pont sur tes propres pieds, Mandred. Tu es attendu de l'autre côté. Moi, je vais prendre un détour et je n'arriverai sans doute au château qu'à la nuit. Mais, toi, la souveraine t'attend dès la tombée de la nuit. (Il eut un sourire en coin.) J'espère que tu n'es pas sujet au vertige, guerrier.

Mandred se sentit mal en regardant le pont lisse et luisant. Mais pas question de montrer sa peur à l'homme-cheval !

— Bien sûr que non, je n'ai pas le vertige. Je suis un guerrier du Pays des Fjords. J'ai le pied montagnard, comme une chèvre !

— Tu es au moins aussi poilu qu'elle ! (Aïgilaos sourit insolemment.) Nous nous verrons à la cour de la reine.

Le centaure se détourna et s'empressa de grimper le sentier abrupt vers le bord de la gorge.

Mandred observa le pont. Dans les contes du Pays des Fées, les héros mortels devaient le plus souvent réussir une épreuve. Était-ce là la sienne ? L'homme-cheval lui avait-il donné le change ?

À quoi bon se mettre martel en tête ? Résolument, Mandred s'engagea sur le pont. Surpris, il constata que les semelles de ses bottes y adhéraient bien. Il posa prudemment un pied devant l'autre. De fines gouttelettes fouettaient son visage. Le vent tiraillait sa barbe avec des doigts invisibles. Bientôt, Mandred se trouva juste au-dessus de l'abîme. Dans les nuages de plus en plus denses formés par les embruns qui balayaient le pont, entre ciel et terre, il se sentit comme un oiseau dans les airs.

Mandred examina le sol pierreux avec curiosité : il était lisse comme de l'ivoire poli. Il n'y avait aucune jointure. Comme si le pont avait été taillé dans une seule pierre. Ou bien avait-il été réellement fait avec la phalange d'une géante, comme Aïgilaos l'avait prétendu ? Mandred repoussa cette idée. Une géante d'une telle taille aurait écrasé sous son poids le Pays des Fjords tout entier, si elle était tombée. Il ne pouvait s'agir là que d'un conte.

En avançant, Mandred s'enhardissait de plus en plus. Finalement, il se mit tout au bord du pont pour contempler le gouffre. La profondeur avait quelque chose d'attirant. Elle éveillait en lui le désir de s'y précipiter. De s'adonner à la liberté de la chute. Plus il regardait vers le bas, plus il ressentait l'envie de céder à cet appel.

— Mandred ?

Une silhouette élancée émergea des voiles de brume. Toute de blanc vêtue. Sa main gauche était posée sur le pommeau de l'épée qui pendait à sa ceinture.

De sa main droite, Mandred chercha par réflexe l'endroit où il croyait trouver sa hache. Au même instant, il se rappela qu'il n'avait plus d'arme.

Ce geste n'avait pas échappé à son vis-à-vis.

— Je ne suis pas ton ennemi, fils d'hommes. (D'un geste indolent, il écarta une mèche de cheveux de son visage.) Mon nom est Ollowain. Je suis le gardien du Shalyn Falah. Ma reine m'a chargé de t'accompagner à son château.

Mandred examina l'homme attentivement. Il avait l'agilité d'un chat. Il ne paraissait pas particulièrement fort. Et pourtant, il rayonnait d'assurance comme s'il avait été le héros de nombreuses batailles. Il avait un fin visage pâle. Des oreilles pointues dépassaient de ses cheveux blonds plaqués en mèches par les gouttelettes d'eau. Les yeux d'Ollowain ne trahissaient pas ses pensées. En fait, son visage ressemblait à un masque.

Mandred pensa aux histoires qu'on se racontait pendant les longues nuits d'hiver. Il n'y avait pas l'ombre d'un doute : il ne pouvait s'agir que d'un elfe ! Et, lui aussi, il connaissait le nom de Mandred…

— Comment se fait-il que tout le monde me connaisse dans ce pays ? demanda ce dernier, méfiant.

— Les nouvelles circulent vite en Albemark, fils d'hommes. Notre reine est au courant de tout ce qui se passe dans son pays. Elle envoie à ses enfants des messagers qui voyagent sur les ailes du vent. Mais viens, maintenant ! Nous avons devant nous une longue chevauchée et il est hors de question que tu fasses attendre ma souveraine. Suis-moi !

L'elfe tourna les talons et s'engagea dans l'étroit passage qui s'ouvrait devant eux.

Mandred, éberlué, le regarda partir. *Non mais ! En voilà une façon de traiter un hôte !* pensa-t-il, furieux. Mais il fut encore plus fâché de constater qu'Ollowain ne doutait pas un instant de le voir obtempérer. De mauvais gré, il suivit l'elfe dans le défilé. La beauté des parois rocheuses rouges, veinées de bleu-gris et de noir, le laissa indifférent. Il n'arrêtait pas de penser qu'il suivait l'elfe comme un chien suit son maître.

Si un habitant du Pays des Fjords l'avait traité ainsi, il l'aurait abattu sans hésiter. Mais, dans son pays, personne n'aurait osé lui témoigner aussi peu de respect. S'y prenait-il mal ? Peut-être était-ce sa faute ? L'elfe était certainement sensible aux compliments. Tout guerrier parlait volontiers de ses armes.

— Tu portes là une superbe épée, Ollowain. (L'elfe ne répondit pas.) Moi, je préfère le combat à la hache.

Silence. Mandred serra les poings, puis les rouvrit. Quel prétentieux ! Il était le gardien du pont et l'envoyé de sa reine. Et alors ? Pour faire un vrai guerrier, cet elfe était vraiment de constitution trop fragile.

— Chez nous, seuls les plus faibles portent des épées. La reine des combats, c'est la hache. Elle exige courage, force et adresse. Rares sont les guerriers à posséder également ces trois vertus.

L'elfe ne faisait toujours preuve d'aucune réaction. Que fallait-il dire pour déconcerter ce laquais ?

Les parois rocheuses abruptes finirent par disparaître et ils se trouvèrent face à un haut mur blanc. Il formait un demi-cercle, comme pour s'écarter du ravin. Mandred en connaissait la raison cachée : ainsi, il était plus long et plus d'archers y trouveraient place, si jamais un adversaire se montrait assez fou pour attaquer Albemark par ce passage étroit et encaissé.

Au centre de la muraille se dressait une tour. Un grand portail garni de bronze s'ouvrit à leur approche.

— Si cette tour se trouvait au bout du pont ou, mieux encore, là-haut, sur le raidillon de l'autre côté de la gorge, le Pays du Milieu serait plus facile à défendre. Une poignée d'hommes pourrait y arrêter une armée tout entière, déclara Mandred sans ambages.

— Aucun sang ne doit être versé sur le Shalyn Falah, enfant d'hommes. Te crois-tu donc plus intelligent que les architectes de mon peuple ?

Ollowain n'avait même pas pris la peine de se retourner pour parler.

— En fait, j'ai du mal à respecter des architectes qui oublient un parapet dans la construction de leur pont, répliqua vertement Mandred.

L'elfe s'arrêta.

— Es-tu stupide à ce point ou comptes-tu simplement sur la protection de la reine, fils d'hommes ?

Ta nourrice ne t'a donc pas raconté ce que les elfes font des humains qui leur manquent à ce point de respect ?

Mandred se mordilla nerveusement les lèvres. Était-il devenu complètement fou ? Il aurait mieux fait de se taire ! Pourtant, s'il ne répondait pas maintenant, il perdrait la face, à moins que... Il sourit. Il y avait peut-être encore un moyen.

— Vraiment, elfe, tu montres là un grand courage à te moquer d'un homme désarmé.

Ollowain se retourna en faisant voler sa cape. Son épée se présenta, poignée en avant, juste devant la poitrine de Mandred.

— Tu crois représenter pour moi un danger, avec une arme à la main, enfant d'hommes ? Eh bien, vas-y, essaie !

Mandred eut un sourire insolent.

— Je ne combats pas contre quelqu'un qui n'a pas d'arme.

— On dit qu'on reconnaît le lâche à sa langue bien pendue, répliqua Ollowain. J'espère que tu ne vas pas mouiller tes chausses.

La main de Mandred partit en avant. Il saisit l'épée d'Ollowain et recula d'un bond. C'en était assez ! Il n'avait nulle intention de faire du mal à cet arrogant, mais un petit coup du plat de l'épée lui montrerait qu'il se trompait d'adversaire ! D'un bref regard vers les créneaux du mur, il s'assura que personne ne regardait. C'était mieux ainsi. Ollowain n'irait certainement pas non plus se vanter de s'être fait rosser.

Mandred toisa son adversaire. Il était certes magnifiquement vêtu, mais il n'était assurément ni un héros ni un magicien. On ne posterait pas un homme parfaitement sensé pour garder un pont que personne n'irait jamais franchir. Non, c'était un paltoquet ! Un rien du tout ! Il allait lui apprendre le respect à ce bouffi d'orgueil. Quand bien même il s'agissait d'un elfe.

Il fit tournoyer son épée pour échauffer ses muscles. L'arme était étonnamment légère, tout à fait différente d'une épée d'homme. Elle était à double tranchant. Il faudrait faire attention à ne pas blesser Ollowain par inadvertance.

— Alors, tu m'attaques ou il te faut deux épées ? demanda l'elfe, contrarié.

Mandred se rua en avant, en brandissant l'épée comme pour fendre le crâne d'Ollowain. Au dernier moment, il feinta pour lui porter un coup de taille à l'épaule droite. Mais l'épée trouva le vide.

Ollowain s'était si bien esquivé que Mandred ne le rata que de quelques pouces. Le guerrier vêtu de blanc afficha un sourire arrogant.

Mandred se mit à distance. L'elfe avait la taille d'un jeune garçon, mais il savait combattre. Mandred tenterait sa meilleure botte. Une feinte qui avait déjà coûté la vie à trois de ses ennemis.

De sa main gauche, il fit semblant de vouloir gifler furieusement Ollowain. En même temps, il porta de son poignet droit un coup d'épée visant les genoux de son adversaire. Le plus souvent, ses ennemis n'avaient remarqué cette feinte que lorsque la lame les avait déjà atteints.

Mandred sentit un violent coup de poing écarter sa main. Un coup de pied dévia la pointe de son épée. Puis l'elfe lui expédia son genou entre les jambes.

Le jarl vit des étoiles danser devant ses yeux, la douleur lui coupa le souffle. Un coup à la poitrine le déséquilibra, un autre le fit tituber. Il cligna des yeux pour y voir plus clair. L'elfe était si rapide que ses mouvements se fondaient dans un flou fantomatique.

Désemparé, Mandred frappa autour de lui pour éloigner son adversaire. Un coup l'atteignit à la main droite. La douleur fut si vive qu'il ne sentit plus ses doigts.

Pourtant, poussé par son instinct de guerrier, il continua à manier sa lame. Il était en plein désarroi en voyant Ollowain attaquer partout à la fois.

Mandred décrivit un moulinet avec son épée. Puis la lame lui fut brutalement arrachée de la main. Le guerrier sentit un souffle d'air passer sur sa joue droite. Et le combat fut terminé.

Ollowain avait reculé de quelques pas. Il avait rengainé son épée comme si de rien n'était. Peu à peu, Mandred recouvra ses esprits. Il y avait bien longtemps qu'il n'avait reçu pareille correction. L'elfe, sournois, avait évité de le frapper au visage. À la cour, personne ne s'apercevrait de rien.

— Tu as dû avoir une sacrée peur, haleta Mandred, pour avoir utilisé ta magie afin de me vaincre.

— Est-ce de la magie si ton œil est trop lent pour suivre ma main ?

— Aucun homme ne peut se mouvoir aussi vite sans magie, insista Mandred.

Ollowain ébaucha un sourire.

— Tu as tout à fait raison, Mandred. Aucun homme. (Il montra la porte de la tour qui était à présent grande ouverte. Deux chevaux les attendaient là-bas.) Me feras-tu l'honneur de me suivre ?

Mandred sentait tout son corps meurtri. Les jambes raides, il se dirigea vers la porte. L'elfe se tenait à son côté.

— Je n'ai pas besoin de soutien, grommela Mandred.

— S'il en était autrement, tu ferais piètre figure à la cour, répondit Ollowain avec un regard amical pour calmer le jeu.

Sous l'arc de la porte, les chevaux attendaient patiemment. Les palefreniers qui les avaient conduits ici n'étaient visibles nulle part. Un chemin de porte voûté s'étirait tel un tunnel dans les murs de la tour imposante. Il semblait désert. Personne non plus derrière les créneaux. Et pourtant, Mandred se sentit brusquement observé. Les elfes voulaient-ils tenir secrète la force de la garnison qui gardait la Porte de leur pays ? Voyait-on en lui un ennemi ? Un éclaireur, peut-être ? Mais alors, pourquoi le chêne l'aurait-il guéri ?

Un cheval blanc et un gris les attendaient. Ollowain s'approcha de l'étalon blanc et lui tapota gaiement les naseaux. Mandred eut l'impression que le cheval gris le regardait avec espoir. Il ne s'y entendait pas vraiment en chevaux. Ceux-ci étaient de constitution légère ; ils avaient de fines attaches et paraissaient fragiles. Mais il s'était aussi laissé abuser par l'apparence d'Ollowain. Sans doute, étaient-ils plus résistants et plus forts que les chevaux qu'il avait montés jusqu'alors. Exception faite d'Aïgilaos. Mandred sourit au souvenir de ce fanfaron de centaure.

En gémissant, il se hissa en selle. Quand il eut à peu près trouvé son assiette, le guerrier elfe lui fit signe de le suivre. Les murs de la porte se renvoyèrent le bruit sourd des sabots non ferrés.

Ollowain s'engagea sur un chemin parmi de douces collines vertes. Il leur faudrait chevaucher longtemps avant d'atteindre le château. Ils longèrent des forêts sombres et franchirent d'innombrables petits ponts. De temps à autre, ils voyaient au loin des maisons aux dômes hardiment élancés. Elles étaient si soigneusement nichées dans le paysage, que Mandred croyait voir des pierres précieuses richement serties.

C'était un pays de printemps qu'il traversait avec Ollowain. De nouveau, Mandred se demanda combien de temps il avait pu dormir sous le chêne. Les contes évoquaient un printemps éternel dans le monde des elfes. Il ne s'était certainement pas écoulé plus de deux ou trois jours depuis qu'il avait franchi le cercle de pierres. Peut-être même seulement un !

Mandred s'obligea à ordonner ses pensées afin de ne pas passer pour fou devant la reine. Entre-temps, il avait acquis la conviction que l'homme-sanglier était venu de là, du monde des elfes. Il pensa à Xern et à Aïgilaos. Dans ce pays, il semblait ne rien y avoir d'extraordinaire à ce que les hommes et les animaux se mêlent – comme l'homme-sanglier.

Lorsque les princes du Pays des Fjords se rencontraient, c'était à Mandred de représenter Firnstayn. Il savait comment régler un conflit au plus vite. Dans le cas d'un crime de sang entre deux clans et de mort d'homme, la famille du meurtrier devait verser en compensation une somme d'argent, un *wergild*, à la famille de la victime. Une fois cela fait, il n'était plus question de vengeance par le sang. L'homme-sanglier venait d'ici. La reine des elfes en était garante. Mandred avait perdu par sa faute trois de ses compagnons. Firnstayn était si petit que la perte de trois hommes forts pouvait mettre en danger son existence. Il exigerait une grosse somme d'argent ! Seul Luth savait combien d'hommes des autres villages avaient été tués par cette créature. Les enfants d'albes avaient causé ce dommage, c'était donc à eux d'en subir le coût. Ce n'était que justice !

Certes, les elfes ne redoutaient aucune querelle de sang avec son village. Pourtant, il devait à ses amis morts d'élever la voix à la cour de la reine pour réclamer justice. La souveraine d'Albemark s'en doutait-elle ? Savait-elle de quelle faute elle était responsable ? Était-ce pour cette raison qu'elle le mandait aussi vite à sa cour ?

En fin d'après-midi, le château fut enfin en vue. Il se trouvait encore assez loin, au sommet d'une colline abrupte, au-delà d'un vaste espace de forêts et de prairies. Mandred en eut le souffle coupé. Le château semblait émerger d'un rocher et vouloir se vriller dans le ciel avec ses plus hautes tours. Ses murs étaient d'un blanc rayonnant et ses toits avaient la couleur gris-bleu du vieux bronze. Aucun prince des Pays du Nord ne possédait de résidence pouvant se mesurer à la plus petite des tours de ce château. Même la halle d'or du roi Horsa semblait modeste face à cette magnificence.

Quelle puissance devait posséder la souveraine de ce pays ! Et quelles richesses aussi… Des richesses telles, que cela ne représenterait pour elle qu'une misère de faire recouvrir de bardeaux d'or les toits des quatre maisons longues de Firnstayn. Il s'agirait d'y penser au moment de fixer la hauteur du *wergild* pour ses compagnons morts.

Mandred s'étonnait en silence du temps qu'ils mettaient à approcher du château. Les chevaux avaient beau filer comme le vent, celui-ci ne grossissait pas pour autant à l'horizon. Ils passèrent près d'un arbre qui paraissait avoir l'âge des montagnes. Son tronc était aussi puissant qu'une tour et, dans sa ramure largement étendue, on pouvait voir d'étranges choses. On aurait dit que le bois vivant avait créé des huttes rondes en entrelaçant ses branches. Des ponts de corde tendus dans la cime les reliaient. Mandred aperçut des formes à moitié dissimulées dans la frondaison. Était-ce des elfes comme Ollowain ? Ou quelque autre peuple étrange ?

Soudain, comme sur un ordre inaudible, une nuée d'oiseaux s'envola de l'arbre. Leur plumage brillait de toutes les couleurs de l'arc-en-ciel. Ils passèrent juste au-dessus de Mandred, décrivirent une large courbe puis des cercles au-dessus des deux cavaliers. Ils devaient être des milliers. L'air résonnait de leurs battements d'ailes. Le jeu des couleurs sur leurs plumes était si merveilleux que Mandred ne put les quitter des yeux jusqu'à ce qu'ils disparaissent.

Ollowain n'avait pas dit un mot pendant tout le voyage. Perdu dans ses pensées, il semblait indifférent aux merveilles du Pays du Milieu. Mandred, lui, s'en repaissait les yeux.

Ils longèrent un lac peu profond, au fond duquel scintillaient des gemmes. Quels pouvaient être ces êtres qui jetaient tranquillement de tels trésors à l'eau! Certes, lui aussi, il avait déjà présenté des offrandes aux dieux. La hache du premier homme qu'il avait vaincu, il l'avait offerte, par une calme nuit de pleine lune, à Norgrimm, le dieu des Batailles, près de la Source Sacrée, au plus profond des montagnes. Au village, Freya et les autres femmes vénéraient Luth en nouant aux branches du tilleul des bandes d'étoffe artistiquement tissées. Au vu de leur richesse apparente, les elfes pouvaient bien offrir des pierres précieuses à leurs dieux. Pourtant… leur richesse irritait Mandred. Certes, il ne savait pas comment il était arrivé ici, mais ce royaume ne pouvait se trouver si éloigné du Pays des Fjords. Le luxe régnait là, tandis que les siens souffraient de la misère en hiver. Une toute petite partie de ces trésors pourrait chasser la famine à tout jamais. Quel que soit le montant du *wergild* qu'il demanderait pour ses compagnons morts, cela ne représenterait à coup sûr pas grand-chose pour les elfes.

Mais il n'était pas question d'or ni de pierres précieuses. Ce qu'il voulait, c'était la vengeance. Cette bête, l'homme-sanglier, il voulait la voir morte à ses pieds.

Mandred observa Ollowain. Un guerrier de sa trempe n'aurait certainement aucune difficulté à vaincre le monstre. Il soupira. Tout ici semblait plus facile!

Ils étaient arrivés dans une lumineuse forêt de hêtres. L'air résonnait de sons de flûtes. Quelque part, à la cime des arbres, s'élevait un chant d'une pureté émouvante. Mandred n'en comprit pas un mot, pourtant sa colère s'évanouit. Ne lui restait plus que le deuil de ses amis perdus.

— Qui chante là ? demanda-t-il à Ollowain.

Le guerrier vêtu de blanc leva les yeux vers les frondaisons.

— Une jouvencelle du peuple de la forêt. Un peuple étrange. Ils passent leur vie dans les arbres. Quand ils ne veulent pas être vus, personne ne peut les trouver – sauf peut-être leurs congénères. Ils sont réputés pour leur chant et leur maniement de l'arc. Ils se déplacent comme des ombres dans les arbres. Garde-toi de pénétrer dans une de leurs forêts si tu es en conflit avec eux, fils d'hommes.

Inquiet, Mandred scruta la cime des arbres. À plusieurs reprises, il crut y apercevoir des ombres, et il se sentit soulagé en quittant de nouveau la forêt. Longtemps encore, les sonorités chaudes de la flûte les accompagnèrent.

Le soleil touchait presque les montagnes à l'horizon lorsqu'ils atteignirent la large vallée dominée par le château de la reine. Un camp de toile était installé le long d'un petit cours d'eau. Des bannières en soie flottaient au vent et les tentes semblaient rivaliser de luxe. Sur les collines s'échelonnaient des maisons entourées de colonnades ; certaines étaient reliées par de longs treillis de feuillage recouverts de roses et de lierre. Les constructions étaient si diverses d'un versant à l'autre qu'on ne se lassait pas de les admirer. Mandred fut surtout impressionné de constater qu'aucune muraille n'entourait la résidence des elfes et qu'aucune tour ne gardait les collines alentour. Ils semblaient être absolument certains d'être à l'abri de tout assaut. Même le château, aussi impressionnantes que soient ses tours qui s'élevaient jusqu'au ciel, n'avait rien d'un solide ouvrage de défense. Il devait plutôt réjouir l'œil d'un observateur pacifique que dissuader des conquérants rapaces.

Mandred et Ollowain grimpèrent un large chemin ombragé pour arriver à la porte. Les lampes à huile qui brûlaient des deux côtés diffusaient une lumière dorée.

Le passage de la porte était plus court que celui de la forteresse du Shalyn Falah. Des guerriers elfes portant un long haubert s'appuyaient ici sur leur écu. Ils suivirent Mandred du regard, mais sans insistance. Dans la cour, un groupe de dignitaires richement vêtus l'examinèrent sans vergogne. Mandred se sentit sale et insignifiant. Ils portaient tous des habits brodés sur lesquels jouait la lumière des lampes. Leurs vêtements étaient couverts de perles et de pierres dont Mandred ne connaissait même pas le nom. Avec son pantalon maculé de sang et sa casaque en peau usée, il devait leur faire l'effet d'un mendiant déguenillé. Mais il leva le menton. Il se vêtirait de fierté !

Ollowain descendit de cheval. Mandred remarqua alors une fine coupure dans la cape du guerrier. L'avait-il touché lors de leur duel ? Ollowain n'aurait certainement pas enfilé un vêtement déchiré.

Mandred mit aussi pied à terre. Un gaillard aux pattes de bouc accourut pour prendre les rênes de sa monture. Stupéfait, le jarl regarda cet étrange palefrenier. Il puait le vieux bouc. Encore un de ces hommes-animaux ! Ils avaient même accès à ce magnifique château !

Un elfe de haute stature se détacha du groupe des courtisans. Il portait une longue robe noire bordée d'un entrelacs de feuilles et de fleurs brodées en fil d'argent. Des cheveux d'un blanc argenté tombaient sur ses épaules et une couronne de fines feuilles d'argent ceignait son front. Il avait le teint pâle, presque incolore, ses lèvres ne formaient que deux minces traits et ses yeux brillaient d'un bleu d'acier. Ollowain s'inclina brièvement devant lui. La différence entre eux deux n'aurait pu être plus grande. *Comme l'ombre et la lumière*, pensa Mandred.

— Je te salue, maître Alvias. Sur le désir de notre souveraine Emerelle, j'ai escorté le fils d'hommes et veillé sur lui jusqu'ici.

À l'intonation de sa voix, il ne faisait aucun doute que les désirs de sa maîtresse étaient pour Ollowain des ordres.

Les deux elfes se toisèrent, et Mandred eut l'impression qu'ils dialoguaient en silence. Finalement, maître Alvias lui fit signe de le suivre.

En montant derrière lui un large escalier qui menait à un péristyle, le guerrier se sentit comme dans un cauchemar. Tout autour de lui était d'une beauté stupéfiante et baigné d'une magie étrangère. Cet endroit était d'une perfection angoissante.

Ils traversèrent deux immenses salles. Chacune d'elles aurait pu contenir son village tout entier. De larges bannières ornées d'aigles et de dragons stylisés, mais aussi d'animaux que Mandred n'avait encore jamais vus, pendaient du haut des galeries. Le guerrier ne sentait aucun souffle d'air et pourtant les bannières ondulaient comme sous une légère brise. Les murs étaient encore plus impressionnants. En s'en approchant, on s'apercevait qu'ils étaient en pierre blanche, tout comme le pont de Shalyn Falah et la forteresse à la sortie du défilé. Mais une magie devait habiter cette roche : elle émettait une pâle lumière. En s'éloignant de seulement quelques pas, on perdait l'impression d'être entouré de pierre. On avait plutôt le sentiment d'évoluer dans une salle de lumière.

Chaque fois qu'ils s'approchaient d'une porte, les deux battants s'ouvraient, comme par magie. Une fontaine occupait le centre de la deuxième salle : l'eau jaillissait de la gueule d'un monstre de pierre et se déversait dans un petit bassin circulaire. La bête était entourée par des guerriers pétrifiés. Angoissé, Mandred sentit son cœur battre la chamade. S'il avait eu besoin d'une dernière preuve de la puissance magique de la reine des elfes, il la voyait là. Celui qui provoquait son déplaisir, elle le transformait en ornement de pierre pour son château !

Une autre porte haute s'ouvrit largement devant eux ; ils entrèrent dans une salle aux murs dissimulés derrière des rideaux d'eau argentée. Il n'y avait pas de plafond ; à la place, la voûte du ciel rougeoyait au soleil couchant. L'air vibrait d'une douce musique. Mandred n'aurait su dire quels instruments produisaient ces sons charmants. La musique chassait la peur qui avait grandi dans son cœur depuis son entrée dans la cour du château. Et pourtant, cet endroit n'était pas destiné aux humains. Il ne s'y sentait pas à sa place.

Une trentaine d'elfes attendaient dans la salle ; ils braquèrent tous leurs regards sur Mandred. Pour la première fois, le guerrier découvrit des elfes femmes. Elles étaient grandes et minces et leurs hanches n'avaient pas la rondeur de celles des femmes humaines. Leurs seins étaient petits et fermes. Dans le Monde des Humains, Mandred n'aurait trouvé aucun plaisir à voir ce genre de femmes-enfants. Mais les elfes étaient tout à fait à part. Leurs visages étaient d'une telle beauté qu'on en oubliait tout le reste. Mandred n'aurait su dire si cela tenait à la courbe de leurs lèvres, à leurs traits sans âge ou à leurs yeux séduisants au regard profond, prometteur de joies inconnues. Certaines d'entre elles portaient des vêtements vaporeux faits d'une étoffe si fine qu'elle semblait tissée en clair de lune. Ils soulignaient les formes séduisantes de leur corps svelte plus qu'ils ne les cachaient. Le regard de Mandred s'arrêta sur l'une des femmes. Elle était vêtue de façon plus provocante que les autres. À travers l'étoffe, les bourgeons de ses seins luisaient, comme des boutons de rose, et une ombre tentante se devinait entre ses cuisses. Aucune femme humaine n'aurait osé s'habiller ainsi.

En face de la porte, sept marches conduisaient au trône de la reine. C'était une simple chaise de bois foncé avec une marqueterie de pierres noires et blanches dessinant deux serpents enlacés. Près du trône, une colonne basse supportait une coupe d'argent. Une jeune elfe se tenait debout à côté. Elle était un peu plus petite que les autres femmes présentes. Ses cheveux châtains ondulaient sur ses épaules nues d'un blanc laiteux. Ses lèvres avaient la couleur des baies de la forêt et ses yeux étaient du même brun clair que la robe d'un faon. Elle portait une robe bleue brochée d'argent. Ce fut devant cette femme que maître Alvias s'inclina.

— Emerelle, ma reine, voici le fils d'hommes Mandred, qui a pénétré dans ton royaume sans y être appelé.

La reine examina Mandred de la tête aux pieds. Le visage impassible, comme taillé dans la pierre. Une éternité sembla s'écouler. La musique s'était tue, on n'entendait plus rien, hormis l'eau qui bruissait.

— Quelle est ta requête, Mandred fils d'hommes ? demanda finalement la reine d'une voix claire.

Mandred avait la bouche sèche. Pendant la chevauchée, il s'était longtemps demandé ce qu'il dirait quand il serait devant la reine des elfes. Mais désormais, il avait la tête vide. Il ne lui restait plus que le souci qu'il se faisait pour les siens et la colère provoquée par la mort de ses compagnons.

— Je demande un *wergild* pour les meurtres commis par un de tes sujets, reine. Telle est la loi dans le Pays des Fjords, déclara-t-il.

Le bruissement de l'eau s'intensifia. Mandred perçut derrière lui des murmures outrés.

— Lequel de mes sujets aurait commis ces actions sanglantes ? demanda posément Emerelle.

— Je ne connais pas son nom. C'est un monstre, mi-homme, mi-sanglier. J'ai vu beaucoup de ces créatures sur le chemin qui menait à ton château.

Une ride creusa le front de la reine.

— Je ne connais pas d'êtres tels que tu les nommes, Mandred fils d'hommes.

Mandred sentit le sang lui monter au visage. Quel mensonge impudent !

— Un homme-cheval était ton messager et, dans la cour du château, c'est un homme-bouc qui a emmené les chevaux. D'où pourrait venir un homme-sanglier, sinon de ton royaume, reine ! J'exige…

L'eau vrombissait maintenant sur les murs.

— Tu oses accuser notre reine de mentir ! s'emporta Alvias.

Mandred se trouva entouré par une troupe d'elfes. Il serra les poings.

— Je sais ce que j'ai vu !

— Respectez les lois de l'hospitalité ! (La reine avait à peine élevé la voix et pourtant ils l'entendirent tous.) J'ai convié le fils d'hommes dans cette salle. Quiconque le touche porte atteinte à mon honneur ! Et toi, Mandred, maîtrise ta langue. Je te le dis : une créature telle que tu me l'as décrite n'existe pas en Albemark. Raconte-nous ce que cet homme-sanglier t'a fait. Je sais très bien que vous, les humains, vous évitez les pierres levées. Pourquoi t'y es-tu réfugié ?

Mandred raconta la chasse vaine et la force de l'homme-sanglier. Quand il en eut fini, la reine parut encore plus soucieuse.

— Je déplore la mort de tes compagnons, Mandred. Puissent tes dieux leur réserver un séjour agréable en leur demeure.

Le guerrier regarda la souveraine avec étonnement. Il attendit la suite. Une proposition. Elle ne pouvait s'arrêter là ! Le silence s'installa. Mandred pensa à Freya.

Si l'homme-sanglier n'avait pas déjà attaqué Firnstayn, chaque heure perdue ici la mettait en plus grand danger.

Embarrassé, il baissa les yeux. Que valait sa fierté s'il l'achetait avec le sang des siens !

— Reine Emerelle, je... je te demande de m'aider à chasser ce monstre. Je... Je te demande pardon si je t'ai offensée. Je ne suis qu'un homme simple. Je ne sais pas me battre avec les mots. Mon cœur parle pour moi.

— Tu viens dans mon château, Mandred, tu m'offenses devant ma cour et tu me demandes maintenant de risquer la vie de mes chasseurs au service de ta cause ? Vraiment, ton cœur parle pour toi, fils d'hommes.

Emerelle décrivit de la main un cercle au-dessus de la coupe en argent et jeta un bref regard à l'eau.

— Que m'offriras-tu en échange de mon aide ? Le sang n'est-il pas vengé par le sang, dans ton peuple ?

Cette question de la reine déconcerta Mandred. Les princes du Pays des Fjords auraient formulé leur demande franchement ; ils n'auraient pas marchandé ainsi. Il s'agenouilla.

— Délivre mon pays de l'homme-sanglier et tu pourras disposer de moi. Je t'appartiens.

Emerelle eut un léger sourire.

— Mandred, tu n'es vraiment pas quelqu'un que j'aimerais avoir près de moi tous les jours.

Elle se tut et consulta de nouveau la coupe en argent.

— Je demande ce que ta femme Freya porte sous son cœur. Le premier enfant qui te sera né, Mandred fils d'hommes. On ne gagne pas l'amitié du peuple des elfes avec de belles paroles. Je viendrai chercher l'enfant dans un an, jour pour jour.

Mandred fut comme frappé par la foudre.

— Mon enfant ?

Il chercha du regard une aide parmi les elfes. Mais sur aucun des visages il ne lut de compassion. Que disaient donc les contes ? Que le cœur des elfes était aussi froid que les étoiles hivernales…

— Prends une dague et plante-la-moi dans le cœur, reine. Achève ici et sur-le-champ ma vie. Ce prix, je le paie sans hésiter si tu aides les miens en échange.

— De bien grands mots, Mandred, répliqua froidement la reine. Mais à quoi servirait de verser ton sang au pied de mon trône ?

— À quoi te servira un enfant ? se révolta désespérément Mandred.

— Cet enfant servira de lien entre les elfes et les humains, répondit-elle tranquillement. Il grandira parmi mon peuple et je lui donnerai les meilleurs maîtres. Quand ton enfant sera en âge de décider, il pourra choisir s'il veut rester définitivement avec nous ou s'il préfère rejoindre ses frères humains. S'il veut partir, nous le comblerons de riches présents et je suis certaine qu'il gagnerait alors une place de premier rang dans ton peuple. Mais le plus grand cadeau qu'il emporterait avec lui dans le Monde des Humains serait l'amitié du peuple des elfes.

Mandred eut l'impression que cette frêle femme serrait son cœur d'une main de fer. Comment pouvait-il promettre aux elfes son enfant à naître ? Et cependant… s'il refusait, son enfant ne naîtrait peut-être jamais.

Combien de temps l'homme-sanglier mettrait-il avant de pénétrer dans le petit village au bord du fjord ? S'il n'y était pas déjà allé...

— Ma femme Freya est donc encore en vie ? demanda-t-il, abattu.

La main de la reine caressa doucement la coupe d'argent.

— Quelque chose cache la créature que tu appelles « homme-sanglier ». Mais elle semble se trouver toujours à proximité du cercle de pierres. Elle n'a pas attaqué ton village. (Elle leva la tête et le regarda droit dans les yeux.) Quelle est ta décision, Mandred fils d'hommes ?

J'engendrerai d'autres enfants avec Freya, se persuada-t-il. *Peut-être est-ce une fille qu'elle porte en son sein, et la perte ne sera pas si grande.* Il était le jarl du village. Il en était responsable. Que pesait une vie face à tant d'autres ?

— Tu auras ce que tu demandes, reine. (La voix de Mandred n'était guère plus audible qu'un chuchotement. Ses lèvres se refusaient aux mots, pourtant il se força à parler :) Si tes chasseurs tuent l'homme-sanglier, mon enfant t'appartiendra.

Emerelle fit un signe de tête en direction d'un elfe vêtu de gris et lui signifia d'un geste de s'avancer.

— Farodin du clan d'Askalel, tu as souvent fait tes preuves. Ta sagesse et ton expérience aideront au succès de la Chasse. Je t'appelle solennellement pour la Chasse des elfes.

Mandred sentit un frisson lui parcourir le dos. La Chasse des elfes ! Combien d'histoires n'avait-il pas entendues à propos de cette mystérieuse compagnie !

On disait qu'aucune proie ne pouvait échapper à ces chasseurs inquiétants. Dès le départ, elle était vouée à la mort. En guise de chiens, ils avaient des loups, grands comme des chevaux, et du feu liquide coulait dans les veines de leurs destriers. Ils chevauchaient dans le ciel nocturne et se cachaient dans la lumière des fées pour fondre ensuite sur leur proie, comme des aigles. Seuls les plus nobles et les plus téméraires pouvaient prendre part à la Chasse. Ils étaient tout à la fois cavaliers et magiciens. Si puissants que même les dragons les craignaient et que les trolls se cachaient dans leurs châteaux quand la Chasse partait en expédition. Et voici qu'il les avait lâchés sur l'homme-sanglier, pensa-t-il, réjoui. Ils déchireraient la bête et vengeraient par le sang ses amis morts !

La reine appela encore d'autres noms, mais les élus ne semblaient pas être présents. Pour finir, elle désigna une autre silhouette, habillée de brun, qui parut s'effrayer dans un premier temps.

— Nuramon du clan de Weldaron, voici venu ton temps.

Un murmure parcourut les elfes rassemblés.

Une femme sortit du groupe ; elle semblait particulièrement troublée.

— Ma reine, tu ne veux tout de même pas l'exposer à un tel danger ? Tu connais sa destinée.

— C'est précisément pourquoi je l'ai choisi. (Mandred glissa un regard vers l'elfe aux cheveux bruns. Il avait l'air vraiment mal à l'aise. Ce n'était sûrement pas un chasseur aguerri !) La Chasse des elfes partira demain, dès l'aube, pour abattre ce monstre dont on nous parlé. Et c'est toi, Mandred fils d'hommes, qui la conduiras, car tu connais la bête et le pays où elle sévit.

Dans la salle, les murmures cessèrent aussitôt. Mandred sentit de nouveau tous les regards braqués sur lui. Il n'arrivait pas à croire ce que la reine venait de dire. Lui, le plus vil aux yeux de toute l'assistance, on l'avait choisi pour mener la Chasse des elfes ! Ah, si Freya avait été là, à ses côtés, en cet instant !

Une soirée à la cour

Nuramon occupait une chambre aux murs et au plafond richement décorés de fresques. La reine avait appelé sept chasseurs, et il y avait là sept chambres. Jadis, on avait aménagé ces appartements pour permettre aux elfes de s'équiper et de se reposer. C'était l'endroit où leurs familles pouvaient leur rendre hommage. Mais Nuramon s'y trouvait complètement seul.

Au plafond et aux murs, des pierres de béryl couleur de miel dispensaient une chaude lumière. Dans une niche du mur à droite, Nuramon pouvait voir quelques armes et pièces d'équipement, mais aussi toutes sortes de bijoux et de joyaux dont il sentait la force magique. Ses prédécesseurs les avaient autrefois portés lors de la Chasse des elfes. Celui qui en revenait avait pour coutume de laisser quelque chose dans la chambre.

En tant qu'appelé, Nuramon aurait pu s'approprier quelques-unes de ces pièces ; c'était du moins ce que lui avait raconté Farodin. Mais il n'en revendiquait aucune, il ne voulait pas en ternir l'éclat. Ne lui restait donc pour tout équipement que ce qu'il possédait déjà, c'est-à-dire pas grand-chose. Selon l'usage, les membres de sa famille devaient le rencontrer ici pour lui apporter leur soutien et l'équiper. Mais Nuramon ne pouvait y compter. Sur le banc de pierre en face de la niche ne se trouvait ni parent ni présent qu'on aurait déposé là.

La reine ne l'avait-elle pas grandement honoré en l'appelant pour la Chasse ? N'avait-il pas mérité que son clan, selon l'habitude, vienne lui témoigner sa joie ? Au lieu de cela, ils s'étaient tous montrés surpris. Ils ne se donnaient même plus la peine de chuchoter pour se moquer de lui. Ils l'avaient exclu – la reine elle-même n'y pourrait rien changer.

Qui donc, à part Noroelle, pouvait encore le retenir en ce monde ? Ses parents avaient depuis longtemps rejoint la Lumière de la Lune. Il n'avait ni frère, ni sœur, ni ami. Uniquement Noroelle. Elle seule semblait ne pas se soucier de la malédiction qui pesait sur lui. Et si elle avait entendu la décision de la reine, elle aurait partagé sa joie. Elle n'aurait pas manqué de lui rendre visite dans cette chambre.

Nuramon avait entendu parler de la dernière Chasse des elfes. Les compagnons étaient partis protéger un prince troll du Mur des kelpes. Les familles avaient présenté aux chasseurs des armes et toutes sortes d'objets précieux parmi lesquels ils avaient pu choisir. Et celles dont les présents avaient été retenus par les chasseurs en avaient tiré une grande fierté.

Tandis qu'il se morfondait seul, ses compagnons recevaient certainement leur équipement, dans les autres chambres. Le fils d'hommes aussi était probablement entouré. Nuramon se demanda s'il s'était déjà produit qu'un elfe jalouse un humain.

Des bruits de pas devant sa porte le tirèrent de ses pensées. Il se retourna, dans l'espoir que ce serait quelqu'un de sa famille. Il entendit une voix de femme prononcer son nom. Puis la porte s'ouvrit. Une femme entra, vêtue de la robe grise d'une magicienne.

— Emerelle ! s'exclama-t-il.

Sa souveraine était totalement transformée. Elle ressemblait, à présent, moins à une reine qu'à une magicienne très puissante. Ses yeux brun clair scintillaient à la lumière des béryls et un sourire éclairait son visage.

— Tu viens me voir, toi ? s'étonna-t-il.

Elle ferma la porte.

— J'ai bien l'impression d'être la seule.

Elle s'avança vers lui avec une telle élégance et une telle assurance que Nuramon pensa se trouver devant une elfe des temps légendaires. La reine avait vécu ces moments grandioses. Elle n'avait pas été engendrée par des elfes ; elle descendait directement des albes et les avait connus avant qu'ils quittent le monde. En son château, Emerelle cachait quelque part sa Pierre d'albes, le joyau que les albes lui avaient laissé et qu'elle utiliserait un jour pour les suivre. Mais pourquoi venait-elle à lui en magicienne ?

Comme si elle avait lu dans ses pensées, elle répondit :

— Il est de tradition que la reine rende visite à tous les participants de la Chasse. Et comme j'entendais partout des voix, sauf ici, j'ai décidé de commencer par toi.

Elle s'arrêta devant lui et le regarda, semblant attendre quelque chose.

Un souffle de fleurs printanières chatouilla le nez de Nuramon. Le parfum de la reine l'apaisa.

— Pardonne-moi, murmura-t-il, je ne suis pas au courant de toutes ces traditions.

Il baissa les yeux.

— N'as-tu jamais rêvé de participer à la Chasse des elfes ? Tous les enfants en rêvent ; ils en connaissent les usages, et aussi chaque pas du chemin au cours de cette nuit.

Nuramon soupira et releva les yeux.

— Un enfant non reconnu rêve de choses plus modestes.

Il pensa au temps qui avait suivi l'entrée de ses parents dans la Lumière de la Lune. Il était alors encore très jeune, mais personne n'était venu le recueillir. Sa famille l'avait rejeté et il était retourné dans l'arbre de ses parents. Dès lors, il y avait vécu en solitaire. Seuls les enfants d'albes, qui n'accordaient aucune importance à la malédiction que les elfes voyaient en lui, l'avaient toléré auprès d'eux. Mais il les avait comptés sur les doigts de la main.

— Je sais combien c'est difficile, dit la reine en arrachant Nuramon à ses souvenirs. Toutefois, ma décision sera un signe pour les autres. Ils en sont encore surpris, mais ils te verront bientôt avec d'autres yeux.

— J'aimerais te croire, répondit-il en évitant son regard.

— Regarde-moi, Nuramon ! ordonna-t-elle. N'oublie pas que je suis aussi ta reine. Je ne peux amener les autres à t'aimer. Mais je vais te traiter exactement comme je les traite. Tu te sens seul et exclu. Mais bientôt, les autres découvriront ton être véritable. Tu as surmonté la souffrance de tes jeunes années. Il semble que Noroelle ait éveillé en toi des forces insoupçonnées. Voici venu le moment de t'offrir la reconnaissance due à tes qualités.

— Je saurai m'en montrer digne, Emerelle.

La reine jeta un regard vers la porte.

— Puisque personne ne vient et que depuis toujours on a armé les chasseurs, c'est moi qui me chargerai de ton équipement. Je te le ferai porter plus tard dans ta chambre.

— Mais…

— Non, ne dis pas que cela ne t'est pas dû ! Regarde là-haut ! (Elle montra le portrait d'une elfe combattant un dragon.) Gaomée ! Elle a terrassé le dragon Duanoc qui s'était introduit dans nos contrées par la Porte de Halgaris.

Gaomée ! Duanoc ! Halgaris ! Des noms légendaires, évocateurs de grands exploits et de temps héroïques. Autrefois, de nombreux dragons étaient venus en Albemark, mais seuls quelques-uns avaient trouvé leur place en ce monde et conclu une alliance avec les elfes. Duanoc avait été à cent lieues d'accepter un tel pacte. À ce qu'on racontait, du moins. Et la jeune Gaomée l'avait terrassé. Un frisson parcourut le dos de Nuramon.

La reine continuait à parler :

— Gaomée n'avait plus de famille. En la choisissant, j'ai créé autrefois aussi une grande surprise. Je retrouvais en elle quelque chose que j'avais jadis perçu en moi.

Emerelle ferma les yeux et Nuramon fut complètement sous le charme. Jamais auparavant, il n'avait vu la reine avec les paupières fermées. C'était ce visage qu'elle devait avoir en dormant, quand elle rêvait de choses que seule une elfe dotée d'un grand pouvoir pouvait comprendre.

— Je vois si nettement Gaomée dans mes souvenirs… Elle se tenait ici, devant moi, son visage baigné de larmes. Elle ne possédait pas d'équipement convenable pour se lancer avec les autres à l'assaut du dragon. Alors, je l'ai pourvue de tout le nécessaire. Il est hors de question qu'un chasseur soit mal équipé, surtout quand il s'agit de pénétrer dans les royaumes humains.

— S'il en est ainsi, je vais accepter.

Nuramon leva les yeux sur la fresque de Gaomée et se perdit dans la contemplation. La reine lui avait ouvert une voie dont il n'aurait jamais pensé qu'elle lui serait accessible. Depuis longtemps, il s'était habitué à se trouver à l'écart des autres.

— Je sais que tout cela est nouveau pour toi, dit la reine doucement en le tirant encore une fois de ses pensées. Pourtant, il s'agit là d'un tournant pour ton âme. Jamais encore personne portant le nom de Nuramon n'a participé à la Chasse des elfes. Tu es le premier. Et parce que la réputation des elfes est aussi liée à la Chasse, beaucoup devront décider, à ton retour, s'ils veulent t'accueillir avec moquerie ou avec reconnaissance. (Nuramon ne put s'empêcher de sourire.) Pourquoi souris-tu ? Fais-moi part de tes pensées.

— Je pense à la peur, que j'ai lue sur le visage des miens, lorsque tu m'as appelé. Maintenant, plus qu'une honte, ils voient en moi un danger. Ils craignent sans doute que, si je meurs, leur naisse un enfant qui portera mon âme. En fait, ils devraient être ici pour me fournir le meilleur équipement, dans l'espoir de me voir survivre. Mais leur aversion envers moi semble l'emporter sur la peur de ma mort…

Emerelle le regarda avec bienveillance.

— Ne les juge pas aussi sévèrement. Laisse-les d'abord s'habituer à la situation nouvelle. Seules les rares personnes qui traversent les siècles s'habituent facilement à la nouveauté. Personne ne pouvait pressentir que j'allais t'appeler. Toi-même, tu ne t'y attendais pas.

— C'est vrai.

— Et maintenant, sais-tu ce qui va suivre ?

Nuramon ne comprit pas où elle voulait en venir. Faisait-elle allusion à sa vie ou à cette conversation ?

Mais Emerelle ne lui laissa pas le temps de répondre et elle poursuivit :

— Les compagnons de la Chasse courent un grand danger. C'est pourquoi la reine leur donne à chacun un conseil pour le chemin.

Nuramon se sentit honteux de son ignorance.

— Je le suivrai, quel qu'il soit.

— Je suis ravie que tu me fasses tant confiance. (Elle posa sa main sur son épaule.) Tu es différent des autres, Nuramon. Le regard que tu portes sur le monde diffère de celui d'un elfe ordinaire. Tu vois la beauté dans ce que les autres abhorrent. Tu vois le sublime là où ils passent leur chemin avec mépris. Et tu parles d'harmonie là où tout leur paraît insupportable. Et parce que tu es ainsi, je vais te donner un conseil que j'ai entendu autrefois prononcer par l'oracle de Telmareen : « Choisis toi-même tes parents ! Ne te soucie pas de ta réputation ! Tout ce que tu es est en toi. »

Nuramon resta comme fasciné. Lui, voici qu'il entendait les mots de l'oracle de Telmareen par la bouche même de la reine ! Il apprécia un moment le sentiment qu'elle lui procurait. Puis, d'un seul coup, une question monta à ses lèvres. Il hésita avant de la poser :

— Tu as dit que tu avais entendu ce conseil. À qui s'adressait l'oracle ?

Emerelle sourit.

— Suis le conseil de la reine ! dit-elle en lui baisant ensuite le front. C'est à moi que l'oracle a parlé.

Sur ces mots, elle se retourna et se dirigea vers la porte.

Nuramon la regarda, sidéré. Au moment de sortir, elle ajouta :

— J'ai vu Noroelle dans le verger.

Quand elle fut partie, Nuramon se laissa tomber sur le banc de pierre pour réfléchir. C'était donc à la reine que l'oracle avait autrefois donné ce conseil ? L'avait-elle appelé parce qu'elle se reconnaissait en lui ? Nuramon s'aperçut soudain combien il s'était trompé sur elle. Il l'avait toujours considérée comme inaccessible, comme une elfe dont on ne pouvait qu'admirer l'éclat comme on admire une étoile lointaine. Mais jamais, au grand jamais, il n'aurait pensé qu'il pouvait exister entre elle et lui une quelconque affinité.

Pour tous les elfes et autres enfants d'albes qui se trouvaient sous sa protection, Emerelle servait à la fois de modèle et d'idéal. Comment avait-il pu l'ignorer ? Elle ne lui avait pas seulement révélé un chemin pris par elle autrefois, mais elle l'avait aussi renvoyé à Gaomée. Lors de la Chasse des elfes, il suivrait son exemple. Mais c'était surtout le conseil de la reine qu'il garderait en lui.

Il se remémora encore une fois ses paroles et pensa en même temps à Noroelle. En quittant sa chambre, il vit, à l'autre bout du couloir, Mandred entouré de quelques elfes. Le fils d'hommes les remerciait haut et fort. Nuramon ne put s'empêcher de sourire. Maintenant, pour aucun trésor de ce château, il n'aurait voulu échanger son destin avec Mandred ni avec aucun autre chasseur.

En traversant le couloir, il remarqua qu'aucune elfe ne se trouvait près de Mandred. Ce qui ne l'étonna guère. On s'était sans doute déjà répété à la cour l'indécence avec laquelle il regardait les femmes. Il se réjouissait que Noroelle ait échappé à ses regards dans la salle du trône. Comment pouvait-on manquer de tact à ce point !

À cet instant, Mandred s'écria :

— Eh bien, mes amis ! Prononcez donc une formule magique pour que cette armure s'adapte à ma taille et je l'accepterai avec joie… Attendez ! Épargnez-moi les épées et autres jouets d'enfants. Moi, je m'appelle Mandred ! Vous n'avez pas de hache ?

Nuramon secoua la tête. Une voix rauque, une âme rauque ! Et pourtant, une façon d'être indéniablement séduisante.

En se dirigeant vers le verger, Nuramon se demanda comment Noroelle recevrait la nouvelle de sa participation à la Chasse. Sa crainte pour lui l'emporterait-elle sur sa joie ? La reine avait parlé d'elle en termes élogieux. Elle avait dit la vérité : sa bien-aimée l'avait transformé.

Elle lui avait donné confiance en lui et il avait grandi grâce à son affection.

Quelques instants plus tard, Nuramon atteignit le verger. Il se trouvait sur une avancée rocheuse qu'on pouvait rejoindre depuis le château. Il faisait nuit. Il leva les yeux vers la lune. C'était là le but de la vie. Partir enfin dans la Lumière de la Lune ! Pendant toutes ces années, elle avait été sa confidente. Ses ancêtres – ceux qui avaient autrefois porté son âme et son nom – avaient sans doute aussi ressenti ce lien. Sa faible lueur l'effleurait comme un souffle frais au cœur de ce chaud printemps. Nuramon s'engagea sous les arbres.

Il s'arrêta sous un bouleau et regarda autour de lui. Il y avait longtemps qu'il n'était pas venu dans ce jardin. On disait que tous les arbres ici possédaient une âme et un esprit et que celui qui savait tendre l'oreille pouvait les entendre chuchoter. Nuramon eut beau écouter, il n'entendit rien. Ses sens étaient-ils toujours aussi peu aiguisés ?

Mais à présent, il s'agissait de trouver Noroelle. Elle serait sous un arbre fruitier. Il chercha les fruits que les arbres portaient ici toute l'année : pommes et poires, cerises et mirabelles, abricots et pêches, citrons et oranges, prunes et... mûres. Noroelle aimait les mûres !

Tout au bout du jardin poussaient deux mûriers, mais Noroelle ne s'y trouvait pas. Nuramon s'adossa au mur et regarda le paysage. Dans la nuit, les tentes installées dans la vallée ressemblaient à des lanternes colorées.

— Où es-tu, Noroelle ? demanda-t-il doucement.

Il entendit alors les cimes chuchoter :

— Elle n'est pas ici, elle ne fut pas ici !

Étonné, il se retourna… et ne vit rien d'autre que les deux mûriers.

— C'est nous, entendit-il dans les branches du plus grand. Va voir le sapin-fée. C'est un sage, (ajouta le plus petit.) Mais avant de partir, prends donc de nos fruits !

— Les mûriers pourvus d'une âme ne sont-ils pas connus pour le souci qu'ils ont de leurs fruits ? demanda Nuramon, surpris.

Les feuilles du plus grand arbre frémirent.

— C'est vrai. Nous ne sommes pas comme nos frères et sœurs inanimés. Mais, toi, tu es en chemin vers Noroelle.

Le plus petit arbre s'ébroua.

— Ce serait un honneur pour nous qu'elle veuille bien goûter de nos fruits.

Deux baies tombèrent dans les mains de Nuramon : l'une rouge foncé, l'autre blanche.

— Soyez remerciés tous les deux, dit Nuramon d'une voix émue.

Et il se mit en chemin. Il pensait avoir vu un sapin tout près du bouleau.

En arrivant devant le sapin-fée, il se souvint de lui. Enfant, il avait joué ici en hiver avec les fées des prés. Ni haut, ni large, on aurait pu le qualifier d'ordinaire. Mais une aura en émanait qui ne tolérait pas le froid. C'était lié à une magie que Nuramon possédait lui aussi. Le sapin disposait de forces guérisseuses. Il le sentait nettement.

Ses branches s'agitèrent au vent.

— Qui es-tu pour venir ainsi me troubler ? murmura la cime.

Des bruissements partirent tout autour. Là, où venait de régner le silence, on n'entendit plus que susurrements.

— Qui est-ce ? semblaient demander les arbres.

— Un elfillon, répondait les autres.

Le sapin des fées ordonna :

— Silence ! Laissez-le répondre !

— Je ne suis qu'un elfe ordinaire, dit Nuramon. Et je cherche ma bien-aimée.

— Quel est ton nom, elfillon ?

— Nuramon.

— Nuramon, répétèrent les branches.

Les autres arbres aussi chuchotèrent son nom.

— J'ai entendu parler de toi, affirma le sapin.

— De moi ?

— Tu habites une cabane dans un arbre, dans un chêne nommé Alaen Aïkhwitan. Ta maison est faite du bois qui abritait autrefois l'âme de la puissante Céren. Connais-tu Alaen Aïkhwitan ? Et as-tu entendu parler de Céren ?

— Céren ne m'est pas connue, mais je connais Alaen Aïkhwitan. Je sens sa présence quand je suis chez moi. Sa magie garde la cabane fraîche en été et chaude en hiver. C'est de lui que ma mère a appris l'art de guérir et, moi, je le tiens d'elle. Mais il ne s'est jamais révélé à moi.

— Il faut d'abord qu'il s'habitue à toi. Tu es encore jeune. Ses messagers m'ont parlé de toi… de ta solitude. (Les questions se pressaient sur la langue de Nuramon, mais le sapin demanda :) Qui est donc ta bien-aimée ?

— Son nom est Noroelle.

Des chuchotements amusés passèrent dans les cimes tout autour, et le nom de « Noroelle » fut prononcé plus d'une fois. Cependant, les voix des arbres se mêlaient tant aux bruissements de leurs feuilles qu'il ne put entendre ce qu'elles disaient de Noroelle.

Mais il pouvait comprendre le sapin-fée.

— Elle n'est pas ici, elle ne fut pas ici cette nuit.

— Pourtant, la reine m'a dit qu'elle était dans ce jardin.

— La reine dit ce qui doit être dit. Noroelle n'est pas ici, mais près d'ici. Va vers la terrasse, là où le tilleul et l'olivier poussent côte à côte !

Nuramon eût encore aimé poser des questions sur Céren, mais pour l'instant, il était plus important de trouver Noroelle. Aussi, il remercia l'arbre et prit le chemin qu'il lui avait indiqué.

Bientôt, il vit le tilleul et l'olivier devant la paroi rocheuse qui s'élevait jusqu'à la terrasse. En s'approchant, il trouva un escalier étroit qui y menait.

Noroelle se tenait près de la balustrade en pierre de la terrasse. Dans sa robe blanche, elle ressemblait à un esprit descendu de la Lumière de la Lune. Elle ne l'avait pas encore aperçu. Il se plaça sous le tilleul. Le sapin-fée avait raison : la reine avait dit ce qui devait être dit. Elle l'avait habilement conduit ici : Noroelle là-haut, lui en bas ! Cette situation appelait tout simplement un poème à déclamer depuis l'ombre d'un tilleul vers la Lumière de la Lune.

Noroelle prononça alors quelques mots. S'adressait-elle à la lune ? Parlait-elle à la nuit ? Il l'écouta, gêné de se trouver là. Elle se tourna de côté. Ce n'était pas à la lune, ni à la nuit qu'elle parlait, mais à un elfe.

Une seconde plus tard, Nuramon vit celui vers qui elle était tournée : Farodin.

Nuramon ne pensa plus qu'à partir et, en titubant, il passa de l'ombre du tilleul à celle de l'olivier. Appuyé au tronc, il écouta sans enthousiasme les mots prononcés là-haut. Farodin avait trouvé un ton qui semblait plaire à Noroelle. Pour la première fois, il exprimait son amour du plus profond de son cœur.

Alors, c'était fini...

Entre les branches, au clair de lune, Nuramon regarda Noroelle qui succombait au charme de Farodin. Jamais il ne l'avait vue si heureuse. Farodin l'embrassa avant de la quitter. Noroelle resta là, sans bouger, souriant à la nuit. Et comme Nuramon l'aimait, il ne put faire autrement que sourire, lui aussi. Peu importait que Farodin ait, à l'évidence, remporté la victoire. Sa bien-aimée souriait, et cela l'émouvait.

Nuramon contempla Noroelle un long moment, il vit son sourire s'évanouir peu à peu et son visage s'attrister. Il en perdit, lui aussi, l'envie de sourire et quand elle prononça doucement son nom dans la nuit, il retint son souffle. Farodin la faisait sourire, mais penser à Nuramon lui causait de la peine. Quand il vit une larme couler sur sa joue, il ne put résister plus longtemps. Il prit une légère inspiration et chuchota :

— Douce enfant d'albes, entends la voix (Noroelle sursauta) de l'arbre chanter pour toi ! (Elle regarda en bas, leurs regards se croisèrent, et elle retrouva son sourire.) Je te vois là, au vent du soir. Comme dans mes rêves, une fée d'espoir.

Noroelle essuya une larme, elle prit une grande inspiration puis dit doucement :

— Mais comment une elfe ressemblerait-elle à une fée ?

— Eh bien…, fit-il en enchaînant aussitôt : Ta robe pareille au blanc bouleau, d'amour m'aveugle et luit là-haut. (Il quitta l'ombre de l'olivier pour retrouver celle du tilleul.) Crois le tilleul, une seule fois. Douce enfant d'albes, entends ma voix !

— Je t'entends, esprit de l'arbre. Mais c'est la première fois que j'entends un arbre parler en rimant.

Il chuchota en réponse :

— Il ne m'a pas été facile non plus de parler avec la voix d'un elfe afin de plaire à ma fée.

— Je croyais avoir entendu un olivier parler.

— Nos racines sont liées. Nous ne formons qu'un esprit à l'intérieur de deux écorces. En nous s'unissent l'amour et la vie, répliqua-t-il.

— N'y a-t-il pas assez de bouleaux en bas ? Pourquoi languis-tu de moi ?

— Tu le vois, je suis au bord du jardin, le regard levé vers toi. La souveraine de cet endroit m'a demandé d'assister les amants qui envoient leurs mots à leur bien-aimée là-haut.

— Je connais ce jardin et je sais qu'il ne t'est permis que d'écouter et non pas de parler. Est-ce pour moi que tu as rompu ton silence ?

— Il faut bien rompre le silence. L'éternité n'en finit pas.

— Alors, tu m'aimes ?

— Mais oui.

Il la vit toucher une branche.

— Tu es un arbre merveilleux. Et tes feuilles sont tendres. (Elle tira la branche vers elle et déposa un baiser sur une feuille.) Est-ce bon, mon arbre ?

— Comme un enchantement. Et je voudrais t'offrir un présent en échange.

— Un présent ? Une olive, peut-être ?

— Mais non. Tous ceux qui sont là-haut peuvent cueillir une olive sans que j'en prenne ombrage. Je ne voudrais pas t'offrir ce que chacun peut prendre de moi. Pour ma bien-aimée, il faut quelque chose de particulier, pour elle rien n'est trop beau. Tu sais combien les mûriers animés gardent jalousement leurs fruits ?

— Oui. C'est pourquoi il vaut mieux chercher ceux qui ne sont pas habités par une âme. Sinon, on perd beaucoup de temps à convaincre les autres de se séparer d'un seul de leurs fruits.

— Eh bien, c'est précisément ce que j'ai fait. Je... J'ai senti un vent passer qui m'a entraîné jusqu'aux deux mûriers qui prennent racine à l'autre bout du jardin. Je les ai alors priés de me laisser chacun un fruit. D'abord, ils ont refusé au prétexte que je n'étais qu'un arbre, après tout. Que pouvais-je bien faire de leurs baies ? Mais quand ils ont appris que leurs fruits t'étaient destinés, ils se sont d'un seul coup montrés généreux.

— Mais comment t'ont-ils fait parvenir leurs fruits ? Tu te trouves ici, et les autres sont bien loin de toi, comme tu dis.

— Ah, ils ont été passés d'arbre en arbre puis déposés sur la prairie où j'ai étiré mes racines et me suis efforcé toute la journée d'atteindre ce présent pour ma bien-aimée.

— Ainsi, tu as donc les baies, maintenant ?

— Oui, et je voudrais te les donner.

— Mais comment ? Dois-je venir vers toi ? Ou les mettras-tu dans une feuille que tu me tendras ensuite au bout d'une branche ?

— Nous, les arbres, nous possédons une grande force magique. Regarde ! (Nuramon lança la baie rouge pour la faire atterrir sur le parapet de la terrasse, exactement devant Noroelle. Ensuite, il lança la baie blanche que Noroelle attrapa adroitement.) Sont-elles bien arrivées, toutes les deux ? demanda-t-il.

— J'en ai une dans la main et l'autre est devant moi. Elles sont si belles et si fraîches !

Nuramon la regarda manger les baies, fasciné par ses lèvres.

Quand elle les eut dégustées, elle dit :

— Jamais je n'en avais mangé d'aussi douces. Mais que va-t-il advenir de nous à présent, esprit de l'arbre ?

— Ne veux-tu pas descendre jusqu'à moi et prendre racine ici ?

— Tu pourrais tout autant détacher tes racines et grimper l'escalier jusqu'à moi…

— Écoute, bien-aimée ! Entends ma proposition ! Il y a ici un jeune homme qui dort dans mon ombre en rêvant. Peut-être te serait-il agréable ?

— Oui, lie-toi à lui et viens vers moi. L'esprit derrière ta voix dans ce corps, c'est ce que je désire cette nuit. Viens à moi, Nuramon.

L'elfe hésita. Mais ce jour n'était-il pas celui des miracles ? On l'avait appelé pour la Chasse des elfes. La reine lui avait révélé son oracle. Les arbres lui avaient parlé.

Rassemblant son courage, il quitta l'ombre du tilleul et grimpa les marches jusqu'à la terrasse où Noroelle l'attendait. D'abord, il voulut garder ses distances, comme il le faisait toujours. Il ne voulait en aucun cas la toucher. Mais elle se tenait là, plus séduisante que jamais. Sa robe et ses longs cheveux ondulaient au vent de la nuit. Elle sourit doucement, puis elle pencha la tête de côté.

— On m'a rapporté la décision de la reine. Tu ne t'imagines pas mon bonheur. Je t'ai toujours dit qu'on saurait un jour reconnaître ton être véritable. Je le savais. Ô Nuramon !

Elle tourna vers lui les paumes de ses mains et voulut les lui tendre, mais elle s'arrêta.

Nuramon surmonta sa timidité et les saisit.

Noroelle baissa les yeux afin de s'assurer que ses mains la touchaient vraiment. Elle retint son souffle.

Il l'embrassa tendrement sur la joue et elle poussa un soupir. Quand il approcha lentement ses lèvres des siennes, elle se mit à trembler. Et lorsque leurs lèvres se touchèrent, Nuramon sentit Noroelle se relâcher et répondre à son baiser. Puis elle le serra très fort dans ses bras et lui chuchota à l'oreille :

— Au bon moment, Nuramon. Et pourtant de façon si surprenante.

Ils se regardèrent longuement et Nuramon eut l'impression qu'il n'en avait jamais été autrement entre eux.

Au bout d'un moment, Noroelle demanda :

— Raconte-moi ce qui s'est passé ce soir.

Nuramon lui conta ce qui était arrivé, sans oublier le compliment que la reine lui avait adressé. Le lien avec Gaomée et les paroles de l'oracle semblèrent toucher particulièrement Noroelle. Nuramon termina en disant :

— Je me sens transformé. La reine a allumé en moi un feu qui ne demande plus qu'à brûler. Je suis toujours le même, mais je peux enfin agir.

— C'est pourquoi tu peux me toucher maintenant ?

— Auparavant, j'avais peur. Et quand j'ai peur, je suis stupide. Je craignais que tu me repousses, je redoutais que tu me choisisses. Un vrai déchirement.

— Toi et Farodin, vous êtes singuliers. Aujourd'hui, près du lac, on aurait pensé que jamais tu ne m'approcherais et que Farodin ne me révélerait jamais ne serait-ce qu'un souffle de son intimité. Mais cette nuit, vous vous êtes tous les deux transformés.

— Seulement, Farodin a été plus rapide que moi.

— Ce ne serait pas juste, Nuramon... Pour la seule raison qu'il fut le premier à me trouver ici ? Dois-je te punir de ce que la reine était avec toi ? Non ! Une nuit n'est pour moi qu'un instant, et comme vous êtes venus à moi tous les deux cette nuit, vous êtes arrivés au même moment. Tu considères le temps comme un bien trop restreint, Nuramon.

— Est-ce si étonnant ? Si je prends le chemin de mes ancêtres, chaque instant qui me reste est précieux.

— Jamais tu ne suivras ce chemin. Tu vivras longtemps et tu rejoindras la Lumière de la Lune.

Nuramon leva les yeux vers l'astre de la nuit.

— C'est vraiment étrange que quelque chose que j'aime autant que la lune se refuse depuis si longtemps à mon âme. (Il se tut en pensant à toutes les histoires qu'il avait entendues à propos de cet astre.) Savais-tu qu'elle change de forme dans le monde de Mandred ?

— Non, je ne l'ai encore jamais entendu dire.

— Elle est beaucoup plus petite que la nôtre. Et elle décroît au fil des jours ; nuit après nuit, elle prend la forme d'une faucille jusqu'à disparaître totalement. Et puis, elle croît de nouveau lentement pour retrouver sa pleine rondeur.

— On dirait un charme. Je ne sais pas grand-chose de l'Autre Monde. Mes parents m'en ont enseigné quelques langues. Mais je n'en sais pas plus. Quelle peut bien être la magie qui y opère ? Les elfes peuvent-ils aussi rejoindre la Lumière de la Lune à partir des royaumes humains. Que se passe-t-il quand ils meurent là-bas ?

— Voilà des questions auxquelles seuls les sages peuvent répondre.

— Mais toi, Nuramon, que crois-tu ?

— Je crois que la magie qui opère là-bas est apparentée à la nôtre. Je crois qu'un elfe peut aller dans la Lumière de la Lune des humains. Seulement, là-bas, la lune est plus lointaine. C'est un plus long voyage. Et quand un elfe meurt dans les royaumes humains, il n'en va pas autrement que s'il perdait la vie ici. Car la mort ne fait pas de distinction entre les contrées. (Il la regarda attentivement et vit se dessiner un soupçon d'inquiétude sur ses traits.) Crains-tu pour notre vie ?

— Il est rare que la Chasse des elfes parte dans les royaumes humains. Te souviens-tu qu'un elfe y soit jamais mort et qu'il ait pu ensuite renaître ici ?

— On dit que l'un de mes ancêtres aurait perdu la vie hors de notre monde. Et vois ! Je suis ici !

Elle rit, lui caressa la joue et le regarda ensuite, comme fascinée.

— Ton visage est unique.

— Et le tien est…

Elle lui passa les doigts sur ses lèvres.

— Non, pendant des années, tu m'as adressé ces mots-là. Maintenant, je te dis : doux enfant d'albes, tais-toi ! (Elle retira ses doigts de ses lèvres, et il se tut. Doucement, elle lui caressa les cheveux.) Tu as toujours pensé que les femmes, ici, ne feraient que se moquer de toi. Et elles le font de bon cœur, c'est vrai. De ton nom, de ton destin… Elles le font, parce qu'on a toujours ri de toi. Mais ton apparence particulière ne leur a pas non plus échappé. Tu ne croirais pas tout ce qui se dit en cachette, tous ces désirs chuchotés que j'ai entendus. (Nuramon voulut intervenir, mais Noroelle posa de nouveau le bout de ses doigts sur ses lèvres.) Non. Maintenant, tu dois te taire comme les deux arbres en bas. (Elle retira sa main.) Tu es bien plus que ce que ces femmes voient secrètement en toi. L'oracle a raison. Tout ce que tu es est en toi ! Et moi, j'aime tout ce qui est en toi, Nuramon.

Elle l'embrassa.

Quand elle détacha ses lèvres des siennes et qu'elle le regarda, il entreprit prudemment de parler :

— Tout a changé. Je peux à peine y croire : être ici avec toi, échanger ces tendresses et ces paroles. Que s'est-il passé ?

Il jeta un regard autour de lui, comme s'il pensait trouver la réponse ici, sur la terrasse, ou dans la profondeur de la nuit.

— C'est quelque chose que ni toi, ni moi, ni Farodin n'aurions pu obtenir, mais seulement la reine. Le monde s'ouvre maintenant à toi.

— Ce n'est pas du monde dont je languis.

Elle hocha la tête.

— À votre retour, je me déciderai. Vous avez fait tout votre possible. Maintenant, c'est mon tour… J'avoue avoir espéré que vous me feriez encore la cour pendant de nombreuses années, mais c'était sans doute un rêve. Je dois choisir l'un de vous deux. Quelle perte, quel que soit celui qu'il me faudra éconduire ! Mais quelle aubaine pour une autre elfe !

Ils se regardèrent un moment en silence. Nuramon savait combien un refus lui serait douloureux. Pour lui, il n'y en avait pas d'autre, aucune pour laquelle il pourrait éprouver un tel amour. Il baisa encore une fois les mains de Noroelle et lui caressa la joue avant de lui dire :

— Laissons cela maintenant. Nous y penserons à notre retour, à Farodin et à moi.

Elle acquiesça.

— Seras-tu présente demain ou est-ce là notre dernier adieu ?

— Je serai là, dit-elle doucement.

— Alors, je me réjouis déjà d'être à demain. De quelle couleur sera ta robe ?

— Verte. C'est Obilée qui l'a faite.

D'un air songeur, elle écarta une mèche de son visage. Nuramon aimait ce geste machinal ; elle prenait ses cheveux entre l'annulaire et le petit doigt pour les repousser en arrière.

— Alors, ta robe sera certainement merveilleuse.

— J'ai hâte de voir ce que la reine va t'apporter. Quoi que ce soit, ce sera plus précieux que tout ce qu'on a pu t'offrir jusqu'alors.

— M'offrir ? Je l'accepterai pour la Chasse des elfes. Mais, à notre retour, je le lui rendrai.

Noroelle éclata de rire.

— Non, Nuramon. La reine est généreuse. Elle ne le reprendra pas.

Il l'embrassa sur le front.

— Maintenant, je vais partir, Noroelle.

— Peut-être qu'un de tes parents va finir par se faire violence et venir dans ta chambre.

— Non, je ne le crois pas. (Il prit ses mains et dit :) Mais qui sait ? (Il leva la tête vers les étoiles.) Cette nuit, tout paraît possible. (Il lâcha ses mains.) Bonne nuit, Noroelle.

Elle l'embrassa avant qu'il parte.

Nuramon quitta la terrasse et, lorsqu'il fut arrivé à la porte de la grande salle, il se retourna une dernière fois vers Noroelle. Elle était tout simplement parfaite. Jamais ni nulle part auparavant, il ne s'en était aperçu aussi clairement qu'en cet instant.

Quand il eut atteint le couloir qui menait aux chambres, il constata que toutes les portes étaient désormais fermées. Les visiteurs attendus avaient rendu leurs devoirs ; personne ne semblait en espérer d'autres. Un brouhaha de voix témoignait que, parmi les chasseurs, beaucoup s'étaient retrouvés.

Devant sa porte, il s'arrêta et tendit l'oreille. Tout était calme. Il espérait tellement qu'un de ses parents au moins aurait pris sur lui et l'attendrait dans sa chambre. Nuramon ouvrit la porte et risqua un œil à l'intérieur. Et de fait, près du lit se trouvait une forme immobile qui lui tournait le dos. Sa joie fut de courte durée. Pendant son absence, on avait amené un porte-armure et, dans le faible éclairage du béryl, il l'avait pris pour un elfe, tant il avait souhaité la venue d'un visiteur.

Déçu, il referma la porte derrière lui. Il s'approcha du porte-armure et contempla les présents de la reine : un manteau, une cuirasse et une épée courte.

Nuramon prit le manteau lie-de-vin et le soupesa. Il était lourd, fait de laine et de lin, et si adroitement tissé de fils magiques qu'aucun souffle de vent ni aucune goutte d'eau n'y trouverait son chemin. Il le protégerait aussi bien de la chaleur que du froid.

Noroelle possédait un tel manteau. Elle l'avait apporté d'Alvemer. La reine ne l'avait certainement pas placé là par hasard. Il représentait un peu du pays de Noroelle. Il lui tiendrait chaud, s'il devait chevaucher dans le Monde des Humains par temps d'hiver.

Il plia le manteau et le posa sur le banc en pierre. Puis il s'intéressa à l'armure. C'était celle d'un tueur de dragons. Ces cuirasses étaient réputées pour être à la fois résistantes et souples. Leur confection demandait une grande habileté. Celle-ci était en peau de dragon et servait à protéger le torse et les bras. Celui qui l'avait faite maîtrisait son art. Il avait divisé chaque fragment de peau en de nombreuses couches fines, qu'il avait ensuite travaillées puis assemblées à son idée. Entre les différentes couches, il avait placé quelque chose en forme de goutte. Probablement s'agissait-il d'écailles de dragon retaillées. Mais ceci restait le secret de l'artisan. Le cuir sentait bon. Le traitement de la peau avait fait disparaître sa puanteur et fait place à une légère odeur de sous-bois.

Il n'y avait plus qu'à Olvedes qu'on fabriquait encore des armures en peau de dragon : c'était le seul endroit où sévissaient encore les monstres cracheurs de feu. Les fabricants d'Olvedes étaient réputés, ils avaient coutume de laisser leur marque sur leurs œuvres. Nuramon défit le baudrier et prit la cuirasse. Il chercha à l'intérieur la marque de celui qui avait réalisé cette merveille. Il la trouva, dissimulée sur le gorgerin. Un soleil y était représenté. Et en dessous, écrit en toutes petites lettres : « Xeldaric ».

Nuramon fut touché. Xeldaric passait pour être le meilleur armurier de tous les temps. Il avait rejoint la Lumière de la Lune après avoir créé son chef-d'œuvre pour la reine : une armure d'albe intégrale. Nuramon était encore tout enfant quand il en avait entendu parler. Xeldaric était parti directement de la salle du trône vers la Lumière de la Lune, dès que la reine avait reçu de lui son armure.

C'était un grand honneur de porter une de ses cuirasses. Et même sans se donner la peine d'y chercher la marque du maître d'œuvre, on s'apercevait que ce harnois représentait un présent princier. Même si, à première vue, il ne possédait pas l'uniformité d'une armure à plaques, chaque pièce s'y trouvait bien en place et parlait de la chasse aux dragons. La peau verte des dragons d'Olvedes s'y trouvait aussi bien travaillée que le cuir brun des dragons peuplant les forêts de Galvelum et le cuir rouge des dragons du soleil d'Ischemon. Rassemblés, ces fragments formaient une mosaïque aux couleurs de la forêt se fondant doucement l'une dans l'autre.

Nuramon remit l'armure en place. Il prit alors le baudrier qu'il avait posé sur le lit et y trouva une épée dans un sobre fourreau de cuir. Le pommeau et la garde étaient en or et richement ornés, la poignée présentait des bandes alternées de nacre et de cuivre. Nuramon tira l'arme du fourreau et en eut le souffle coupé. La lame était forgée en éclat d'étoile, un métal que l'on ne trouvait qu'au sommet des plus hautes montagnes. Cette arme était un aussi grand chef-d'œuvre que l'armure. Au centre de la large garde se trouvaient des runes entrelacées. En y regardant de plus près, Nuramon put déchiffrer le nom qu'elles dessinaient : « Gaomée ». Il tenait l'épée de Gaomée ! Avec cette arme, elle avait terrassé Duanoc. Désormais, c'était à lui de la manier…

L'appel de la reine

Farodin avait congédié ses invités assez tôt. Il voulait rester seul pour mettre un peu d'ordre dans ses pensées. Mais il n'en eut guère le loisir, car la chambre voisine retentissait d'échos de beuverie. Le fils d'hommes avait perdu la tête ! Il fallait être fou pour se saouler la veille de la Chasse des elfes. Et Farodin comprit, en entendant un rire hennissant, qu'Aïgilaos partageait sa folie.

Il s'allongea sur la couche dure qu'il avait déjà connue en de pareilles nuits. En repensant aux événements de la soirée, il se sentit empli d'une joie sereine. Enfin, il avait osé se révéler à Noroelle. Il avait pu lui avouer son amour avec ses mots maladroits. Quelques phrases venues droit du cœur avaient fini par lui offrir ce que mille chants n'avaient pas obtenu. Il était certain d'avoir conquis Noroelle ce soir-là.

Quelques légers coups frappés à sa porte le tirèrent de ses pensées. Un kobold entra, une grande lanterne à la main.

— Pardonne-moi de troubler ta tranquillité la veille de la grande Chasse, Vénérable, mais la reine désire te parler. Si tu veux bien me suivre.

Surpris, l'elfe enfila son habit. Qu'avait-il bien pu se passer ?

Le kobold inspecta prudemment le couloir. Ses narines se dilatèrent : on aurait dit un limier en train de flairer.

— L'air est pur, Vénérable, chuchota-t-il sur un ton de conspirateur.

À grandes enjambées, il traversa le couloir, puis il ouvrit une porte dissimulée derrière une tapisserie représentant une chasse au cerf. Il fit grimper à Farodin un étroit escalier dont seuls les kobolds et les gnomes avaient habituellement l'usage. Sous un palier, il ouvrit une deuxième porte secrète, derrière laquelle se cachait un corridor carrelé. De temps à autre, le kobold se tournait en souriant vers Farodin. À l'évidence, il appréciait le rôle que lui avait attribué Emerelle.

Ils arrivèrent devant un escalier en spirale dissimulé dans une grande colonne. Farodin perçut une légère musique à travers le mur. Angoissé, il se remémora la dernière fois où Emerelle lui avait confié une mission secrète. Elle l'avait de nouveau chargé de tuer pour elle. Pendant les guerres des Trolls, sept cents ans auparavant, quelque chose en lui s'était brisé. Seule la reine en connaissait la raison. Et elle avait su l'utiliser à son profit. Il cachait ce sombre aspect de son âme. À la cour, on ne connaissait que le ménestrel lisse, un peu superficiel. La première fois où il avait rencontré Noroelle, il avait nourri l'espoir de redevenir celui qu'il était autrefois. Elle seule pouvait accomplir ce miracle.

En haut de l'escalier, le kobold s'arrêta devant une porte de bois gris.

— Je ne suis pas autorisé à t'accompagner plus loin, Vénérable. (Il passa la lanterne à Farodin.) Tu connais le chemin. J'attendrai ici.

En franchissant la porte, Farodin sentit un léger souffle d'air sur son visage. La mélodie d'un chant connu résonnait dans l'air. Sa mère le lui avait souvent chanté quand il était encore enfant. Il parlait du départ des albes.

Le couloir mena Farodin derrière la sculpture d'une dryade. Il se faufila difficilement dans une étroite fente entre la statue et le mur et se retrouva sur le petit balcon qui surplombait la salle aux eaux tombantes. En jetant un coup d'œil vers le haut, il vit le toit d'une tour enroulé sur lui-même comme la coquille d'un escargot.

— Je suis heureuse que tu aies répondu aussi vite à mon appel, Farodin, dit une voix familière.

Le guerrier elfe se retourna. Derrière lui, Emerelle était apparue sur le balcon. Vêtue d'une simple chemise de nuit blanche, elle avait passé un léger châle sur ses épaules.

— Je suis très inquiète, Farodin, poursuivit la reine. Une aura de malheur entoure le fils d'hommes. Il a en lui quelque chose qui se dérobe à ma magie et je me demande avec angoisse comment il est arrivé ici. C'est le premier fils d'hommes que nous n'avons pas appelé. Aucun d'eux n'a jamais encore franchi par ses propres moyens les Portes d'Albemark.

— Peut-être était-ce simplement le fait du hasard, objecta Farodin. Un caprice de la magie.

Emerelle hocha la tête, l'air pensif.

— C'est possible. Mais il se pourrait bien… Il y a quelque chose, au-delà du cercle de pierres, qui se soustrait à mon regard. Et Mandred y est lié. Je t'en prie, Farodin, sois particulièrement vigilant quand tu chevaucheras dans l'Autre Monde. L'histoire de Mandred ne peut être vraie ! Je m'en suis longuement entretenue avec les Anciens. Aucun d'eux n'a encore jamais entendu parler d'un homme-sanglier. (Emerelle s'arrêta et, quand elle reprit, ses mots étaient froids et autoritaires.) Si le fils d'hommes nous a trompés, Farodin, tue-le, comme tu as tué pour moi le prince d'Arcadie et tous les autres ennemis d'Albemark.

La nuit au château des elfes

Mandred s'appuya contre le flanc du centaure. Ce breuvage rouge, apporté par l'homme-cheval, était véritablement prodigieux. Du vin ! Mandred en avait déjà entendu parler, mais à Firnstayn on ne buvait que de l'hydromel et de la bière.

En titubant, il leva la lourde coupe en or.

— À notre amitié, Aïgil… Aïgilaos ! Tu as vraiment un nom imprononçable.

— Tu devrais entendre ceux des cyclopes du château de la falaise, balbutia le centaure. Les trolls de Daïlos, ils déraillent complètement. Ils sont fous à lier, ils se crèvent un œil en hommage à leur héros le plus illustre.

Mandred fut impressionné ! Quelle dévotion ! Ce genre de choses ne risquerait pas d'arriver chez les elfes ! Ils étaient tous si… Le guerrier n'arrivait pas à trouver le mot convenable. Froids, lisses, arrogants ?… En tout cas, pas question de compter sur eux pour faire la fête ! Pourtant, ils lui avaient apporté des coupes et proposé cette petite salle pour festoyer pendant la nuit. Mais, quand il s'était vraiment trouvé d'humeur joyeuse avec Aïgilaos, les elfes s'étaient éclipsés les uns après les autres. Des mauviettes !

— Un homme qui ne sait pas boire n'est pas un homme !

— Pour sûr ! approuva le centaure d'une voix rauque.

Mandred recula un peu en chancelant pour trinquer encore avec lui. Toutefois, ces coupes en or ne s'y prêtaient guère. Ce que les elfes fabriquaient était certes joli, mais pas franchement robuste. Maintenant, sa coupe était toute cabossée. Ça ne risquait pas d'arriver avec des cornes à hydromel. Un moment, Mandred se demanda si cela allait lui causer des problèmes. Mais les elfes l'avaient comblé de présents. S'ils venaient à se montrer mécontents, il n'aurait qu'à leur rendre un de leurs cadeaux.

Le guerrier contempla les présents alignés sur le banc de pierre près de la porte : une cotte de mailles comme aucun prince du Pays des Fjords n'en possédait ; un casque segmenté, niellé d'or, avec un camail ; un carquois en cuir richement brodé, garni de fines flèches ; une dague, au fer luisant d'un ton bleuâtre ; une magnifique selle incrustée d'argent. Et la reine lui avait promis pour le lendemain un cheval de sa propre écurie. « Un animal qui acceptera de porter un fils d'hommes », avait-elle dit. Mandred renifla de colère. Comme si un cheval allait lui poser problème ! Si la bête se comportait de travers, il lui flanquerait des coups de poing sur la tête, ça avait toujours marché jusque-là. Personne n'aimait ça, pas même les chevaux rétifs.

— Quelque chose te préoccupe, mon ami. (Aïgilaos passa son bras autour des épaules de Mandred.) Tu verras, ce monstre, nous en viendrons à bout. Demain soir, sa tête sera fichée sur un pieu au centre de ton village.

—Il ne faut pas vendre la peau du dragon avant de l'avoir tué, dit une voix connue. (Mandred se retourna. Ollowain se tenait à la porte, tout de blanc vêtu. L'elfe enjamba le tas de crottin qui souillait la splendide mosaïque colorée du sol.) Vous avez réussi à donner à cette salle le charme d'une écurie, dit-il avec un léger sourire. La Chasse des elfes existe depuis des siècles et personne encore n'y était parvenu.

Mandred se planta, jambes écartées, en travers de son chemin.

—Si j'ai bien compris, jamais encore la Chasse ne fut conduite par un humain.

Ollowain hocha la tête d'un air songeur.

—Les puissants eux-mêmes commettent des erreurs. (Il saisit son baudrier et le détacha de ses hanches. Puis il enroula soigneusement le ceinturon orné d'argent autour du fourreau, avant de tendre l'épée à Mandred.) Je n'aurais pas dû te frapper.

Mandred, étonné, regarda l'arme effilée, sans la prendre.

—Pourquoi ?

Il ne se serait pas comporté autrement qu'Ollowain. Qu'y avait-il de déshonorant à frapper un homme assez stupide pour défier quelqu'un qui lui était supérieur ?

—Ce n'est pas convenable. Tu es l'hôte de la reine. (L'elfe montra la déchirure de son manteau.) Tu m'as manqué de peu. Toi… un humain ! Cela m'a mis en rage. Quoi qu'il en soit, je n'aurais pas dû te frapper. Tu n'a pas été pas mauvais… pour un humain.

Mandred saisit l'épée. C'était l'arme avec laquelle il s'était battu contre Ollowain. Une épée digne d'un roi.

— En fait, je ne suis pas particulièrement bon à l'épée, répondit-il en souriant. Tu aurais plutôt dû me donner une hache.

Les sourcils d'Ollowain tressaillirent légèrement, mais le reste de son visage resta impassible. Il chercha sous son manteau et sortit une tresse rousse de l'épaisseur d'un doigt.

— Ceci t'appartient, fils d'hommes.

Ses yeux étincelaient.

Mandred mit un moment à comprendre ce qu'Ollowain lui tendait là. Effrayé, il porta la main à ses cheveux. Juste au-dessus de sa tempe, il trouva le peu qui lui restait d'une tresse. La rage l'étouffa.

— Tu… tu m'as mutilé, sale bâtard sournois ! Espèce de… monstre ! Vile engeance d'elfes !

Mandred voulut dégainer son épée, mais le ceinturon, enroulé autour de la garde et du fourreau, l'empêcha de tirer la lame de plus d'un pouce. Furieux, il jeta l'épée et montra les poings.

— Je vais écrabouiller ton joli petit nez !

L'elfe esquiva le coup d'un pas dansant.

— On va lui flanquer une bonne raclée ! brailla Aïgilaos en se cabrant.

Ollowain plongea sous les sabots des pattes avant du centaure qui fouettaient l'air en tous sens. Puis il se rétablit agilement et frappa le centaure au flanc.

Aïgilaos hurla de rage. Ses sabots dérapèrent sur la mosaïque. Il glissa sur une flaque de vin.

Mandred voulut éviter le centaure dans sa chute, mais son ami écarta les bras dans une tentative désespérée de s'accrocher à lui. Ils roulèrent tous les deux au sol. Mandred en eut le souffle coupé. À demi écrasé par le centaure, il ne pouvait pratiquement plus bouger.

Ollowain l'attrapa par le bras et l'extirpa de sous Aïgilaos, tandis que ce dernier tentait vainement de se remettre sur ses pattes.

— Inspire à fond ! lui commanda l'elfe. (Mandred haletait comme un chien. Il sentait la tête lui tourner. Enfin, il parvint à reprendre son souffle.) Quelle impudence de se saouler ainsi la veille d'une Chasse périlleuse ! (Ollowain secoua la tête.) Tu as le don de me faire sortir de mes gonds à chacune de nos rencontres, Mandred fils d'hommes. Libre à toi de ne pas penser à toi, mais tu pourrais au moins songer aux hommes et aux femmes qui vont t'accompagner. Tu vas diriger l'expédition demain, c'est toi qui en seras responsable ! Je vais t'envoyer quelques kobolds ; ils vont nettoyer cette écurie, vous retirer le vin et vous laisser quelques baquets d'eau à la place. J'espère que d'ici demain matin, vous aurez recouvré vos esprits.

— Poule mouillée, balbutia Aïgilaos. Jamais un type comme toi ne pourra comprendre ce qu'est un homme, un vrai !

L'elfe sourit

— En fait, je n'ai encore jamais tenté de me représenter ce que peut bien penser un cheval.

Mandred se tut. Il aurait aimé corriger Ollowain, mais il avait compris qu'il ne faisait pas le poids face à lui. Et plus grave encore : au fond de son cœur, il savait que l'elfe avait raison. Quelle stupidité de se saouler ! Il s'était laissé séduire par la douceur de ce vin qui se laissait boire. Il avait voulu faire taire son angoisse : sa peur de savoir que Freya n'était plus en vie et celle de devoir de nouveau affronter l'homme-sanglier.

Les adieux

Rarement la salle du trône avait été aussi animée qu'en ce matin-là. Noroelle se trouvait près de l'un des murs d'eau ruisselante. À ses côtés se tenait Obilée, sa confidente ; âgée de quinze ans, elle était d'apparence frêle. Ses gestes trahissaient la timidité ; ses mimiques, sa curiosité. Elle venait d'Alvemer, comme Noroelle, et représentait pour elle la petite sœur qu'elle avait toujours désiré avoir. Avec ses cheveux blonds et ses yeux verts, Obilée n'avait certes pas grand-chose en commun avec elle, cependant elles étaient aussi intimement liées que des sœurs. Comme Noroelle, elle avait quitté très tôt son pays. Mais Noroelle était arrivée là avec ses parents, tandis que la petite avait été confiée par sa grand-mère aux bons soins de Noroelle.

— Vois, Noroelle, chuchota Obilée. Ils te regardent tous. Ils sont curieux de savoir ce que tu vas donner à emporter à tes bien-aimés. Sois prudente ! Ils vont surveiller chacun de tes gestes et chacun de tes mots ! (Elle s'approcha de l'oreille de Noroelle.) C'est l'heure où naissent de nouvelles coutumes.

Noroelle jeta un rapide coup d'œil autour d'elle. Elle se sentit mal à l'aise de voir autant de regards braqués sur sa personne. Bien qu'elle soit depuis longtemps à la cour, elle ne s'y était pas encore habituée. Elle répondit doucement :

— Tu te trompes. C'est ma robe qu'ils regardent. Cette fois-ci, tu t'es surpassée. Tu as de vrais doigts de fée.

— Peut-être est-ce un peu des deux, dit Obilée en souriant.

Noroelle vit alors maître Alvias s'approcher et lui faire un signe de tête amical.

— Noroelle, la reine souhaite te voir à son trône.

En sentant les nombreux regards curieux qu'on lui adressait, Noroelle fit en sorte de dissimuler son manque d'assurance.

— Je te suis, Alvias. (Puis elle se tourna vers Obilée.) Viens aussi !

— Mais elle veut seulement…

— Viens avec moi, Obilée ! (Noroelle prit la jeune elfe par la main.) Écoute bien ! Nous allons maintenant nous présenter devant la reine et elle va me demander qui tu es.

— Mais la reine me connaît, non ? Elle connaît chacun de ceux qui sont ici.

— Seulement, tu ne lui as pas encore été présentée officiellement. Une fois que j'aurai prononcé ton nom, tu feras partie des courtisans.

— Mais que faut-il que je lui dise ?

— Rien. À moins que la reine t'interroge.

Alvias garda le silence ; son visage ne montrait ni sourire ni défiance. Noroelle et Obilée suivirent le maître jusqu'au trône. Tous ceux près desquels ils passèrent témoignèrent à Noroelle du respect par leurs paroles et par leurs gestes. Quand ils furent arrivés devant la reine, maître Alvias fit un pas de côté, tandis que Noroelle et Obilée baissaient la tête.

— Je te salue, Noroelle. (Emerelle regarda Obilée et demanda :) Qui m'amènes-tu là ?

Noroelle se tourna à demi et désigna la jeune elfe d'un geste gracieux.

— Voici Obilée. La fille de Halvaric et d'Orone d'Alvemer.

Emerelle sourit à la jeune elfe.

— Ainsi, tu es issue du clan de la grande Danaée. Tu es son arrière-petite-fille. Nous tous ici, nous allons observer ton chemin. Avec Noroelle, tu es en de bonnes mains. Noroelle, il m'est venu aux oreilles qu'un lien t'unit à la Chasse des elfes.

— En effet.

— Tu es la dame d'honneur de Farodin et de Nuramon.

— C'est vrai.

— Une Chasse des elfes qui verrait la dame d'honneur et la reine en désaccord est vouée à l'échec. Alors, réponds-moi : en tant que dame d'honneur, autoriseras-tu tes bien-aimés à prendre part à la Chasse ?

Noroelle ne put s'empêcher de repenser à la crainte qui avait troublé ses rêves de la nuit, où elle avait vu souffrir Farodin et Nuramon. Malgré la fierté qu'elle ressentait pour eux, elle aurait préféré ne pas les voir participer à la Chasse. Mais la reine n'avait posé cette question que pour la forme. Il n'appartenait pas à Noroelle de contrarier son désir. Si la reine demandait l'aide de ses bien-aimés, elle ne pouvait la lui refuser.

Elle soupira doucement et remarqua le calme qui s'était établi dans la salle. Seul le bruissement de l'eau se faisait entendre.

— Je te les laisserai pour la Chasse, dit finalement Noroelle. Ce que tu leur demanderas de faire, ils le feront pour moi.

Emerelle se leva et s'approcha de Noroelle. Elle dit :

— Ainsi sont unies reine et dame d'honneur.

Ensuite, elle prit Noroelle et Obilée par la main, leur fit gravir les marches pour les placer à ses côtés, et s'assit de nouveau.

Noroelle s'était souvent trouvée ici, mais cette fois encore elle ne se sentit pas à sa place. Elle lut de l'admiration dans beaucoup de regards, mais aussi une légère moquerie chez certains. Rien de cela ne lui plut.

D'un geste bref, la reine lui fit signe de se pencher vers elle.

— Garde confiance, Noroelle, lui glissa-t-elle à l'oreille. J'en ai envoyé bien d'autres à la Chasse. Farodin et Nuramon reviendront.

— Je te remercie, Emerelle. Et je me fie à toi.

Maître Alvias s'avança alors.

— Emerelle, ils attendent à la porte.

La reine lui fit un signe de tête. Alvias se tourna, écarta les bras et annonça d'une voix solennelle :

— La Chasse des elfes se tient devant la porte. (Il montra du doigt le fond de la salle) Une fois lancée, elle poursuivra son but jusqu'à l'accomplissement de sa mission ou son échec. Dès l'ouverture de cette porte, il n'y aura plus de retraite possible. (Il gagna l'allée qui s'était formée au centre de la salle.) Il est de votre devoir de conseiller la reine. (Il regarda fixement quelques personnes au hasard puis il poursuivit :) Représentez-vous la situation ! Nous avons affaire à une bête puissante ! Dans les contrées des humains ! Près de nos frontières ! La reine doit-elle garder notre porte fermée et accepter ainsi que rôde au-dehors quelque chose qui pourrait un jour nous mettre en péril, nous aussi ? Ou bien doit-elle ouvrir la porte afin de délivrer de cette bête les humains du Pays des Fjords ?

» Ces deux voies peuvent également nous apporter le bonheur ou la ruine. Si la porte reste fermée, il est probable que la bête trouvera un jour son chemin vers nous. Si nous ouvrons la porte, il est possible que du sang d'elfe soit versé pour servir les humains. Vous avez le choix. (Alvias désigna Emerelle d'un geste large.) Conseillez à la reine quel doit être son choix !

Sur ces mots, il retourna près d'Emerelle et s'inclina devant elle.

Les regards de l'assemblée firent des allers et retours de la porte à la reine. Très vite, les premières voix se firent entendre pour lui conseiller d'ouvrir la porte. Mais d'autres se prononcèrent contre. Noroelle remarqua que les parents de Nuramon en faisaient partie. Ce qui ne l'étonna pas du tout. La peur se lisait sur leurs visages ; non pas leur crainte pour Nuramon, mais celle qu'ils avaient de sa mort et de ses conséquences.

La reine demanda aux uns et aux autres les raisons de leur choix et écouta patiemment leurs explications Cette fois-ci, elle entendit plus de conseils que d'ordinaire. Quand elle demanda à Elemon, un oncle de Nuramon, pourquoi il voulait garder la porte fermée, celui-ci déclara :

— Parce que, comme l'a dit maître Alvias, ceci pourrait nous apporter des déboires.

— Des déboires ? (La reine l'observa attentivement.) Tu as raison. C'est possible.

Alors, Pelveric d'Olvedes s'avança. Sa parole comptait beaucoup pour les guerriers.

— Emerelle, pense au sang d'elfe qui pourrait être versé. Pourquoi devrions-nous aider les humains ? Que nous importent leurs problèmes ? Quand nous ont-ils aidés pour la dernière fois ?

— Il y a bien longtemps, répondit la reine d'un air songeur. (Pour finir, elle se tourna vers Noroelle et chuchota :) Et toi ? Que me conseilles-tu ?

Noroelle hésita. Elle pourrait conseiller à la reine de garder la porte fermée. Et, comme tant d'autres, elle pourrait aussi parler du sang des elfes et de l'ingratitude des humains. Cependant, elle savait qu'elle n'exprimerait ainsi rien d'autre que sa peur pour ses bien-aimés. Mais ici, ils n'étaient pas seuls en cause. Alors, elle dit doucement :

— Mon cœur craint pour mes bien-aimés. Pourtant, il est juste d'ouvrir la porte.

La reine se leva avec dignité. Le bruissement de l'eau s'amplifia peu à peu. Les sources en amenaient de plus en plus ; elle s'écoulait le long des murs et se déversait dans les bassins en bouillonnant. Emerelle gardait le regard rivé sur la porte. Elle ne semblait pas remarquer les gouttes d'eau brillantes qui se vaporisaient vers le plafond ouvert en faisant apparaître au soleil un majestueux arc-en-ciel. Soudain, les murs rougeoyèrent derrière toute cette eau. On entendit comme un sifflement et un souffle d'air traversa la salle. Les battants de la porte s'ouvrirent sur la compagnie des chasseurs. L'eau se calma, mais la vapeur et l'arc-en-ciel demeurèrent.

Avant de faire leur entrée, les compagnons s'arrêtèrent un instant sous l'arc de la porte. En tête, Mandred, le fils d'hommes, contempla l'arc-en-ciel avec un grand étonnement avant de tourner son regard vers la reine. Un peu en retrait, Farodin et Nuramon l'encadraient, suivis par Brandan le pisteur, Vanna la magicienne, Aïgilaos l'archer et Lijema la mère des loups. C'était inhabituel de voir un humain faire partie de la Chasse des elfes, et pourtant, de par sa nature, il ressemblait plus aux elfes qu'Aïgilaos le centaure. Toutefois, au cours de ces nombreuses années, on s'était habitué à ce que les centaures prennent part à la Chasse. Mais un humain ? Voir Mandred à la tête de celle-ci rendait la chose encore plus étonnante. Jusqu'alors, c'était toujours un elfe qui l'avait conduite.

Nuramon et Farodin ressemblaient aux héros de légende. Comme à son habitude, Farodin offrait un aspect admirable ; Nuramon, quant à lui, correspondait pour la première fois à cet idéal, au regard des autres. Noroelle en eut la nette impression en dévisageant les personnes présentes. Elle s'en réjouit pour lui. Même si l'estime qu'on lui témoignait en ce jour ne serait que de courte durée, ce moment, il l'avait gagné pour toujours.

Les chasseurs s'avancèrent vers la reine. Arrivés au pied du trône, les elfes mirent un genou à terre devant

Emerelle, et le centaure s'efforça de se prosterner aussi bas que possible. Seul Mandred resta droit, apparemment surpris par la déférence témoignée par ses compagnons. Il s'apprêtait à les imiter, quand la reine s'adressa à lui dans sa langue :

— Non, Mandred. Dans l'Autre Monde, tu es le jarl de ta communauté, un prince humain. Tu n'as pas à ployer le genou devant la reine des elfes. (Mandred prit un air étonné et se tut.) Vous autres, relevez-vous !

Ces mots aussi, Emerelle les prononça dans la langue des Fjords. Quelques personnes présentes, qui ne possédaient manifestement pas cette langue, affichèrent un air contrarié.

La langue des Fjords ! Les parents de Noroelle lui avaient appris beaucoup de langues humaines et pourtant, Noroelle n'avait jamais quitté Albemark. Jusqu'à présent, elle n'avait pu que s'imaginer ce pays barbare des humains.

La reine s'adressa de nouveau à Mandred :

— Tu as reçu de moi une double dignité. Tu es le premier humain qui participe à la Chasse des elfes. Et je t'ai, d'autre part, demandé de la conduire. Je ne m'attends pas que tu te comportes comme un elfe. Mon choix a mécontenté beaucoup d'enfants d'albes. Mais la force d'Atta Aïkhjarto vit en toi. Je me fie à ton flair. Aucun de nous ne connaît ton pays aussi bien que toi. Tu seras un bon meneur pour tes compagnons. Mais, dans tout ce que tu feras, n'oublie pas ce que tu m'as promis.

— Je tiendrai ma promesse, ô reine.

Noroelle avait eu connaissance du pacte que le fils d'hommes avait signé avec la reine. Elle observa Mandred et fut surprise par son apparence. Elle n'avait pas encore eu l'occasion de le voir, car elle était rentrée très tard à la cour, la veille au soir. Et elle n'avait pas osé se risquer dans les ailes du palais où se trouvaient les appartements des chasseurs. Néanmoins, elle avait entendu les bruits les plus divers courir sur lui, même s'ils ne lui rendaient pas tous justice. Certes, il était fort comme un ours et, à première vue, il impressionnait avec ses cheveux rouges comme le soleil couchant, qui lui tombaient librement sur les épaules. Il y avait mêlé quelques fines tresses et portait une barbe comme beaucoup de centaures. Ses traits étaient grossiers, mais son regard était franc. Il lui parut inhabituellement pâle et avait des cernes noirs sous les yeux. Peut-être toute cette excitation l'avait-elle empêché de dormir ? Il devait certainement être très fier de l'honneur que lui faisait la reine. Désormais, il portait une lourde responsabilité sur ses épaules. Noroelle frissonna en pensant au prix qu'il devrait payer pour cette aide. Elle n'accepterait jamais de donner son enfant s'il lui arrivait d'en avoir un. Songeuse, elle observa ses deux bien-aimés. La question ne se posait pas de savoir si elle aurait un enfant, mais avec qui elle en aurait un.

Comme s'il avait lu dans ses pensées, Mandred la regarda furtivement avant de sourire. Obilée, tremblante, prit la main de Noroelle. Celle-ci demeura calme, le regard rivé sur les yeux bleus du fils d'hommes. Il n'avait pas ce regard lubrique qu'on lui prêtait à la cour. Son aspect pouvait paraître grossier, mais ses yeux exprimaient beaucoup de compréhension. Sa présence était rassurante, elle pouvait lui confier ses deux bien-aimés. Elle regarda Nuramon et Farodin. Depuis vingt ans qu'ils s'étaient découvert un amour pour elle, elle avait toujours eu l'un d'eux présent à ses côtés. Maintenant, elle resterait seule. Pour combien de temps ?

— Maintenant, vous savez ce qui vous reste à faire, dit la reine. Vous voici équipés et dispos. Êtes-vous prêts à partir ?

Chacun à son tour, les elfes répondirent :

— Je suis prêt.

— Farodin et Nuramon, avancez ! (Ils lui obéirent tous les deux.) Je suis votre reine et vous êtes sous ma protection. Mais vous servez aussi une dame d'honneur. Et je ne puis parler pour elle. C'est elle qui a décidé. (Elle alla vers Noroelle et lui fit descendre les marches jusqu'à Farodin et Nuramon. Obilée les suivit.) La voici.

Noroelle prit les deux elfes par la main et dit :

— En me servant, vous servez la reine.

— Alors, nous servirons toujours la reine, déclara Farodin en réponse.

— Puissent nos actions vous réjouir toutes deux, ajouta Nuramon.

Ils lui baisèrent les mains.

Noroelle savait que le départ approchait. Mais elle ne voulait pas leur dire adieu devant tous les courtisans.

— Votre dame d'honneur a encore un souhait. Elle désirerait vous accompagner jusqu'à la Porte d'Aïkhjarto.

Farodin échangea un regard avec Nuramon.

— Nous ferons ce que demande notre dame.

La reine eut un sourire et prit Noroelle et Obilée par la main

— Vois, Mandred, je les place toutes les deux sous ta protection jusqu'à la Porte. Prends soin d'elles.

— Je le ferai.

La reine leva les yeux comme si, dans la faible lumière du soleil, elle pouvait voir quelque chose caché aux yeux des autres.

— Le jour est encore neuf, Mandred ! Va et sauve ton village !

Alors, Mandred se mit en tête de la Chasse des elfes, tandis que Noroelle et Obilée prenaient place en son centre. Sur leur passage, les enfants d'albes souhaitèrent bonne chance aux compagnons. Noroelle se retourna pour un dernier regard à la reine. Elle la vit, debout devant son trône qui regardait s'éloigner la compagnie, la mine soucieuse. Craignait-elle qu'il leur arrive malheur ? S'il en était ainsi, elle avait bien caché ses craintes jusqu'alors.

Obilée tira brusquement Noroelle de ses pensées.

— Moi aussi, j'aimerais participer à la Chasse.

— Pour le moment, c'est comme si tu en faisais partie.

— Tu sais ce que je veux dire, répondit Obilée.

— Bien sûr. Mais n'as-tu pas entendu la reine ? Et ne t'ai-je pas souvent fait remarquer ta ressemblance avec Danaée ? Un jour viendra où tu obtiendras les mêmes honneurs en tant que magicienne sachant aussi magnifiquement manier l'épée.

La compagnie traversa les salles d'un pas décidé et sortit. La cour du château était pleine d'enfants d'albes. Même les kobolds et les gnomes étaient venus assister au départ des chasseurs. Une Chasse menée par un homme était particulière. On parlerait encore de ce jour dans bien des années.

Les chevaux étaient prêts, l'équipement déjà chargé. Seul le centaure Aïgilaos attachait encore quelques petits sacs sur son dos en pestant doucement contre sa nuque raide. Apparemment, la nuit précédente n'avait pas été des plus confortables.

Tandis que maître Alvias allait chercher deux autres chevaux, Noroelle regarda Farodin et Nuramon. Ils semblaient soudain manquer d'assurance. Bientôt, ils seraient tous les deux séparés d'elle. Quels mots trouveraient-ils pour la quitter ? Comment consoleraient-ils leur bien-aimée.

— La Chasse des elfes est-elle prête ? demanda Mandred, comme l'exigeait le cérémonial. (Les compagnons firent signe que oui et le fils d'hommes s'écria :) Alors, en avant !

La Chasse s'ébranla. À sa tête chevauchait le fils d'hommes, suivi par Noroelle avec Nuramon et Farodin à ses côtés. Derrière elle avançait Obilée, entourée par Brandan, Vanna et Aïgilaos. Lijema fermait la marche. Des cris d'adieux les accompagnèrent jusqu'au mur d'enceinte ; c'étaient les kobolds qui criaient le plus fort.

À peine la compagnie eut-elle laissé la porte derrière elle que Noroelle n'en crut pas ses yeux. Dans la vaste prairie, les enfants d'albes s'étaient rassemblés en nombre impressionnant. Elle n'en avait jamais vu autant. Ils voulaient tous assister au départ de la Chasse. Au-dessus de la prairie, les ailes des fées brillaient au soleil ; elles étaient curieuses, c'était bien connu. Sur le chemin qu'ils prirent, se tenaient des elfes du Pays du Milieu et des Marches les plus éloignées du royaume. Beaucoup sans doute n'étaient pas parvenus la veille à gagner la cour, mais ils ne voulaient pas rater la sortie de la Chasse. De tous les côtés, des saluts parvenaient aux compagnons. Même sur les collines qui jouxtaient la forêt, des elfes se tenaient devant les maisons des émissaires et leur faisaient des signes.

Soudain, Noroelle vit une petite fée voleter à côté de la tête de Mandred. L'homme la chassa comme un insecte importun, mais il la manqua. La fée cria et vola jusqu'à Noroelle. Mandred jeta un regard autour de lui. Il avait entendu le cri, mais il ne pouvait manifestement pas voir la fée.

Peu à peu, il accéléra l'allure. Il semblait trouver du plaisir à monter un cheval elfe. Pourvu qu'il ne chute point ! On racontait qu'il ne s'était pas montré particulièrement adroit sur le dos d'Aïgilaos.

Lorsqu'ils eurent laissé derrière eux les enfants d'albes et leurs saluts et qu'ils découvrirent devant eux les vastes prairies, Lijema les dépassa par la droite et vint se placer à côté de Mandred. Celui-ci en fut surpris. Elle tira de sa ceinture une flûte en bois et en joua. Ses joues se gonflèrent visiblement, mais aucun son ne sortit.

Peu de temps après, Obilée s'écria :

— Regardez ! Là-bas !

Elle pointa son doigt vers la droite. Quelque chose de blanc sortit de l'ombre de la forêt et se rapprocha rapidement.

— Ce sont eux ! cria Aïgilaos.

— Ils sont sept, déclara Nuramon.

— Sept ? s'étonna Farodin. Incroyable !

Mandred se tourna sur sa selle.

— Sept quoi ?

Noroelle connaissait la réponse, comme tout enfant d'albes. Il s'agissait des sept loups blancs de la Chasse des elfes. Personne ne pouvait dire à l'avance combien suivraient la Chasse. Plus ils étaient nombreux, plus l'affaire était sérieuse et plus grand le danger. Du moins à ce qu'on disait.

— Ce sont nos loups ! cria Lijema à l'adresse de Mandred.

— Des loups ? Voilà, ma foi, de bien grands loups !

Noroelle ne put s'empêcher de sourire. Avec leur épais pelage blanc, les loups étaient aussi grands que des poneys.

— Sont-ils dangereux ? (entendit-elle demander Mandred. Dans le bruit des chevaux, Lijema ne l'entendit pas.) Sont-ils dangereux ? reprit-il plus fort.

Lijema sourit.

— Assurément.

Quand les loups les eurent rejoints, quatre d'entre eux se placèrent en tête de la Chasse. Un autre courut à gauche et un autre à droite afin d'encadrer la compagnie. Le septième resta à côté de Lijema.

Les Chasseurs atteignirent bientôt la lisière de la forêt et s'arrêtèrent pour jeter un dernier regard au château. Même Mandred semblait ému.

Farodin et Nuramon, eux aussi, avaient du mal à détacher leurs regards de cette vue. Le visage de Nuramon trahissait son inquiétude, tandis que Farodin essayait de dissimuler ses sentiments. Mais Noroelle les lisait derrière ses traits impassibles.

Les loups, dans leur impatience, entouraient le cheval de Mandred. Le fils d'hommes ne semblait pas vraiment savoir comment les aborder. Il ne les quittait pas des yeux. Noroelle pensa qu'il avait dû faire de mauvaises expériences. Peut-être les loups représentaient-ils dans son monde un danger pour le corps et la vie, comme les loups de Galvelum en représentaient pour les enfants d'albes. Quand Mandred croisa le regard de Noroelle, il se pencha sur sa selle. Comme pour prouver son courage, il caressa la nuque du plus grand. L'animal apprécia!

— Pouvons-nous repartir ? lui demanda le fils d'hommes.

Le loup grogna et regarda Mandred. Lijema éclata de rire.

— Il ne parle pas la langue des Fjords. Mais tu lui plais bien.

En langue elfique, Lijema expliqua aux loups pourquoi Mandred ne pouvait les comprendre et elle leur traduisit ensuite sa question. Le loup pencha la tête de côté, puis il devint subitement nerveux. Les autres l'imitèrent bientôt et coururent tout autour du groupe, parfois vers l'avant, puis de nouveau vers Mandred. Ils voulaient tous continuer.

— Ils comprennent ce que tu leur dis ?

— Chaque mot. Ils sont plus intelligents que certains elfes. Tu peux me croire.

— Et eux ? Comment parlent-ils ? voulut savoir Mandred.

Lijema caressa le pelage du plus grand des loups blancs.

— Ils ont leur propre langue. Et je la connais.

Noroelle ne put s'empêcher de sourire. Cet humain était si expressif qu'on devinait aisément ses pensées. À sa manière de regarder le grand loup, à la façon dont il levait un sourcil en se mordant en même temps la lèvre, il ne pouvait penser rien d'autre que : *un loup pareil ferait un parfait compagnon de chasse.*

— Ce sont sans doute les meilleurs compagnons de chasse, dit Mandred.

Noroelle réprima à grand-peine un rire.

— C'est sûr, répondit Lijema.

— Sont-ils aussi fidèles que les chiens ?

Lijema rit de bon cœur.

— Non, ils n'ont rien à voir avec les chiens. Ils sont beaucoup plus intelligents. Répète ce que tu viens de leur demander.

— En langue des Fjords ?

— Oui.

— Pouvons-nous repartir ? (De nouveau, les animaux exprimèrent leur impatience de se remettre enfin en route.) Bon, alors allons-y ! cria Mandred.

Et la compagnie poursuivit son chemin.

Le silence s'installa entre Noroelle et ses bien-aimés. Les sept loups augmentaient l'inquiétude de l'elfe.

Les animaux savaient flairer la gravité du danger qui attendait les chasseurs. Ils décidaient eux-mêmes de l'importance de la meute qui se joindrait à la Chasse. Lorsque Gaomée était partie combattre le dragon Duanoc, huit loups l'avaient accompagnée. Quelle pouvait bien être cette créature qui les épiait de l'autre côté du cercle de pierres ? Certes, Noroelle faisait confiance aux capacités de ses bien-aimés, mais même de grands héros étaient déjà tombés au combat. Et si le pire arrivait ? Et si Nuramon se trompait et qu'une âme d'elfe mort dans les royaumes humains ne renaissait pas en Albemark ?

Ils passèrent près du chêne-faune et du lac de Noroelle. La veille encore, elle s'était trouvée là avec Farodin et Nuramon. Elle se demanda si pareil jour reviendrait jamais.

Lorsque la tour du fort du Shalyn Falah fut en vue, ils firent une courte halte pour se séparer d'Aïgilaos ; avec ses sabots ferrés il ne pouvait pas traverser le pont blanc. Le centaure maugréa plusieurs fois contre ce vieil ouvrage.

— Je vous reverrai à la Porte, dit-il ensuite avant de partir au trot.

Noroelle le regarda s'en aller en pensant à toutes les histoires qui circulaient sur son compte. Évidemment, il enviait les chevaux elfes de pouvoir franchir aisément le pont, avec leurs sabots non ferrés et leur agilité elfique.

— Pourquoi s'est-il fait ferrer les sabots si cela l'empêche de passer le pont ? demanda Mandred.

— Il paraît que les kobolds lui auraient dit un jour à la cour qu'il pourrait courir plus vite avec des sabots ferrés, répondit Lijema. Maintenant, il pense être plus rapide ainsi et doit pourtant accepter de faire un détour.

Mandred partit d'un rire franc.

— Sacré Aïgilaos !

Ils poursuivirent leur chemin. À la tour du Shalyn Falah, Ollowain attendait la compagnie. Mandred lui battit froid, ce qui amusa le gardien. Ils franchirent vite la Porte. Noroelle se demanda ce qui avait bien pu se passer entre eux.

Ils traversèrent le Shalyn Falah et suivirent de l'autre côté le large chemin qui passait devant les restes de Welruun. Les trolls avaient autrefois détruit le cercle de pierres. Noroelle ne l'avait pas vécu, mais les arbres s'en souvenaient tout autant que les esprits de la forêt. Autrefois, la Porte de Welruun avait ouvert la route vers l'une des principautés des trolls. Noroelle ressentit nettement la puissance des sept Sentiers d'albes qui se croisaient ici en une grande Étoile. Les trolls avaient trouvé le moyen de fermer la Porte. Et aucun elfe ne savait quelle magie ils avaient utilisée.

La forêt se densifiait. Noroelle se souvenait de l'ancien temps : elle venait alors souvent ici, elle aimait cet endroit.

Les compagnons descendirent le chemin entre les bouleaux et atteignirent enfin la grande clairière où se trouvait la colline avec le cercle de pierres. Près de la tour en ruine, Landowyn avait autrefois remporté la dernière bataille contre les trolls. Attristée, Noroelle pensa aux nombreux elfes qui avaient trouvé la mort en ce lieu.

La compagnie s'arrêta au pied de la colline en attendant Aïgilaos. Mandred mit pied à terre et quitta en silence ses compagnons. Il voulait aller voir Atta Aïkhjarto.

Noroelle avait entendu dire que le chêne lui avait sauvé la vie. Elle se demanda ce qu'il avait bien pu voir en Mandred. Le chêne-faune lui avait un jour raconté que le vieil Atta Aïkhjarto pouvait lire l'avenir. Que pouvait donc savoir le vieux chêne pour sacrifier une partie de ses forces afin de sauver un fils d'hommes ?

Noroelle se laissa aider par Farodin pour descendre de cheval. Nuramon arriva légèrement trop tard et se contenta d'aider Obilée. La jeune elfe rougit, tant elle fut touchée par son geste. Il la mena à Noroelle.

Ensemble, ils s'assirent sur l'herbe et restèrent sans parler. Bientôt leurs compagnons se turent aussi. Les loups eux-mêmes devinrent étrangement calmes.

Ce n'est qu'à l'arrivée d'Aïgilaos que les langues se délièrent de nouveau.

— Ai-je été trop long ? demanda-t-il, hors d'haleine, les flancs luisant de sueur.

— Non, Aïgilaos. Ne te fais pas de souci, le rassura Noroelle.

Le centaure épuisé avait besoin de repos. Le silence s'établit de nouveau.

Il ne manquait plus maintenant que Mandred pour que la Chasse des elfes puisse enfin repartir. Il revint au bout de une heure. Noroelle aurait donné beaucoup pour savoir ce que le fils d'hommes avait appris d'Atta Aïkhjarto. Mais celui-ci demanda simplement :

— Êtes-vous prêts ?

Les compagnons acquiescèrent. Noroelle se sentait un peu coupable. Elle savait qu'elle était la cause du silence de la compagnie. Elle voulut se racheter.

— Allez, je vous accompagnerai encore là-haut, jusqu'au cercle de pierres.

En chemin, Noroelle sentit la puissance de l'Étoile d'albes lui souffler au visage, comme une brise légère. Cet endroit n'avait rien perdu de sa magie. Xern, appuyé contre une pierre, surveillait l'intérieur du cercle, où flottait un brouillard. Sans se retourner, il demanda :

— Qui va là ?

En formulant sa question dans la langue des Fjords, il savait pertinemment qu'il s'agissait de Mandred.

Le fils d'hommes s'avança et répondit :

— La Chasse des elfes !

Xern se tourna vers le groupe.

— Alors, cette Porte vous est ouverte. Mandred, tu es venu dans ce monde avec une faible étincelle de vie. Et tu le quittes avec la force d'Atta Aïkhjarto. Puisse sa puissance vous protéger, toi et ta compagnie.

Il désigna le mur de brouillard.

Farodin et Nuramon regardèrent Noroelle, suspendus à ses lèvres. Enfin, elle rompit le long silence :

— Pensez que ce que vous faites, vous le faites pour moi. Pensez que je vous aime beaucoup tous les deux. Veillez l'un sur l'autre. Je vous en prie.

— Je donnerai ma vie pour Farodin, dit Nuramon.

Et Farodin déclara :

— La douleur de Nuramon sera mienne. Ce qui lui arrivera m'arrivera aussi.

— Par tous les albes ! Je vous en supplie, ne vous oubliez pas pour protéger l'autre. Ne veillez pas seulement l'un sur l'autre, mais aussi sur vous-même. Je ne voudrais pas que le destin me prive d'une décision de manière douloureuse. Revenez tous les deux !

— Je mettrai tout en œuvre pour que nous revenions tous les deux, affirma Farodin.

— Et moi, je te promets que nous reviendrons, dit Nuramon.

Farodin eut l'air surpris d'entendre son compagnon promettre une telle chose. Qui pouvait savoir ce qui se passerait là-bas ? Et pourtant, c'était bien cette promesse que Noroelle voulait entendre.

Elle fit un signe à Obilée et se tourna de nouveau vers ses bien-aimés.

— Je voudrais vous offrir quelque chose qui vous fasse vous souvenir de moi en chemin. (Obilée alla chercher deux petits sachets. Noroelle les prit et en donna un à chacun.) Ouvrez-les ! demanda-t-elle.

Ils lui obéirent et regardèrent ce qu'ils contenaient. Nuramon se contenta de sourire, mais Farodin s'écria :

— Des mûres !

— Elles portent un charme en elles, expliqua-t-elle. Elles vous donneront de la force et vous rempliront le ventre plus que vous le supposez. Pensez à moi en les mangeant !

Ses bien-aimés échangèrent un bref regard, puis Nuramon dit :

— Nous le ferons. Et pas seulement en les mangeant.

Noroelle prit d'abord Farodin dans ses bras et l'embrassa. Il voulut dire quelque chose, mais elle lui posa deux doigts sur les lèvres.

— Non. Pas de mots d'adieu. Pas de doux serments d'amour. Je sais ce que tu ressens. Ne mets pas sur ta langue ce que je lis sur ton visage. Un seul mot, et je fondrais en larmes ! Alors que je souris encore.

Il se tut et lui caressa les cheveux.

Noroelle se détacha de Farodin et prit Nuramon dans ses bras. Lui aussi, elle l'embrassa. Il prit son visage dans ses mains et la regarda longuement comme s'il voulait imprimer son image en lui. Ensuite, il lui offrit un dernier sourire et se sépara d'elle.

Les compagnons se mirent en selle. Seul Aïgilaos, qui n'en avait pas besoin, jetait déjà un regard vers le mur de brouillard. Alors, Mandred cria :

— Suivez-moi, compagnons !

Et la Chasse des elfes entra dans le cercle de pierres.

Farodin et Nuramon chevauchaient derrière les loups pour fermer la colonne. Une dernière fois, ils se retournèrent pour voir Noroelle. Puis ils disparurent à leur tour dans le brouillard.

Xern se détourna du cercle de pierres et s'en alla lentement. Obilée saisit la main de Noroelle. En voyant le brouillard se dissiper, Noroelle sentit son angoisse grandir. Il lui semblait avoir vu Farodin et Nuramon pour la dernière fois.

Le Monde des Humains

Une fois le brouillard dissipé, les compagnons reçurent de plein fouet le souffle glacial du Monde des Humains. Nuramon prononça quelques formules d'un sortilège réchauffant pour chasser au moins le froid de ses vêtements. Il sonda les alentours avec curiosité. Ils se trouvaient à l'intérieur d'un cercle de pierres, au sommet d'une falaise. Loin en bas se nichait un village.

Mandred avait dirigé son cheval jusqu'au bord du gouffre. Comme s'il voulait l'y précipiter. Le village sur l'autre rive semblait exercer sur lui une forte attirance. Il devait s'agir de celui dont il avait parlé à la cour.

— J'ai repéré ses empreintes ! cria Brandan. Elles sont toutes fraîches, on dirait qu'il vient juste de partir d'ici.

L'endroit était exposé au vent et n'offrait aucune nourriture. Dans ces conditions, pourquoi l'homme-sanglier y était-il resté aussi longtemps ? Les avait-il attendus ? Nuramon se prit à sourire. C'était bien sûr stupide.

— Mandred ! cria Farodin d'une voix sévère.

Le fils d'hommes sursauta. Puis il tira sur ses rênes pour détourner sa jument du bord de la falaise.

— Pardon… Je voulais juste savoir ce qu'il est advenu des miens. L'homme-sanglier ne semble pas avoir encore attaqué Firnstayn.

Il se mit à la tête de la troupe et entama la descente. Les loups, déployés en éventail, s'étaient aussi lancés sur les traces de la bête et couraient devant les cavaliers.

Les traces s'écartaient visiblement du village ; pourtant Nuramon s'aperçut que le fils d'hommes était de plus en plus nerveux.

— Quelque chose ne va pas, Mandred ? lui demanda-t-il.

— Les chevaux, murmura le guerrier, anxieux. Ils sont ensorcelés, n'est-ce pas ? Nuramon ne comprit pas ce qu'il voulait dire.

— Pourquoi ensorceler des chevaux ?

— Mais… ils ne s'enfoncent pas dans la neige. C'est impossible. Dans cette neige… On en a au moins jusqu'aux genoux.

Nuramon remarqua que Farodin et Brandan échangeaient un sourire. Que savaient-ils ?

— Pourquoi les chevaux devraient-ils s'enfoncer dans la neige ?

— Parce que c'est comme ça ! (Mandred maîtrisa sa jument.) Si les chevaux ne sont pas ensorcelés, c'est donc la neige qui est envoûtée.

Il sauta de cheval et disparut aussitôt dans la neige… jusqu'aux genoux !

Brandan éclata de rire.

— Je ne trouve pas ça drôle, intervint Aïgilaos. (Il se précipita aux côtés de Mandred, en laissant derrière lui une trace profonde.) Ces longues-oreilles se paient notre tête. Je n'ai jamais compris comment ils font pour marcher sur la neige. En tout cas, il ne s'agit pas de magie. Et ça ne tient pas non plus au fait qu'ils ferrent ou non leurs chevaux.

Nuramon s'attendait à voir le fils d'hommes vexé, mais il vit au contraire ses yeux briller.

— Croyez-vous que la reine m'offrira ce cheval à notre retour ?

— Si tu t'en montres digne, peut-être, fils d'hommes, répondit Farodin.

— Croyez-vous qu'un de mes étalons pourrait couvrir cette jument ?

Aïgilaos poussa un rire hennissant.

Nuramon trouva cette idée bizarre. Qu'est-ce que le fils d'hommes pouvait bien avoir en tête ?

— Nous ne devrions pas perdre notre temps avec des balivernes, les avertit Vanna. Il va bientôt neiger. Il faut continuer, sinon nous allons perdre la trace.

Mandred se remit en selle. En silence, la troupe s'ébranla et suivit la piste.

Nuramon balaya la région du regard. Il s'était représenté différemment le Monde des Humains. Ici, la neige était ferme et croûteuse et les alignements de collines si irréguliers qu'il avait du mal à mémoriser l'environnement. Rien ne semblait aller ensemble. Comment trouveraient-ils l'homme-sanglier dans un pareil chaos ? Des milliers de choses, différentes de ce qu'il voyait en Albemark, attiraient son regard.

Toutes ces impressions nouvelles le fatiguaient. Il se frotta les yeux. Ce monde lui semblait déroutant. En voyant un arbre, il parvenait difficilement à le regarder comme un tout, tant il était troublé par tous ses détails. Il peinait aussi à estimer les distances. Les choses lui paraissaient plus proches qu'elles l'étaient en réalité. De sorte que ce monde avait l'air étroit. À présent, Nuramon comprenait pourquoi la reine avait nommé Mandred à la tête de la Chasse : tout ici lui était familier.

La compagnie passa toute la journée à traquer l'homme-sanglier. Ils avançaient vite en terrain découvert et se montraient prudents dans les forêts ou sur les terrains rocheux. La bête pouvait surgir à tout moment. C'était du moins ce que ressentait Nuramon.

Dans les dernières heures, Brandan avait fait remarquer à plusieurs reprises que la piste du sanglier lui semblait étrange. Il la trouvait trop fraîche. Comme si la neige refusait de la recouvrir. Nuramon s'en inquiéta ainsi que Lijema. Quant aux autres, s'ils donnaient l'impression de prendre au sérieux l'avertissement de Brandan, aucun d'eux ne semblait pourtant douter de mener la mission à bien. La Chasse des elfes était lancée et, en voyant les loups foncer joyeusement en avant, Nuramon eut le sentiment que rien ni personne ne pouvait les arrêter, pas même dans ce monde étrange.

L'après-midi, la neige cessa de tomber. Les traces les menèrent dans une forêt dense. En ce lieu, l'homme-sanglier pouvait être partout aux aguets. Finalement, Mandred ordonna assez tôt de chercher un emplacement pour le campement. Brandan repéra encore des empreintes, puis tous suivirent Mandred. Farodin affichait une expression inhabituellement maussade, que Nuramon ne parvenait pas à s'expliquer.

Ils s'installèrent à l'orée de la forêt. Aïgilaos avait faim et voulut absolument chasser. Il avait vu des traces, Brandan l'accompagna.

Nuramon et Farodin dessellèrent les chevaux. La magicienne Vanna alluma un petit feu au centre du camp. Elle semblait ailleurs, perdue dans ses pensées. Quelque chose la préoccupait. Lijema et Mandred s'occupèrent des loups. La mère des loups expliqua au fils d'hommes ce qu'il voulait savoir. Les animaux étaient calmes, ce qui parut de bon augure à Nuramon.

Farodin déposa une selle par terre, puis il s'arrêta.

— Est-ce ainsi que tu t'étais imaginé la Chasse des elfes ?

— À parler franc, non.

— Vu de l'extérieur, on s'imagine toujours les choses avec plus de panache. On se voit découvrir sa proie, l'abattre et retourner en Albemark… Un jeu d'enfant, en somme. Tu étais déjà venu ici, dans le Monde des Humains, n'est-ce pas ?

— Oui, assez souvent. Je me rappelle encore la dernière fois. Nous devions débusquer un traître et le conduire à la reine. Comme maintenant. À peine avions-nous franchi la Porte, que nous avions déjà repéré sa trace. Quelques heures plus tard, nous prenions déjà le chemin du retour. Mais il ne s'était pas agi d'une vraie Chasse.

— Alors ? L'Autre Monde te paraît-il aussi étrange qu'à moi ?

— Tu fais allusion à son étroitesse ?

— Oui, c'est cela.

— C'est dû à l'air. La reine me l'a expliqué, un jour. Ici, l'air est différent. Pas aussi clair que chez nous. (Nuramon resta songeur.) Ici, tout est différent, poursuivit Farodin. Tu y chercheras en vain la beauté et la clarté d'Albemark. Les choses ne vont pas ensemble. (Il montra un chêne.) Cet arbre-là ne va pas avec celui-ci. (Il frappa sur le chêne près de lui.) Chez nous, toutes les choses sont différentes, mais tout s'agence en harmonie. Rien d'étonnant, si les humains trouvent nos contrées si belles.

Nuramon garda le silence. Il trouvait cependant de l'attrait à l'Autre Monde. Il y avait tant de choses à découvrir ici. Et si l'on parvenait à en connaître le secret, on pouvait peut-être le trouver harmonieux.

— Pour Mandred, il semble que tout soit en accord, dit-il doucement en jetant un bref regard vers le fils d'hommes.

— Il ne dispose pas de la subtilité de nos sens.

Nuramon hocha la tête, Farodin avait raison. Mais pourtant… Peut-être existait-il un ordre derrière tout ceci et fallait-il alors, pour l'appréhender, posséder des sens encore plus affinés que ceux des elfes.

Quand toutes les corvées furent accomplies, Nuramon s'assit en bordure de la forêt et laissa glisser son regard sur le paysage. Farodin, venu le rejoindre, lui tendit son sachet de mûres.

Nuramon fut surpris.

— Puis-je vraiment ?

Son compagnon lui fit signe que oui. Nuramon accepta l'offre de Farodin. Ils mangèrent quelques mûres en silence.

En voyant le soir arriver, Lijema demanda où étaient passés Aïgilaos et Brandan.

Nuramon se leva.

— Je vais les chercher.

— Veux-tu que je t'accompagne ? demanda Farodin.

— Non. (Il regarda la magicienne.) Demande plutôt à Vanna si tout va bien, chuchota-t-il. Elle n'a pas encore dit un mot depuis tout ce temps, elle rumine quelque chose.

Farodin sourit et se leva pour rejoindre la magicienne. Nuramon quitta le camp à la recherche d'Aïgilaos et de Brandan.

Il n'eut pas de mal à suivre leurs traces. Certes, les empreintes laissées par les bottes de Brandan étaient difficiles à reconnaître, mais Aïgilaos avait tracé dans la neige un profond sillon. Plusieurs fois, Nuramon regarda ses pieds ; il pensait à Mandred et à la façon dont il s'était enfoncé. Peut-être était-ce tout de même une magie qui le faisait marcher sur la neige ? Il tenta de laisser des traces nettes, avec quelque succès. Mais cela lui demanda beaucoup de concentration : il devait s'efforcer de poser le pied le plus maladroitement possible. Sinon, ses pieds refusaient de s'enfoncer dans la neige.

Au bout d'un moment, les traces se transformèrent. Nuramon vit que ses deux compagnons avaient pisté un chevreuil. Ils s'étaient séparés peu de temps après ; Aïgilaos avait pris par la gauche, Brandan par la droite. La piste du chevreuil menait droit devant. Nuramon s'engagea sur la trace la plus facile à reconnaître, celle d'Aïgilaos.

Soudain, il entendit un bruit. Il s'arrêta pour tendre l'oreille. D'abord, il ne perçut que le vent qui passait dans la forêt. Mais ensuite, ce fut un léger chuintement. Il ne devait s'agir que d'un peu de neige durcie chassée d'un arbre tout proche par la bise. Pourtant, ce bruit reprenait sans cesse. Parfois un peu plus longtemps, parfois un peu plus brièvement. Peut-être était-il émis par un animal de la forêt ? Mais il pouvait tout aussi bien s'agir de l'homme-sanglier.

Prudemment, Nuramon glissa la main vers son épée. Il se demanda s'il devait appeler Aïgilaos ou Brandan, mais décida de n'en rien faire. Si jamais il venait à déloger le gibier par un cri inconsidéré, le centaure, dans sa mauvaise humeur, dirigerait ses flèches contre lui.

La source du bruit semblait être toute proche. Mais Nuramon ne voulait pas trop se fier à ses sens. Ce monde le troublait ! Dans la journée, ses yeux l'avaient assez souvent trompé. Ses oreilles pouvaient le faire tout aussi bien.

Doucement, il quitta la piste d'Aïgilaos pour suivre ce sifflement. Il aperçut bientôt une clairière. C'est de là que semblait provenir ce bruit.

Arrivé au bord de la clairière, Nuramon tenta de voir quelque chose. Trois chênes se dressaient à peu près en son centre. Des effluves désagréables, apportés par le vent, le firent s'arrêter un moment. Cette odeur avait quelque chose de dérangeant. Mais tout ce qui appartenait à ce monde n'était-il pas troublant pour les sens d'un elfe ?

Avec précaution, il entra dans la clairière en guettant autour de lui. Il n'y avait personne. Mais, à chacun de ses pas, le sifflement s'amplifiait. Quoi que ce soit, cela provenait de derrière les trois arbres. Nuramon serra plus fort le pommeau froid de son épée.

Lorsqu'il eut presque atteint les arbres, il aperçut sur sa gauche une large piste venant de la forêt. Les traces d'Aïgilaos !

Il se hâta vers les trois chênes. À présent, le sifflement était terriblement sonore et sinistre. Dans la neige, il vit un bandeau brisé. Il contourna vite le groupe des trois arbres… et n'en crut pas ses yeux.

Devant lui, il vit Aïgilaos ! La tête rejetée en arrière, la bouche ouverte, c'était lui qui produisait ce bruit. Sa barbe bouclée était collée par le sang. Nuramon vit quatre estafilades sur son cou. Sans elles, on aurait certainement entendu les cris du centaure dans toute la forêt. On lui avait pour de bon coupé la voix. Son cri n'était plus qu'un long souffle d'air s'échappant de sa gorge.

Le visage d'Aïgilaos exprimait plus de souffrance que Nuramon n'en avait jamais vu. Il avait les yeux écarquillés. Il se raidissait sans cesse, voulait crier, mais ne parvenait à produire qu'un sifflement pitoyable.

Les quatre pattes du centaure étaient cassées, un os dépassait même de l'une d'elles. Son long ventre était ouvert. Une partie de ses entrailles s'en écoulait, et une flaque de sang gelée colorait la neige. L'un de ses bras se trouvait écrasé sous son corps, l'autre était déboîté et cassé. Sa peau était zébrée de plaies sanglantes, comme si un prédateur l'avait attaqué.

Nuramon ne parvenait pas à s'imaginer la douleur ressentie par Aïgilaos. Jamais, il n'avait vu une créature massacrée de la sorte.

— Farodin ! Mandred ! cria-t-il, ne sachant s'il devait aller chercher de l'aide ou tenter d'intervenir.

En jetant un regard sur ses mains, il s'aperçut qu'elles tremblaient. Il fallait absolument qu'il agisse ! Ses compagnons l'avaient certainement entendu au campement.

— Je vais t'aider, Aïgilaos !

Le centaure cessa d'émettre ses cris sans voix et regarda Nuramon, le visage tremblant.

C'était sans espoir. Sa plaie au ventre suffirait à le tuer. Ses blessures au cou lui avaient déjà causé beaucoup de dommages. Devait-il lui mentir ?

— Je vais d'abord soulager tes douleurs. (Nuramon posa ses mains sur le front d'Aïgilaos et le regarda dans ses yeux larmoyants. C'était pur miracle qu'il soit encore conscient.) Attends encore un peu ! implora Nuramon en se concentrant sur la magie.

Il commença par sentir des picotements au bout des doigts. Puis un frisson froid lui parcourut les bras jusqu'aux mains. Sous ses doigts, le front d'Aïgilaos se réchauffa. Nuramon sentit le pouls accéléré du centaure, et son propre cœur en épousa le rythme. Puis les battements ralentirent et Aïgilaos se calma. C'était déjà cela, même s'il ne pouvait plus être sauvé.

Nuramon retira ses mains du front du centaure et vit ses traits se détendre peu à peu. Ce dernier avait perdu tellement de sang que l'elfe s'étonna de le voir encore conscient. Il lui fallait encore lutter contre la mort de son compagnon, même si l'entreprise semblait désespérée. Il n'avait aucune expérience des centaures. Peut-être pouvaient-ils survivre à de telles blessures ?

Alors, il posa doucement sa main sur la gorge ouverte du blessé.

Aïgilaos ne ressentait plus aucune douleur. Il regarda intensément Nuramon, secoua la tête et tourna les yeux vers l'épée de l'elfe.

Nuramon fut saisi d'effroi. Aïgilaos savait que c'était la fin. Et voilà qu'il lui demandait de dégainer l'épée de Gaomée pour lui assurer une mort rapide. La lame avec laquelle Gaomée avait autrefois terrassé le dragon à l'issue d'un combat héroïque devait à présent se trouver souillée par le sang d'un compagnon.

Nuramon hésita. Mais comment se soustraire à la supplique muette du centaure ? Il fallait qu'il le fasse. Par compassion ! Alors, il tira l'épée.

Aïgilaos hocha la tête.

— Nous nous reverrons dans une prochaine vie, Aïgilaos ! (Il brandit l'arme et l'abaissa. Mais la pointe s'arrêta juste devant la poitrine du centaure. Incrédule, Aïgilaos leva les yeux.) Je ne peux pas, dit désespérément Nuramon en secouant la tête.

Ses mots d'adieu au centaure résonnaient dans sa tête. *« Nous nous reverrons dans une prochaine vie ! »* Comment pouvait-il le prétendre ? Il n'était pas certain que l'âme d'Aïgilaos trouverait le chemin du retour en Albemark. Celui qui lui prendrait la vie ici lui retirerait pour toujours la possibilité de renaître.

Nuramon jeta son épée. Il avait failli la souiller du sang de son compagnon. Il ne lui restait plus qu'une chose à faire : mettre en œuvre sa magie et tenter de le sauver.

Nuramon examina encore les blessures au cou du centaure. Mandred avait décrit le sanglier comme une bête grossière. Mais les entailles étaient si précises qu'elles semblaient avoir été faites par un couteau. Se pouvait-il que l'homme-sanglier porte des armes ? Ou bien était-ce une autre bête qui avait abîmé Aïgilaos de la sorte ? Nuramon s'étonna de ne pas trouver d'autres traces que celles du sang de son compagnon ; même la piste du chevreuil chassé par Aïgilaos se perdait ici. Aucune trace non plus de Brandan. Peut-être gisait-il quelque part dans la forêt, pareillement mutilé.

Nuramon réprima son envie d'appeler ses autres compagnons. Il ne ferait qu'attirer la bête. Avec précaution, il posa ses mains sur les fines coupures. À peine eut-il pensé à la magie, qu'il sentit de nouveau des picotements dans ses doigts. Cette fois-ci cependant, il ne ressentit pas de frisson dans ses bras. Mais les picotements se transformèrent en une vive douleur qui l'irradia jusqu'aux épaules. Douleur contre guérison ! Tel était l'échange inhérent à sa magie. Lorsque la douleur finit par s'atténuer, Nuramon écarta ses mains d'Aïgilaos et regarda le cou du centaure. Les blessures s'étaient refermées.

Pourtant, en voyant la plaie béante au ventre, il comprit que ses forces ne pourraient rien y faire. Il aurait fallu pour cela une magie capable d'animer le corps en entier. Nuramon se pencha sur le torse d'Aïgilaos.

— Peux-tu de nouveau parler ? demanda-t-il au centaure.

— Ne fais pas cela, Nuramon ! pria Aïgilaos d'une voix rauque. Prends ton épée et termines-en ici !

Nuramon posa les mains sur ses tempes.

—Il ne s'agit que de douleur.

Il savait trop bien que de plus grandes blessures entraîneraient pour lui de plus grandes souffrances. Cependant, il se concentra et essaya de respirer calmement.

—Je te souhaite la chance des albes, mon ami, dit le centaure.

Nuramon ne répondit rien à cela, mais il fit couler la force magique de ses mains dans le corps d'Aïgilaos. Il pensa à tous ceux qu'il avait guéris : arbres, animaux ; de temps à autre, un elfe.

Soudain, une douleur fulgurante parcourut ses mains et tétanisa ses bras. C'était le prix à payer pour la guérison, il fallait résister ! La souffrance devint insupportable. Nuramon ferma les yeux et s'arc-bouta. Pourtant, il ne put la combattre. Il sentit comme un éclair lui traverser la tête. Il savait qu'il n'aurait qu'à lâcher pour que la souffrance disparaisse. Mais Aïgilaos serait alors perdu.

Il ne s'agissait pas seulement des nombreuses blessures, ni du grand dommage causé par cette plaie au ventre, il y avait là encore autre chose que Nuramon n'arrivait pas à comprendre. Était-ce un poison ? Ou peut-être un sort ? Nuramon tenta de se détendre, mais la douleur était trop forte. Il sentit ses mains se crisper et tout son corps se mit à trembler.

—Nuramon ! Nuramon ! cria une voix rauque. Par tous les dieux !

—Chut ! Il le soigne ! répondit la voix d'un elfe. Ô Nuramon !

Nuramon serra les dents. La douleur semblait ne pas vouloir prendre fin. Elle s'intensifia. Il sentait ses sens l'abandonner.

Un moment, il ne put s'empêcher de penser à Noroelle. Et la douleur cessa d'un coup.

Quel calme !

En ouvrant lentement les yeux, il vit le visage de Farodin penché sur lui.

— Dis quelque chose, Nuramon !

— Aïgilaos ? fut le seul mot qui passa ses lèvres.

Farodin regarda sur le côté puis de nouveau vers son compagnon et secoua la tête.

Près de lui, il entendit Mandred crier :

— Non. Réveille-toi ! Allez, réveille-toi ! Ne pars pas ainsi ! Dis-moi encore quelque chose !

Mais le centaure garda le silence.

Nuramon essaya de se relever. Il sentait ses forces lui revenir. Farodin l'aida.

— Un peu plus et tu étais mort, chuchota-t-il.

Aïgilaos gisait à terre. Mandred était penché sur lui et pleurait. Les traits du centaure mort paraissaient détendus, mais son corps offrait un spectacle terrifiant.

— As-tu oublié ta promesse à Noroelle ?

— Non, bien sûr, chuchota Nuramon. C'est pour cela qu'Aïgilaos est mort.

Nuramon se détourna pour s'éloigner, mais Farodin le retint.

— Tu n'aurais pas pu le sauver.

— Mais s'il avait pu l'être ?

Farodin garda le silence.

Mandred se leva et se tourna vers eux.

— A-t-il dit quelque chose ?

Le fils d'hommes regarda Nuramon, plein d'attente.

— Il m'a souhaité bonne chance.

— Tu as tout tenté. Je le sais.

Les paroles de Mandred ne consolèrent pas Nuramon. Il ramassa son épée et la contempla en pensant au désir d'Aïgilaos. Il ne pouvait pas le dire à Mandred.

— Que s'est-il passé ? Et où est Brandan ? demanda Farodin.

— Je n'en ai aucune idée, répondit lentement Nuramon.

Mandred secoua la tête.

— Ce serait une chance inouïe qu'il vive encore. (Il jeta un regard vers Aïgilaos et poussa un grand soupir.) Par tous les dieux ! Personne ne devrait mourir ainsi. (Puis, il regarda autour de lui.) Bon sang ! Il fait trop sombre maintenant.

— Alors il faut vite trouver Brandan, dit Farodin.

Ils jetèrent un dernier regard à Aïgilaos et décidèrent de revenir le chercher plus tard, si cela s'avérait possible.

Nuramon ramena Farodin et Mandred sur la trace de Brandan. Entre-temps, la nuit était tombée.

— Si seulement je n'avais pas laissé les pierres de béryl au campement ! dit Farodin.

La trace n'était déjà pas facile à suivre, mais l'obscurité rendait la tâche impossible. Ils n'étaient pas de si bons pisteurs.

Soudain, un hurlement monstrueux retentit derrière eux. Ils se retournèrent tous les trois. Puis Mandred cria :

— Le camp ! Vite !

Ils y retournèrent à toute vitesse. Nuramon s'aperçut alors que Mandred avait de grandes difficultés à se mouvoir dans l'obscurité. Il se heurtait sans cesse à des branches basses et finit par laisser Farodin le dépasser, pour le suivre. Le fils d'hommes pestait contre la neige dans laquelle il s'enfonçait jusqu'aux mollets, tandis que les elfes y avançaient d'un pas léger.

Enfin, ils atteignirent le campement. Il était abandonné.

Le feu brûlait ; les chevaux se tenaient tranquilles. Mais Vanna, Lijema et les loups avaient disparu. Farodin s'agenouilla près de ses sacoches de selle, tandis que Nuramon faisait le tour du camp en quête de traces. Mandred resta là, comme paralysé. Sans doute pensait-il que tout était perdu.

La forêt était calme.

Nuramon découvrit les empreintes des loups et des elfes, elles conduisaient à la lisière du bois. Aucune trace de combat. Dès qu'il en eut informé ses compagnons, Farodin lui lança, ainsi qu'à Mandred, une pierre de béryl brillant d'une lumière blanche.

Quand ils entendirent de grands hurlements dans les profondeurs du bois, ils se mirent en route. Sans cesser d'appeler Vanna et Lijema, mais ils n'obtinrent pas de réponse.

Ils aperçurent ensuite une trace de sang et la suivirent. Les loups, et apparemment aussi Vanna et Lijema l'avaient déjà pistée. Ils tombèrent bientôt sur la dépouille d'un loup : il avait la gorge déchiquetée. Emplis d'inquiétude, ils remontèrent les traces et découvrirent, tous les quelques pas, d'autres gouttes de sang.

Les hurlements se faisaient toujours entendre. Tout à coup, ils virent les loups blancs bondir dans tous les sens. Ils s'en prenaient à une ombre. Une forme géante ! Qui se débattait sauvagement. Le hurlement d'un loup se termina par un jappement de douleur. Puis le cri d'une femme retentit.

Nuramon, Farodin et Mandred atteignirent une clairière. La lueur de leurs pierres de béryl chassait l'obscurité. Ils virent les loups poursuivre une grande silhouette courbée et disparaître dans la forêt.

La lumière de Nuramon trouva Vanna la magicienne au milieu de la clairière.

— Revenez ! Ce n'est pas l'heure de la vengeance ! criait-elle aux loups. Revenez !

Mais ils ne l'écoutaient pas. La magicienne tomba à genoux et se pencha sur quelque chose.

Mandred et Farodin furent aussitôt près d'elle. Nuramon approcha lentement, tout en regardant autour de lui. Trois loups morts gisaient dans la clairière et, parmi eux, le loup de tête. Nuramon sentit une odeur âcre flotter dans l'air. Cette puanteur qu'il avait déjà remarquée auprès d'Aïgilaos : sans doute l'odeur de la bête.

En rejoignant ses compagnons, Nuramon vit, à la lueur des pierres de béryl, que Vanna se penchait sur Lijema. Lorsque la magicienne se redressa, Nuramon s'aperçut que la mère des loups avait la poitrine lacérée. Quelque chose avait transpercé son corps et déchiré ses poumons et son cœur. Ses yeux brillaient encore, mais son visage s'était figé en un masque étonné.

Vanna pressa tendrement son visage sur celui de la morte.

— Que s'est-il passé ? demanda Farodin.

Vanna garda le silence.

Farodin agrippa la magicienne par les épaules et la secoua doucement.

— Vanna !

Son regard sembla traverser Farodin.

— Là-bas… derrière l'arbre…, dit-elle en tournant la tête de côté. Brandan… par terre… Le sanglier l'a…

Elle s'interrompit.

Nuramon se précipita. Il voulait être le plus vite possible auprès de Brandan. Angoissé, il ne pouvait s'empêcher de penser à Aïgilaos.

Pendant ce temps, une querelle avait éclaté entre Mandred et Farodin. Le fils d'hommes voulait poursuivre la bête, mais Farodin voulait l'en empêcher. Comment pouvaient-ils se quereller maintenant à ce sujet ? Alors que Brandan était peut-être encore en vie !

Nuramon atteignit la lisière du bois et trouva Brandan. Le pisteur gisait sur le dos, avec une légère blessure à la tempe et une autre à la jambe. Il était inconscient, mais son cœur battait encore et il respirait doucement. Nuramon posa ses mains guérisseuses sur ses blessures. Il sentit venir les picotements et la douleur les suivre. Finalement, les blessures se transformèrent en croûtes sous ses doigts. Pour le moment, c'était suffisant. Plus tard, il le guérirait complètement.

À grand-peine, Nuramon prit Brandan dans ses bras et retourna d'un pas lourd vers les autres. Sous la charge, ses pieds s'enfonçaient dans la neige.

Il entendit Farodin tenter patiemment de persuader Mandred.

— La bête joue avec nous. Pas question de nous laisser entraîner maintenant à l'aveuglette. Nous la chasserons demain !

— Comme tu veux, répliqua Mandred, à contrecœur.

En apercevant Nuramon, la peur les saisit. Ils coururent à sa rencontre.

— Est-il… ? commença Mandred.

— Non, il vit. Mais nous devrions l'emmener au camp.

Sans un mot, Farodin, Vanna et Mandred quittèrent la clairière.

Le chemin du retour fut pénible. Mandred portait Brandan, tandis que Farodin et Nuramon portaient le corps de Lijema. Ils laissèrent sur place les dépouilles des loups. En chemin, Mandred essaya de réveiller Brandan. Mais le pisteur avait sombré dans un profond coma.

À l'arrivée au campement, Farodin s'occupa de Lijema ; il enveloppa son corps dans un manteau. Mandred et Vanna, assis auprès du feu, tendaient l'oreille vers la forêt. Nuramon les observa pendant que la tête de Brandan reposait dans ses mains et recevait sa magie. L'attitude du fils d'hommes et de la magicienne en disait plus long que tous les mots possibles. Deux membres de la Chasse avaient perdu la vie, et leurs loups étaient morts ou avaient disparu.

Nuramon contempla la lune. Sa grand-mère avait dit vrai. Ici, la lune n'était qu'à demi visible et beaucoup plus petite que celle d'Albemark. Il repensa à sa conversation avec Noroelle. Qu'advenait-il quand on mourait dans les contrées des hommes ? Il ne pouvait qu'espérer que Lijema renaîtrait. Il ne savait pas ce qu'il en était des centaures. On disait qu'en mourant certains enfants d'albes partaient directement dans la Lumière de la Lune. Il espérait que les âmes de ses compagnons morts ne se perdraient pas.

En sentant la douleur du corps de Brandan passer dans ses mains, Nuramon ferma les yeux et pensa à Aïgilaos. Farodin avait dit vrai : le centaure ne pouvait plus être sauvé. Et pourtant, Nuramon se demanda si, en voulant tenir sa promesse à Noroelle, il n'était pas finalement responsable de sa mort. En se donnant plus de peine, il aurait peut-être pu le sauver.

Soudain, la douleur disparut ; Nuramon rouvrit les yeux. Farodin, Mandred et Vanna se trouvaient près de lui, le visage soucieux. Il lâcha Brandan.

— N'ayez crainte. Tout va bien.

Quand Brandan se réveilla peu de temps après, ils furent tous soulagés. Il se sentait fatigué, mais il put raconter ce qui s'était passé.

— Le sanglier a surgi brusquement. J'ai senti cette puanteur, et ça m'a comme paralysé. Je n'ai rien pu faire. Rien !

Le sanglier l'avait frappé jusqu'à lui faire perdre connaissance, afin qu'il lui serve d'appât. La dernière chose dont il se souvenait avait été un râle atroce.

Nuramon rapporta à Brandan et Vanna ce qui était arrivé à Aïgilaos. Il leur décrivit le sort du centaure dans les moindres détails, sans dire qu'il lui avait demandé de le tuer. Les autres furent frappés d'horreur.

Farodin secoua la tête.

— Cet homme-sanglier a quelque chose qui m'intrigue. Il est plus qu'une bête grossière.

Mandred répliqua :

— Quoi qu'il soit, nous pourrons en venir à bout si nous restons ensemble. Nous allons maintenant monter la garde chacun à notre tour pour éviter d'être surpris par cette bête immonde.

Avant qu'ils établissent le premier tour de garde, deux loups revinrent au campement, silencieux, la queue pendante, mais indemnes. Mandred fut content de les voir et il en caressa un des deux sur la tête. Vanna fit de même pour l'autre. Les bêtes, à bout de forces, puaient l'homme-sanglier.

— Et ça ? Qu'est-ce que c'est ? demanda Farodin en montrant la gueule du loup qui se trouvait près de Mandred.

Nuramon y vit du sang.

Le fils d'hommes vérifia.

— C'est du sang gelé. Regardez comme il est clair !

Nuramon y aperçut un éclat argenté, mais peut-être était-ce dû tout simplement au gel ? Ils examinèrent attentivement le sang. Puis Mandred déclara :

— Ce sanglier est vulnérable. Demain, nous le débusquerons et nous lui ferons payer cher ce carnage !

Farodin approuva d'un air décidé. Nuramon et Brandan l'imitèrent.

Seule Vanna ne répondit pas. Elle regardait la gueule de son loup, qui semblait tout aussi sanglante.

— Quelque chose ne va pas ? demanda Farodin.

La magicienne se leva, laissa repartir le loup et s'assit entre Nuramon et Farodin. Le visage soucieux, elle inspira profondément.

— Écoutez-moi bien. Ceci n'a rien d'une Chasse habituelle. Et je ne le dis pas uniquement parce que nous avons lamentablement échoué et que deux de nos compagnons sont morts.

— Où veux-tu en venir ? demanda Mandred. Dis-nous ce que tu sais.

— Au début, ce n'était qu'un pressentiment. Mais si aberrant que je n'en ai rien laissé paraître et que je l'ai vite refoulé. Je sentais une présence différente de tout ce qui m'est familier. Quand nous nous sommes trouvés sur la piste de l'homme-sanglier, j'ai senti son odeur. Et ce pressentiment m'est aussitôt revenu, mais la puanteur n'était pas une preuve suffisante. Lorsque je me suis trouvée finalement en face de lui, que je l'ai regardé dans ses yeux bleus et qu'il a mis en œuvre sa magie pour causer cette blessure à Lijema, alors j'ai su à quoi nous avions affaire. Mais, je ne voulais toujours pas y croire. Maintenant que je vois ce sang, il n'y a plus de doute…

Elle se tut.

— Où veux-tu en venir ? insista Mandred.

— À toi, Mandred, cela ne dira peut-être pas grand-chose, mais cette créature que tu appelles « l'homme-sanglier » n'est rien d'autre qu'un devianthar, un démon des temps anciens.

Nuramon fut abasourdi. C'était impossible ! L'effroi qu'il ressentait, il le lut aussi sur les visages de Farodin et de Brandan. Certes, Nuramon ne savait que peu de chose sur les devianthars, mais ils passaient pour des êtres de l'ombre, engagés du côté du chaos et de la destruction. Jadis, les albes les avaient combattus et tous anéantis. C'était ce que racontaient les légendes, et elles ne consacraient que peu de mots aux démons. On disait qu'ils pouvaient changer de forme et qu'ils étaient de puissants magiciens. La reine était probablement la seule à savoir ce qu'il en était vraiment. Nuramon ne pouvait s'imaginer qu'Emerelle l'ait envoyé sciemment combattre une telle créature de l'ombre. Ce que disait Vanna ne pouvait être vrai !

Farodin regarda fixement la magicienne. Il exprima ce que Nuramon pensait :

— C'est impossible ! Tu le sais.

— Oui, c'est exactement ce que je me suis dit. Même quand j'ai vu clairement cet être devant moi, je n'ai pas voulu y croire et j'ai tout fait pour me persuader que je me trompais. Pourtant, ce sang avec son étrange éclat argenté m'a ouvert les yeux. Cette créature est un devianthar.

— Bon, c'est toi la magicienne, tu connais la science des Anciens, dit Farodin, sans paraître convaincu pour autant.

— Qu'allons-nous faire ? demanda Brandan doucement.

Vanna détourna les yeux.

— Nous sommes la Chasse des elfes, nous devons la mener à sa fin. Il va donc falloir combattre une créature qui fut un adversaire de taille pour un albe.

Mandred eut l'air horrifié. Il semblait enfin comprendre ce que disait Vanna. Chez les hommes aussi, on connaissait apparemment les albes et leur puissance. Il était bien possible que Mandred les considère comme des dieux.

— Jamais encore un elfe n'a tué un dévianthar, objecta Farodin.

En échangeant un regard avec Farodin, Nuramon ne put s'empêcher de repenser à sa promesse à Noroelle.

— Alors nous serons les premiers ! dit-il résolument.

Le chuchoteur de l'ombre

Farodin s'était retiré à l'ombre, en bordure de forêt. Bientôt, sa garde serait terminée. Ils avaient décidé de lever le camp au petit jour pour pister le devianthar. Ils resteraient ensemble. Il ne fallait pas une fois de plus permettre à cette créature de jouer avec eux, d'utiliser l'un d'eux comme appât.

Le feu n'était plus qu'un tas de braises. L'elfe évitait de trop le regarder pour ne pas altérer sa vision nocturne. Il entendait un léger ronflement : Mandred s'était endormi. Depuis qu'il avait constaté la veille, du haut de la falaise, que son village n'était pas détruit, le fils d'hommes avait retrouvé son calme. Il semblait toujours persuadé que la Chasse des elfes abattrait le monstre. Pourtant Vanna leur avait révélé le genre de créature qu'ils pourchassaient. Cette confiance naïve du fils d'hommes avait quelque chose de touchant.

Du coin de l'œil, Farodin perçut un mouvement. À une vingtaine de pas, une ombre se profilait sous les arbres. Il leva son arc, mais le laissa aussitôt retomber. Les troncs et le sous-bois touffu empêchaient de bien viser. La créature voulait l'attirer, mais il ne s'y laisserait pas prendre.

L'elfe sortit quelques flèches de son carquois et les planta dans la neige. En cas de besoin, il pourrait ainsi tirer plus vite. Si le déviantthar tentait d'attaquer le camp depuis l'orée du bois, il serait au moins accueilli par trois flèches. Ce démon n'était certainement pas invincible ! Il était temps pour lui de payer pour ses forfaits.

Farodin cligna les yeux. Était-ce bien cette créature qu'il voyait là-bas ? Ou l'obscurité lui jouait-elle un tour ? À trop regarder une forêt sombre, on finissait par tout y voir.

Reprends-toi ! se tança silencieusement le guerrier elfe. Un léger coup de vent balaya le paysage enneigé. Dans les profondeurs de la forêt, une grosse branche céda sous le poids de la neige. L'un des loups leva la tête vers la lisière du bois, là où Farodin avait aperçu une ombre. Il poussa un gémissement et aplatit ensuite son museau dans la neige.

Une puanteur âcre emplit l'air un instant. Puis on ne sentit plus que le froid.

— *Je vous attends dans la montagne, Farodin aux mains sanglantes.*

L'elfe sursauta. Ces mots… Il les avait entendus… en lui.

— Montre-toi !

Sa voix n'était qu'un chuchotement. Il ne voulait pas réveiller les autres en sursaut.

— *Et de nouveau, j'en rencontre un tout seul*, se moqua la voix dans sa tête. *Je te trouve bien outrecuidant, Farodin. Ne serait-il pas plus judicieux de réveiller tes compagnons ?*

— Pourquoi devrais-je répondre à ton attente ? À trop prévoir, on court à la défaite. Pourquoi devrions-nous nous trouver à l'endroit choisi par toi ?

— *Il est important de faire les choses au bon endroit et au bon moment. Toi aussi, tu prévois très soigneusement le lieu et le temps quand tu voyages au service de la reine.*

— C'est pourquoi je sais que je ne dois pas t'écouter, rétorqua l'elfe.

— *Je peux tuer chacun de vous d'une simple pensée. Vous n'êtes guère plus qu'un faible reflet des albes. J'avais escompté plus en envoyant le fils d'hommes en Albemark.*

Farodin jeta un coup d'œil vers le campement. Il entendait toujours le léger ronflement de Mandred. Devait-il se fier aux paroles d'un devianthar ? Le soupçon de la reine était-il justifié ?

— *Crois-tu que le fils d'hommes aurait pu franchir le cercle de pierres par ses propres moyens ?*

— Mais tu as pourtant failli le tuer. Pourquoi l'aurais-tu aidé ?

— *Afin de le rendre plus convaincant. Il ne se savait pas à mon service. Ainsi, votre reine ne pouvait découvrir nulle trace de mensonge dans ses paroles.*

— Si c'est notre mort que tu veux, alors faisons en sorte que tout se passe ici, sur place, dans notre camp. Je vais réveiller les autres !

— *Non ! Demande à Mandred de vous mener à la grotte de Luth. Je vous attends là-bas, à midi, dans trois jours.*

Farodin réfléchit : fallait-il encore le retenir un peu et réveiller les autres ensuite ? Les loups avaient peut-être blessé le devianthar. Pourquoi ne se montrait-il pas, s'il se sentait invincible ? C'était ici et maintenant qu'ils devaient le tuer ! Il n'accepterait aucun marché !

— *Une seule de mes pensées a la force de tuer, Farodin. Ne la provoque pas !*

— Mais alors, pourquoi sommes-nous encore en vie ? demanda l'elfe avec assurance.

— *En cet instant précis, le cœur de Brandan a cessé de battre, Farodin aux mains sanglantes. Ton doute l'a tué. Si dans trois jours, vous ne vous trouvez pas dans la montagne, vous subirez tous le même sort. Je te considérais comme un guerrier. Réfléchis bien si tu veux mourir l'épée à la main, sous les yeux de ton ennemi, ou comme Brandan, dans son sommeil. Tu te crois particulièrement adroit. Peut-être est-ce toi qui me tueras ? Je vous attends.*

À tout juste trois pas de distance, une forme massive apparut entre les arbres. Farodin porta la main à son épée. Comment le dévianthar avait-il pu s'approcher autant sans qu'il l'ait remarqué ? Aucun bruit, aucune ombre entre les arbres. Même cette odeur putride exhalée par le démon ne s'était pas accentuée.

L'homme-sanglier hocha la tête comme pour un salut moqueur. Puis il se confondit de nouveau avec les ombres.

Farodin se rua en avant. La neige durcie crissa sous ses bottes. En l'espace de deux secondes, il atteignit l'endroit où le démon s'était trouvé. Mais le dévianthar avait déjà disparu. Pas une trace dans la neige. Rien n'indiquait que la bête avait été là. La silhouette à forme d'ombre n'avait-elle été qu'une image trompeuse ? Le démon avait-il voulu l'attirer ? Farodin jeta un coup d'œil vers le campement. Ses compagnons dormaient encore près du feu, bien enroulés dans leurs couvertures. Tout était calme.

Les anciennes histoires racontaient qu'un dévianthar pouvait mentir deux fois rien qu'en prononçant un seul mot. Farodin aurait aimé savoir ce qui se cachait derrière l'invitation à venir dans la grotte.

Il faisait plus froid. Il essaya de réveiller ses doigts gourds en se tapant les mains sur les cuisses. Puis il retourna à l'arbre contre lequel il avait posé son arc.

Il retira les flèches de la neige et les examina avec soin. Pour l'homme-sanglier, il avait choisi des traits de guerre. Ils avaient une pointe plate avec des crochets tournés vers l'intérieur. Les pointes n'étaient pas solidaires de la hampe. Quand on tentait de retirer d'une plaie ce type de projectile, la hampe se détachait et la pointe avec ses barbillons restait profondément accrochée dans les chairs. Farodin aurait aimé pouvoir au moins décocher une seule de ces flèches sur l'homme-sanglier.

Il regarda de nouveau le campement. Il avait besoin de certitude !

— Ils peuvent mentir deux fois rien qu'en prononçant un seul mot, chuchota-t-il.

S'il retournait maintenant au camp, il ferait exactement ce que le démon attendait de lui. C'était ainsi depuis qu'ils avaient passé la Porte d'Aïkhjarto.

Farodin prit son arc et son carquois et se dirigea vers le feu. De fins cristaux de glace dansaient dans l'air. Jamais il n'avait vécu pareil hiver glacial. Comment les hommes parvenaient-ils à s'établir dans ces contrées inhospitalières ? Il posa les armes sur sa couverture.

Ensuite, il s'agenouilla auprès de Brandan. Le pisteur s'était tourné sur le côté. Ses lèvres dessinaient un sourire. À quoi pouvait-il rêver ?

Il ne dérangerait pas Brandan dans ses rêves ! Il s'apprêtait déjà à se retourner quand il remarqua un minuscule cristal de glace au coin des lèvres de son compagnon. Effrayé, il se pencha sur lui et le secoua par l'épaule.

Brandan ne bougea pas. Dans son sommeil, son sourire s'était figé en un masque de mort.

Vieilles blessures

— Que le feu vous guide dans les ténèbres !

Farodin approcha le brandon du bûcher. Les flammes gagnèrent lentement les branches de pin. Une épaisse fumée blanche monta vers le ciel. Elle portait encore en elle l'odeur de la forêt, le parfum d'aiguilles de pin et de résine.

Farodin se détourna. Ils avaient travaillé pendant des heures pour ériger ce bûcher. Comme il leur avait été impossible de déplacer la dépouille du centaure, ils avaient finalement porté Brandan et Lijema dans la clairière.

Mandred s'agenouilla près du feu. Ses lèvres remuaient en silence. Cet humain surprenait Farodin. Il semblait avoir pris Aïgilaos dans son cœur, comme un frère. Et cela en si peu de temps !

Le vent tourna. La fumée se rabattit vers eux en un épais rideau. Les premières odeurs de chair brûlée commençaient à flotter dans l'air.

Farodin réprima un début de nausée.

— Il faut partir. Le temps presse.

Nuramon le regarda d'un air réprobateur, comme s'il le pensait sans cœur. Ou bien pressentait-il quelque chose ? Vanna n'était pas parvenue à déterminer la cause de la mort de Brandan. Farodin avait passé sous silence cette partie de son dialogue avec le dévianthar. *Inutile de décourager les autres*, se disait-il. *Inutile qu'ils sachent que le dévianthar est capable de tuer d'un seul mot !* Peut-être aussi n'était-ce que tromperie. Brandan était peut-être mort d'autre chose. Il valait mieux qu'il soit le seul à se torturer avec cette question.

—Allons-y ! (Mandred se leva et tapota son pantalon pour en retirer la neige.) Sus à ce monstre ! Abattons-le !

Farodin ressentit la langue du Pays des Fjords comme une menace. Mais la reine devait s'être trompée. Cet homme ne les trahirait pas. Il n'était qu'une victime du dévianthar, comme eux tous !

L'elfe se mit en selle. Il se sentait rompu. En même temps que sa confiance en lui, une bonne partie de ses forces l'avaient abandonné. Ou bien était-ce dû à son sentiment de culpabilité ? Brandan vivrait-il encore, si lui, Farodin, n'avait pas hésité ? Il regarda les loups. Ils n'étaient plus que deux à les accompagner. La queue peureusement serrée entre leurs pattes, ils se collèrent aux cavaliers au moment de quitter la clairière.

Farodin dirigea son cheval vers le fils d'hommes.

—Quel genre d'endroit est-ce… cette grotte de Luth ?

D'un geste nerveux de la main, Mandred traça un signe en l'air.

—Un lieu de puissance, dit-il à voix basse On raconte que Luth, le Tisseur des fils du destin, y aurait passé un long hiver. Il y faisait si froid que les parois de la grotte blanchissaient sous son souffle. C'est un lieu sacré.

Et c'est là que nous abattrons l'homme-sanglier, car les dieux nous assisterons si…

Le regard de l'homme s'attarda sur la lance posée en travers de la selle.

— Si quoi ? demanda Farodin.

— S'ils nous permettent d'arriver là-bas. (Mandred indiqua le nord.) La grotte se trouve très haut dans les montagnes. Les cols vont être très enneigés. Personne ne peut les passer en hiver.

— Mais tu es déjà allé là-bas ? s'inquiéta l'elfe.

Mandred secoua la tête.

— Non, mais les Barbes de Fer nous montreront le chemin.

— Les Barbes de Fer ? De quoi s'agit-il ?

Mandred ébaucha un sourire.

— Ce ne sont pas des ennemis. Il ne faut pas les craindre. En tout cas, pas nous. Ce sont les trolls qui les évitent. Les prêtres les ont apportés. Ils sont taillés dans le tronc des chênes sacrés. Des effigies des dieux. Tous ceux qui se rendent à la grotte de Luth leur font une offrande. Pour s'attirer leur bienveillance… Du moins le plus souvent. Ces statues de bois ont de longues barbes. On y glisse dedans quelques objets en fer : des clous, un vieux couteau, la lame cassée d'une hache. Ainsi, avec le temps, les barbes de bois se transforment en Barbes de Fer.

— Tu offres des clous à tes dieux ? demanda Farodin, incrédule.

Mandred lui décocha un regard désapprobateur.

— Ici, au Pays des Fjords, nous ne vivons pas dans l'opulence. Le fer est précieux. Dans mon pays, seuls les princes et les rois possèdent une cotte de mailles comme celle que porte chacun des gardes du château de ta reine. Nos dieux le savent !

Et les trolls redoutent le fer, pensa Farodin en se gardant d'exprimer ses pensées à haute voix. Leurs armes étaient toujours en bois ou en pierre. L'elfe pensa à la bataille de Welruun, lorsque les trolls avaient détruit le cercle de pierres qui menait à la vallée de leurs grottes royales. Ils n'avaient besoin ni de fer ni d'acier. Leur force suffisait à enfoncer un casque d'un seul coup de poing, toutefois le contact du fer leur était désagréable. De sorte que les armures offraient tout de même une certaine protection contre ces monstres. Écœuré, Farodin se souvenait des combats menés contre ces géants monstrueux. Chaque fois qu'il pensait à eux, il sentait de nouveau leur odeur rance.

— Vous devrez faire des offrandes aux Barbes de Fer, dit la voix de l'homme en le tirant de ses pensées. Même si vous ne croyez pas en eux.

— Bien sûr.

Farodin accompagna sa réponse d'un léger signe de tête. Il n'aurait pas dû évoquer ce souvenir. Aileen ! Les trolls l'avaient tuée, juste à cinq pas de lui. Il se souvint de son regard au moment où la puissante hache de pierre avait fendu sa cotte de mailles comme s'il s'était agi de soie fine. Sept cents ans s'étaient écoulés avant qu'il puisse aimer de nouveau. Durant tous ces siècles, il n'avait cessé d'espérer. Pendant les guerres contre les trolls, toute la famille d'Aileen avait perdu la vie, et il s'était passé beaucoup de temps avant qu'elle renaisse. Personne n'avait pu savoir dans quelle famille elle avait repris vie. Farodin avait passé des siècles à apprendre une magie de quête, et il l'avait découverte en Alvemer. Elle était revenue sous la forme de Noroelle, mais il ne lui avait jamais rien avoué de son passé. Il voulait qu'elle s'éprenne une nouvelle fois de lui, que ce soit de l'amour pur et non une inclination, née du sentiment d'une ancienne obligation. Sept cents ans…

— Tu crains les trolls, n'est-ce pas ? (Mandred se redressa sur sa selle. Sa main, caressa le fût de son épieu.) Ne t'en fais pas ! Voici quelque chose qui va leur faire peur. Et ils redoutent aussi mon clan. Ils n'ont jamais réussi à tuer aucun de mes ancêtres.

— Alors, tes ancêtres et moi, nous avons quelque chose en commun, répliqua Farodin d'un air rageur.

— Que veux-tu dire ? Toi aussi, tu aurais croisé un troll un jour ? demanda le fils d'hommes, plein de respect.

— Sept d'entre eux n'ont pas survécu à leur rencontre avec moi.

Farodin n'aimait pas se vanter de ses actes. Tout ce sang de troll n'avait pu réussir à éteindre la haine ardente qu'il éprouvait à leur égard.

Mandred rit.

— Sept trolls ! Personne ne tue sept trolls !

— Libre à toi de ne pas le croire, lui déclara Farodin.

Il tira sur les rênes de son étalon et s'écarta pour laisser passer Nuramon et Vanna. Il voulait rester seul avec ses pensées.

Le chemin dans la glace

Mandred poussa les quatre anneaux de maille sur un clou rouillé dans la barbe de la statue de Firn. *Quelle bande d'arrogants, ces elfes!* pensait-il. Naturellement, en passant devant un Homme de Fer, aucun d'eux n'avait fait d'offrande au Seigneur de l'Hiver. Et maintenant, ils voyaient le résultat : la neige tombait de plus en plus dru et ils n'avaient toujours pas trouvé la grotte !

— Tu viens, Mandred ?

Le guerrier décocha un regard furibond à Farodin. Celui-là, c'était le pire de tous. Il avait quelque chose d'inquiétant. Parfois, il était trop calme, pensa Mandred. Comme ceux qui cherchent à cacher quelque chose. Mais bon, il ferait tout de même aussi une offrande en son nom.

— Pardonne-leur, Firn, chuchota Mandred en faisant le signe de l'œil protecteur. Ils viennent d'un endroit où le printemps règne en plein hiver. Ce n'est pas leur faute.

Le guerrier se leva et s'appuya sur la hampe de son épieu. Il avait besoin de reprendre haleine. Jamais encore, il ne s'était trouvé à si haute altitude. Ils avaient depuis longtemps franchi la limite des arbres. Ici ne restaient plus que les rochers et la neige. Comme le ciel était clair, ils voyaient le Barbefourche et la Tête-de-Troll tout proches, deux sommets où, même par l'été le plus chaud, la neige ne fondait jamais. Ils se trouvaient si près des dieux que le moindre petit effort leur coupait le souffle. Cet endroit n'était pas fait pour les hommes !

Mandred saisit les rênes de sa jument. Elle ne semblait pas souffrir du froid ni éprouver de difficulté à se frayer un passage dans la neige profonde. Quelle que soit la résistance de la couche glacée, elle ne s'y enfonçait jamais, tout comme les deux loups et les elfes. Ceux-ci faisaient passer Mandred en tête pour donner la cadence. Sans lui, ils auraient certainement progressé deux fois plus vite.

Obstinément, Mandred s'arc-boutait contre le vent glacial. La neige lui piquait le visage, comme des aiguilles en os. Il clignait les yeux et cherchait à les protéger de sa main. En espérant que ce sale temps n'allait pas encore empirer !

Ils grimpèrent le long d'un glacier, bordé à leur gauche par des parois rocheuses en à-pic. Le vent hivernal faisait rage et se brisait en hurlant sur les créneaux rocheux. *Pourvu qu'il ne s'agisse que d'une tempête !* s'angoissa Mandred. En hiver, il devait y avoir des trolls par ici.

Le guerrier jeta un regard en arrière vers les elfes. Ils ne semblaient pas se soucier du froid. Ils avaient certainement mis en œuvre quelque magie pour se protéger. Mais il ne se plaindrait pas et ne leur demanderait rien !

La nuit tombait vite. Bientôt, ils devraient faire halte. Dans cette obscurité, le risque était trop grand de chuter dans une crevasse. Maudit temps ! Mandred s'essuya nerveusement le front. Ses sourcils étaient gelés.

Il fallait faire comprendre aux autres qu'il était insensé de continuer les recherches. Même s'ils ne tombaient pas, il se pourrait bien que, avec cette neige abondante, ils passent à côté de la grotte sans même l'apercevoir.

Soudain, le guerrier s'arrêta. Il sentait comme une odeur de pourriture ! Semblable à celle de la bête. Il cilla dans la neige qui tombait. Rien ! Était-ce simplement le fruit de son imagination ?

L'un des loups poussa un long hurlement.

La bête était ici ! Tout près ! Mandred lâcha les rênes et empoigna à deux mains son épieu. Un peu plus avant, dans la neige, une ombre se dressait.

— Pour Aïgilaos ! cria le guerrier.

Au tout dernier moment, il comprit ce qui s'élevait là. Un autre Homme de Fer ! Celui-ci n'avait pas les yeux levés vers le haut du glacier, mais dirigés droit sur la paroi rocheuse. Une étroite sente y grimpait. Bien trop étroite pour des chevaux.

— C'est bien ça. (Vanna s'était placée à la hauteur de Mandred et elle désignait la sente dans le rocher.) Beaucoup de Sentiers se croisent là-haut, quelque part, pour former une Étoile d'albes.

— Une Étoile d'albes ? C'est-à-dire ?

— Un endroit de puissance, un lieu où se croisent plusieurs Sentiers d'albes.

Mandred ne comprit pas vraiment de quoi il s'agissait. Sans doute était-ce des chemins que les albes avaient autrefois souvent empruntés. Mais qu'étaient-ils allés chercher dans la grotte de Luth ? Étaient-ils venus honorer ce dieu ?

— Je sens déjà ces Sentiers depuis plusieurs heures, poursuivit Vanna. Si sept Sentiers se croisent à cet endroit, on y trouvera une Porte.

Le guerrier regarda l'elfe d'un air stupéfait.

— Une porte ? Mais là-bas, il n'y a aucune maison, ni aucune tour. Rien qu'une grotte.

Vanna sourit.

— Si c'est toi qui le dis !

Farodin fourragea dans la couverture sanglée derrière sa selle. Il en sortit une deuxième épée et en passa le ceinturon autour de sa taille. L'arme de Brandan ! Puis il roula la couverture et la jeta sur son étalon.

— Les chevaux vont se chercher un endroit à l'abri du vent et nous attendre aussi longtemps qu'ils arriveront à supporter le froid, expliqua Vanna. (Elle grattouilla le plus petit des deux loups entre les oreilles, tout en lui parlant doucement pour le calmer.) Que dirais-tu de rester ici pour protéger les chevaux contre les trolls ? dit-elle avec un clin d'œil à Mandred.

Les compagnons imitèrent Farodin et protégèrent leurs montures avec des couvertures.

Probablement qu'ils ne ressentent pas autant le froid que moi, s'énerva Mandred. Il tapota sa jument sur les naseaux. Elle le regarda de ses yeux sombres d'une manière qui lui déplut. Savait-elle quelque chose de son destin ? Les chevaux ne pouvaient pas vous regarder avec une telle tristesse !

— Nous allons pourfendre ce monstre et partir ensuite au plus vite. Il fait trop froid ici pour nous y attarder, dit Mandred pour s'encourager.

La jument pressa ses naseaux dans sa main et renifla doucement.

— Tu es prêt ? chuchota Vanna à Mandred.

En guise de réponse, Mandred se dirigea vers la paroi rocheuse. Des marches usées par le temps étaient taillées dans la roche. Le guerrier s'avança prudemment. La glace crissait sous ses pas. Il posa la main gauche sur le rocher pour s'offrir une prise supplémentaire. Les marches devinrent de plus en plus étroites, si bien qu'à la fin le pied n'y trouvait plus qu'à peine sa place.

Hors d'haleine, Mandred atteignit enfin le bout du sentier. Devant lui s'ouvrait une gorge. Ses parois étaient si rapprochées que deux hommes ne pouvaient y marcher de front.

Mandred pesta en sourdine. L'homme-sanglier avait délibérément choisi cet endroit. Ici, seul l'un d'entre eux pourrait l'affronter à la fois. Tout en haut du défilé, une lumière rougeâtre et vacillante donnait aux amas de neige une apparence de sang gelé. Mandred fit le signe de l'œil protecteur. Puis il avança lentement. L'air était empli de fumée. Quelque part là-haut brûlait un feu de bois résineux ! Cette odeur couvrirait celle de l'homme-sanglier.

— Saleté de monstre ! laissa-t-il échapper.

L'homme-sanglier les avait chaque fois surpris. Il semblait presque pouvoir se rendre invisible. Seule son odeur trahissait sa présence. Mandred avança prudemment. Au-dessus de lui, un énorme bloc rocheux, coincé entre les parois, surplombait le chemin comme un linteau. Était-ce cet endroit qu'avait évoqué Vanna quand elle avait parlé d'une porte ?

Un éboulis de pierraille dévala avec fracas une des parois. Effrayé, Mandred brandit son épieu. Au-dessus de lui, il vit quelque chose grimper dans le défilé, mais l'obscurité l'empêcha d'en voir plus.

Le guerrier hâta le pas. La gorge étroite s'évasa peu à peu en un petit cirque. À quelque cent pas, une gueule sombre et béante s'ouvrait dans le rocher. La grotte de Luth ! Le sol était jonché de gros blocs de roche. Un feu brûlait tout près.

— Sors de là et montre-toi ! dit Mandred en brandissant sa lance. Nous sommes là !

Les rochers répercutèrent sa voix.

— Il ne sortira que quand il nous aura amenés exactement à l'endroit qu'il désire ! grogna Farodin.

L'elfe dégrafa sa cape et la laissa glisser à terre.

L'espace d'une seconde, Mandred se demanda s'il devait aussi abandonner son lourd manteau de peau. Il pourrait peut-être le gêner dans le combat. Mais il faisait vraiment trop froid. En cas de nécessité, il lui suffirait d'un geste pour s'en défaire.

Farodin passa devant. Il se faufila dans les rochers avec l'agilité d'un chat.

— Restons groupés ! ordonna Mandred. C'est ainsi que nous pourrons le mieux nous défendre.

Vanna ne pouvait cacher sa peur. Elle avait les yeux écarquillés et la lance dans ses mains tremblait légèrement.

Nuramon fermait la marche dans cette vallée encaissée. Le dernier loup avançait tout à côté de lui. Les oreilles basses, il paraissait anxieux.

— Sais-tu encore autre chose sur les dévianthars, magicienne ? demanda Mandred.

— Personne ne sait grand-chose, répondit-elle. Les anciennes histoires les décrivent toutes différemment. Parfois on les compare à des dragons, parfois à des esprits des ombres ou à des serpents géants. On dit qu'ils peuvent changer de forme. Toutefois, je n'ai encore jamais entendu parler d'un homme-sanglier.

— Ça ne nous aide guère, murmura Mandred, déçu, puis il entama la descente dans le vallon.

Farodin les attendait près du feu. Il y avait là un gros tas de bois, des troncs éclatés et de vertes branches de pin.

L'elfe poussa de côté l'une des branches. Dessous, il trouva un tronc de bois foncé. Ce n'est qu'en y regardant de plus près qu'il reconnut de quoi il s'agissait.

— Le dévianthar ne semble pas avoir un grand respect pour tes dieux.

Mandred sortit la lourde idole de sous les branches. C'était l'un de ces Hommes de Fer, cette fois-ci une représentation de Luth. Dans la chute, de nombreuses offrandes avaient percé le bois, en y laissant de profondes entailles. Incrédule, Mandred tâta la statue outragée.

— Il le paiera de sa vie, murmura-t-il. De sa vie ! Nul ne peut se moquer impunément des dieux. Tu l'as vu ? rugit-il à l'adresse de Farodin.

L'elfe pointa l'épée de Brandan vers la grotte.

— Je suppose qu'il nous attend là, à l'intérieur.

Mandred écarta les bras et leva les yeux vers le ciel étoilé.

— Seigneurs du ciel et de la terre ! Armez notre bras vengeur ! Norgrimm, Ordonnateur des Batailles ! Aide-moi à anéantir notre ennemi ! (Il se tourna vers la grotte.) Et toi, homme-sanglier, redoute ma colère ! Je jetterai ton foie aux corbeaux et aux chiens !

D'un pas décidé, Mandred se dirigea vers la grotte en faisant une nouvelle fois le signe de l'œil protecteur. Derrière l'entrée, un tunnel faisait un coude à gauche et s'élargissait au bout de quelques pas en une grotte, plus vaste que la halle d'apparat d'un roi et d'une beauté troublante.

En son centre se trouvait un gros bloc rocheux. Et, devant, le sol était noirci de suie. *Luth a dû se tenir assis ici auprès du feu*, pensa pieusement Mandred.

Les parois étaient couvertes de glace luisante. Des lumières semblaient y être enfermées. Elles ressemblaient à de petites flammes et montaient jusqu'au plafond pour s'y refléter dans des centaines de glaçons. La grotte était presque aussi claire qu'une prairie par un jour d'été.

Du haut de la voûte, des colonnes de pierre, parmi les glaçons, descendaient à la rencontre de puissantes épines rocheuses jaillissant du sol. Mandred n'avait encore jamais vu pareille chose. On aurait dit que le rocher ici grandissait comme les glaçons sur les toits des maisons longues de Firnstayn. Cet endroit était vraiment destiné aux dieux !

Les trois elfes aussi étaient entrés. Ils jetaient des regards étonnés autour d'eux.

— Je n'en sens que cinq, dit Vanna.

Mandred suivit son regard. À part eux, il n'y avait personne !

— Cinq quoi ?

— À cet endroit se croisent cinq Sentiers d'albes. Pour les initiés s'ouvre ici un chemin entre les mondes. Celui qui commence son voyage à partir d'un tel endroit ne se perdra pas. Mais cette Porte est condamnée. Je ne crois pas que nous pourrons l'ouvrir.

Mandred, stupéfait, regarda l'elfe. Il ne comprenait pas un mot de ce qu'elle disait. Des fadaises d'elfe !

— *Et vous n'ouvrirez pas non plus cette Porte, car votre voyage se termine ici*, résonna une voix dans ses pensées.

Effrayé, le jarl se retourna. À l'entrée de la grotte se dressait la bête. L'homme-sanglier lui apparut alors encore plus grand que dans la nuit où ils s'étaient rencontrés pour la première fois. Et pourtant, sa forme massive était encore penchée.

La tête du devianthar était celle d'un sanglier aux soies noires et épaisses. Seuls ses yeux bleus ne ressemblaient pas à ceux d'un animal. Ils brillaient d'un air moqueur. Des défenses, longues comme des dagues, dépassaient de sa gueule.

Il avait le torse d'un homme robuste, mais ses bras, beaucoup trop longs, pendaient presque jusqu'à ses genoux. Ses jambes, mélange de membres humains et de pattes arrière de sanglier, se terminaient par de grands sabots fendus.

Le monstre écarta les doigts et d'énormes griffes en sortirent. Mandred se sentit mal à cette vue. L'homme-sanglier s'était transformé. Il n'avait pas montré de telles griffes lorsqu'il les avait attaqués, lui et ses trois compagnons, dans la clairière près de Firnstayn.

Le loup poussa un sourd grognement. Les oreilles basses, la queue coincée entre les pattes, les babines retroussées, il arborait des griffes menaçantes.

L'homme-sanglier renversa la tête en arrière et poussa un hurlement à glacer les sangs : un sombre beuglement terminé par un cri perçant.

Vanna se boucha les oreilles des deux mains et tomba à genoux. S'agissait-il de magie ? Mandred se rua en avant. Un glaçon se brisa à ses pieds. Effrayé, le guerrier leva les yeux vers la voûte. Au même instant, des centaines de glaçons se détachèrent et tombèrent comme autant de dagues en cristal.

Mandred leva les bras pour se protéger la tête. Toute la grotte résonnait du vacarme produit par la glace qui se fracassait. Juste devant lui, un glaçon de la longueur d'un bras s'écrasa sur le sol et se brisa en mille morceaux. Puis son dos fut martelé. Quelque chose, comme un coup de massue, l'atteignit à la tête.

Vanna gisait, recroquevillée sur le sol. La cuisse transpercée par un glaçon. Son pantalon en cuir de cerf trempé de sang. Apparemment, Nuramon avait reçu un coup sur la tête. Appuyé contre une colonne de pierre, il se frottait le front, comme hébété. Seul Farodin paraissait totalement indemne.

— Fini de jouer ! (L'elfe tira ses deux épées et en brandit une.) Reconnais-tu cette arme ? Son propriétaire est mort et pourtant tu vas la sentir. C'est avec elle que je vais mettre un terme à ta vie.

En guise de réponse, l'homme-sanglier se précipita dans la grotte. Vanna rampa comme elle put pour lui échapper, mais la créature ne mit qu'une seconde à fondre sur elle. D'un léger revers de la main, le monstre l'assomma avant de lui expédier un coup de sabot. Le crâne de la magicienne vola en éclats comme une cruche d'argile tombant sur des dalles de pierre.

Nuramon se jeta sur le monstre avec un cri strident. Mais le déviantar réagit avec une vitesse surprenante. Il esquiva le coup en se tournant sur le côté. Une main griffue s'abattit sur l'elfe et déchira son manteau.

Mandred bondit en avant et tenta de lui enfoncer sa pique entre les côtes. Un coup de griffe atteignit la lame. Le guerrier faillit en perdre son arme et dérapa sur le sol jonché de morceaux de glace.

Le loup avait planté ses griffes dans une des pattes de l'homme-sanglier pendant que Farodin gratifiait la créature d'une volée de coups. Cependant, loin d'éviter son épée, le monstre fonça sur lui. Une main griffue s'abattit sur Farodin. Il se jeta en arrière, mais les griffes lui laissèrent quatre entailles profondes à la joue gauche. Le loup tirait toujours sur la jambe de l'homme-sanglier. Mandred regretta d'avoir laissé l'autre auprès des chevaux. Il leur aurait été plus utile ici !

La bête se retourna et assena un coup terriblement violent sur l'échine du loup. Mandred entendit un craquement sec. L'animal se mit à glapir. Ses pattes arrière tressaillirent et il s'affala sur le côté. Ses griffes toujours plantées dans la jambe du monstre. Du sang clair ruisselait entre les soies noires. Un coup de sabot fracassa la mâchoire et les griffes du loup.

L'homme-sanglier tournait sauvagement en rond. Nuramon avait essayé de l'attaquer par-derrière.

Un coup de patte arracha l'épée courte de la main de l'elfe, un autre lacéra sa cuirasse en peau de dragon.

— Gardez-vous de penser ! cria Farodin. Il peut lire chacune de vos pensées. Ne réfléchissez pas à ce que vous allez faire. Contentez-vous d'attaquer !

L'épieu de Mandred entailla profondément le thorax de la bête. La créature se retourna, écumant de rage.

Le guerrier brandit son arme pour écarter le coup de patte visant sa tête. La hampe de sa pique se brisa sous la violence du coup. Mandred se trouva projeté en arrière. Mais avant que la bête revienne à l'assaut, Farodin avait bondi sur elle. En donnant de fougueux coups d'épée, il repoussa l'homme-sanglier, et Mandred en profita pour se redresser.

Le jarl regarda son arme brisée. Le fer de sa lance avait la longueur d'une épée courte. Le guerrier jeta la hampe désormais inutile. Du sang coulait sur son bras. Il ne s'était même pas aperçu que la créature l'avait touché.

Farodin et l'homme-sanglier se tournèrent autour dans une ronde mortelle. En une danse si rapide que Mandred n'osa pas se ruer à l'assaut, de peur de gêner Farodin.

L'elfe avait du mal à respirer. L'air lui manquait ! Mandred vit Farodin ralentir ses mouvements. Un coup de patte fit tinter la cotte de mailles en la déchirant sur l'épaule droite. Au même instant, Farodin brandit son épée. Du sang gicla et une patte de l'homme-sanglier tourbillonna en l'air. La lame avait tranché l'articulation.

L'homme-sanglier grogna en reculant de quelques pas. Était-ce la peur qui se lisait dans ses yeux bleus ?

Farodin fonça en avant. La bête se jeta sur lui, tête baissée. Ses défenses se plantèrent dans la poitrine de l'elfe. Ils roulèrent tous les deux à terre.

— Mandred…

L'épée de Brandan avait traversé la créature de part en part et la pointe ressortait de son dos. Pourtant, la bête était encore en vie. Horrifié, Mandred la vit se redresser en titubant.

— Nuramon… (Du sang s'échappait de la bouche de Farodin.) Dis à Noroelle…

Son regard se voila.

— Farodin !

D'un seul coup, Nuramon se rua sur l'homme-sanglier. Il leva son épée à deux mains et l'abattit sur la tête du monstre. La lame glissa dans un grincement en laissant une profonde entaille sanglante. Nuramon recula en chancelant sous la violence du coup qu'il venait de porter. Le visage glacé d'horreur.

Encore pliée en deux, la bête fit volte-face pour attaquer l'elfe. Cependant, elle s'arrêta brusquement.

C'est le bon moment ! se dit Mandred.

Le guerrier attaqua l'homme-sanglier par-derrière. De sa main gauche, il empoigna résolument les défenses et coucha de toutes ses forces la hure puissante. De sa main droite, il planta violemment sa pique dans l'œil du monstre. L'acier s'enfonça dans le crâne du devianthar.

Une dernière fois, le corps de la bête se cabra. Mandred fut propulsé contre la pierre sur laquelle Luth s'était autrefois assis. Une douleur sourde cogna dans sa poitrine.

— Ton foie sera jeté aux chiens, dit Mandred en toussant.

Un rêve

Ce fut un rêve clair qui surprit Noroelle dans son sommeil. D'abord, son regard glissa sur les alentours printaniers de la maison, puis il s'en alla plus loin vers les falaises d'Alvemer. Mais, tout à coup, elle vit un inquiétant paysage hivernal : des montagnes abruptes et des forêts profondes résonnant de voix et de cris. Au pied d'un chêne gisait un centaure mort, lamentablement massacré, comme jamais encore elle ne l'avait vu pour aucune créature. C'était Aïgilaos. Soudain, elle eut sous les yeux Lijema : elle gisait dans la neige, inerte, une énorme blessure au ventre. Puis Lijema fit place à Brandan : il reposait, raide mort, à côté d'un feu de camp, tandis que la forêt retentissait de hurlements de loups blessés.

Ensuite, elle vit une grotte de glace remplie de bruits de lutte. Mais elle ne put discerner les combattants. Elle aperçut seulement ceux qui gisaient à terre et parmi eux Vanna la magicienne et un loup. Soudain, le silence se fit et Noroelle découvrit Farodin au sol. Une plaie béante à la poitrine et les yeux sans vie.

Noroelle cria à perdre haleine…

Soudain, elle se retrouva à côté du trône vide dans la salle de la reine. Elle jeta un regard autour d'elle, mais elle était seule. L'eau se taisait, les murs étaient secs. Le plafond laissait passer la lumière du jour pour éclairer l'endroit. Noroelle se regarda de la tête aux pieds : elle portait sa chemise de nuit blanche.

La porte s'ouvrit lentement. Des elfes, vêtues de blanc, le visage voilé, entrèrent en portant deux brancards côte à côte. Noroelle comprit qui elles lui amenaient. En proie au désespoir, elle se détourna. Elle ne supporterait pas cette vue.

Les elfes s'approchèrent de plus en plus. Finalement, elles s'arrêtèrent au pied des marches conduisant au trône. Du coin de l'œil, Noroelle regarda les porteuses, muettes et figées, comme des statues. En aucun cas, elle ne voulait voir les corps de ses bien-aimés. Cependant, son regard ne lui obéit pas et fut attiré vers eux. Ils semblaient indemnes, mais toute vie les avait désertés.

Tremblante, Noroelle regarda autour d'elle, en quête de quelqu'un pour l'assister. Mais elle ne trouva personne. Alors, elle vit du sang ruisseler sur les murs. Elle leva les yeux : les sources crachaient du sang.

Noroelle s'enfuit. Elle quitta la salle par la porte réservée à la reine. Elle courut le plus vite possible sans prêter attention à l'endroit où ses pieds la portaient.

Soudain, elle se retrouva au bord de son lac. Elle se dirigea vers la source et fut soulagée d'y trouver de l'eau et non du sang. Épuisée, elle s'adossa au tronc de l'un des deux tilleuls et se mit à pleurer. Elle savait qu'il ne s'agissait que d'un rêve. Mais elle savait aussi qu'elle avait souvent vu la vérité en rêve. Elle craignait de se réveiller.

Au bout d'un moment, elle s'agenouilla au bord du lac et contempla son visage à la surface de l'eau. Il n'avait plus rien de ce que Farodin et Nuramon avaient vu en elle. Ses larmes, en tombant, brouillèrent son reflet.

— Noroelle ! entendit-elle appeler une voix familière.

Elle se leva et se retourna. C'était Nuramon.

— Est-ce vraiment toi ?

Il portait un pantalon et une simple tunique de lin. Ses pieds étaient nus.

— Oui, dit-il en souriant. (Noroelle s'assit sur la pierre au bord de l'eau et lui fit signe de venir la rejoindre. Il prit place auprès d'elle et saisit sa main.) Tu as pleuré ?

— J'ai fait un mauvais rêve. Mais maintenant, c'est terminé. Tu es là. (Elle regarda autour d'elle.) C'est étrange. Tout est si net. Comme s'il ne s'agissait pas d'un rêve.

— Tu as du pouvoir sur ce monde des rêves. Je le sens. Ce que tu veux, arrivera. C'est la douleur qui t'a donné ce pouvoir. Elle a éveillé des désirs en toi.

— Ce n'est pas la première fois que je te vois dans mes rêves, Nuramon. Te souviens-tu de la dernière fois où nous nous sommes rencontrés ici dans mon sommeil ?

— Non. Car je ne suis pas le Nuramon de tes rêves. Je ne suis pas une image que tu te fais de moi. Je suis venu de l'extérieur pour entrer dans ton rêve.

— Mais pourquoi ?

— Pour m'excuser. J'ai failli à ma promesse. Nous ne rentrerons pas.

Il le dit avec une telle douceur qu'elle ne s'effraya point.

— Alors, c'était la vérité que je viens de voir ?

Il acquiesça.

— La Chasse des elfes a échoué. Nous sommes tous morts.

— Mais pourtant, tu es là.

— Oui, mais je ne peux rester longtemps. Je ne suis qu'un esprit. La mort va bientôt m'emporter pour que je puisse un jour renaître. À présent, tu sais ce qui est arrivé. Et tu ne l'as pas appris de la bouche d'un autre. (Il se leva.) Je suis vraiment désolé, Noroelle.

Nuramon la regarda avec nostalgie.

Elle se leva.

— Tu as dit que j'avais du pouvoir sur ce rêve. Alors, prends ma main, Nuramon, et ferme les yeux !

Nuramon se prêta à son désir.

Noroelle pensa à sa chambre. Souvent, elle s'était imaginé le jour où elle conduirait Farodin et Nuramon dans ses appartements. Et comme cela ne se produirait jamais dans le monde éveillé, elle décida que cela se ferait ici, en rêve. Elle lui fit faire quelques pas dans la prairie en souhaitant que ce soit sa chambre. Soudain, des murs se dressèrent autour d'elle. Les plantes se transformèrent en lierre, s'accrochèrent aux murs et envahirent bientôt le plafond tout entier. Le lac disparut, tout comme les tilleuls. À leur place, le sol se transforma en pierre et des meubles tressés en bois vivant s'y posèrent. Elle avait rarement ressenti une telle force dans ses rêves.

— Ouvre les yeux, mon bien-aimé ! murmura-t-elle.

Nuramon le fit et jeta un regard souriant autour de lui.

— Je ne l'imaginais pas ainsi.

— C'est simplement le rêve qui fait paraître tout plus grand. Et tu ne devrais pas t'étonner de voir des plantes pousser partout ici.

Il posa ses mains sur ses épaules.

— J'aurais tant voulu tenir ma promesse.

— Et moi, j'aurais tant voulu que le destin ne me retire pas ma décision. Ce rêve est tout ce qui nous reste.

Elle attendit qu'il dise ou fasse quelque chose, mais Nuramon hésita. Elle serait venue à lui depuis longtemps s'il n'avait pas évité de la toucher pendant toutes ces années. C'était à lui de décider, elle ne le ferait pas à sa place.

Quand il dénoua sur ses épaules les rubans de sa chemise de nuit, Noroelle soupira, soulagée. Enfin, il avait osé faire ce pas ! Il la regarda droit dans les yeux. La terreur ressentie dans le Monde des Humains avait transformé Nuramon, son visage était plus grave.

La chemise de nuit de Noroelle glissa lentement à terre.

Nuramon baissa les yeux sur son corps.

Elle en fut surprise. Certes, il devait être curieux de voir enfin ce corps qu'il avait si souvent chanté, mais son regard ne s'était-il pas trop vite posé sur elle ? Alors, elle pensa à ce qu'il avait dit. Il fallait qu'il parte bientôt. Ils disposaient de très peu de temps. Et rien ne serait pire que de se trouver séparés au mauvais moment.

Il la prit dans ses bras et lui chuchota à l'oreille :

— Pardonne-moi. Je ne suis plus celui que tu as connu. Il m'est difficile d'être ainsi. Je ne suis que l'ombre de celui que je fus autrefois.

Noroelle resta silencieuse ; elle ne voulait rien répondre à cela. Elle n'osait pas non plus imaginer quel pouvait être le prix payé par Nuramon pour arracher à la mort ces quelques instants avec elle. Elle recula de quelques pas et attendit.

Nuramon se dévêtit. Quelque chose la troublait… Elle l'observa. Ce n'était pas dû à son corps, celui-ci était parfait. Elle se rappela ce que disaient les femmes de la cour. Certaines avaient désiré passer une nuit d'amour avec lui. Maintenant qu'il se dénudait devant elle, Noroelle comprenait mieux que jamais pourquoi ces femmes oubliaient tout ce qu'on racontait sur la malédiction qui le frappait. Jamais elle n'aurait pensé que Nuramon ressemblait à l'un de ces légendaires ménestrels dont les aventures amoureuses faisaient tant rêver les femmes. Comment avait-il pu cacher ce corps ?

En dévisageant de nouveau Nuramon, Noroelle s'aperçut que quelque chose n'allait pas chez son bien-aimé. Une profonde douleur marquait ses traits. Il avait dû grandement souffrir.

Timidement, Nuramon s'approcha. Il tendit la main vers elle et la toucha, comme pour s'assurer que c'était vraiment elle. Doucement, il lui caressa les épaules.

Noroelle glissa ses mains dans les cheveux ébouriffés de Nuramon, puis le long de son cou et sur sa poitrine. Il avait la peau douce. Elle le prit dans ses bras et l'embrassa. En fermant les yeux, elle sentit ses doigts chauds descendre dans son dos en la faisant frissonner de froid.

Ensemble, ils se laissèrent tomber sur le lit. C'était tout autrement que dans le monde éveillé. Le treillis de bois était plus fin, le feuillage moelleux plus épais. Nuramon passa sa main sur les feuilles. N'avait-il encore jamais vu un tel lit ? Ou bien s'étonnait-il seulement qu'il soit aussi douillet ?

Sans plus bouger, ils se contemplèrent longuement. C'était donc là la fin de leur long cheminement. Elle avait si souvent rêvé de cet instant. Et bien que cela ne soit qu'un rêve, elle sentait tout plus intensément que jamais.

Nuramon toucha ses cheveux, il les fit glisser doucement entre ses doigts, puis les baisa. Du plat de la main, il lui caressa les joues et trouva ensuite le chemin de son cou et la naissance de ses seins. Là, il s'arrêta. Noroelle le regarda langoureusement. Il fallait qu'il lise dans ses yeux qu'il pouvait tout oser.

Soudain, elle sentit sa main glisser entre ses seins et effleurer son ventre jusqu'au nombril. Un frisson la parcourut, sans doute dû aussi à la magie. Elle n'aurait su dire s'il était l'œuvre des mains guérisseuses de Nuramon ou de ses propres sens magiques. Peut-être tout cela se confondait-il.

Il fit glisser ses mains sur ses hanches et son dos. Puis il s'écarta de son corps, tout en restant assez près d'elle pour lui laisser sentir la chaleur de ses doigts. En fermant les yeux, elle se laissa tomber en arrière.

Elle le sentit venir doucement sur elle et frémit quand il lui caressa les seins et le visage. Elle n'arrivait pas à comprendre que son corps soit aussi chaud. Ce devait être de la magie qui produisait cette chaleur.

Quand elle sentit son membre caresser ses cuisses, elle serra ses jambes autour de Nuramon. Une onde de frissons parcourut son corps.

Il la pénétra ; elle cessa de respirer. Elle avait souvent rêvé de nuits d'amour avec Farodin ou Nuramon, elle avait ressenti du désir et s'était trouvée comblée, mais jamais aucun rêve n'avait été aussi riche en joie des sens que celui-ci. Cette fois-ci, tous ses sens magiques s'étaient éveillés. Il devait en être ainsi aussi dans le monde éveillé. Il en aurait été ainsi, si…

Nuramon s'arrêta. Elle se demanda ce qu'il attendait. Elle ouvrit les yeux et vit son visage au-dessus d'elle. Il la regardait presque timidement. L'avait-elle effrayé en ne respirant plus ? Noroelle caressa ses cheveux puis ses lèvres. Son sourire devait tout dire à son bien-aimé.

Avec douceur, il commença à se mouvoir en elle.

Et tout se troubla. Elle n'aurait su dire si c'était dû au rêve, ou si c'était sa magie à elle ou sa magie à lui qui avivait ses sensations et enivrait ses sens.

À chaque mouvement de Nuramon, un nouveau monde semblait s'ouvrir. Empli de lumières et de couleurs. Puis il y avait son visage. Il allait et venait, et lui parut plus beau que jamais. Et son odeur grisante ! Elle avait l'impression de percevoir tous les parfums qui la liaient à Nuramon : celui des fleurs de tilleul, celui des mûres et celui du vieux chêne dans lequel Nuramon avait sa maison. Comme si un charme allait chercher toutes les fragrances de ses souvenirs pour les introduire dans son rêve.

Tout aussi séduisante était la peau douce de Nuramon. Elle semblait l'envelopper comme une couverture moelleuse et avait depuis longtemps réchauffé son corps froid. Noroelle sentait la respiration régulière de Nuramon. Un long souffle qu'elle inspirait et dégustait.

Soudain, elle s'entendit elle-même. Elle chuchotait le nom de Nuramon. Sa voix se fit de plus en plus sonore au point que l'elfe se surprit elle-même. Et puis un cri jaillit ! Toutes ses impressions sensitives se confondirent dans l'ivresse.

Noroelle se réveilla brusquement. Tout ce qu'elle venait juste de ressentir perdit de son intensité et quitta son corps avec des picotements. Elle n'osa pas ouvrir les yeux pour voir ce qu'elle avait deviné depuis longtemps : Nuramon était parti. Elle voulut le chercher à tâtons, mais en vain. Elle voulut dire son nom, mais ses lèvres restèrent immobiles. Et quand elle se décida tout de même à ouvrir les yeux, ce fut pour constater que ses paupières ne lui obéissaient pas. Prisonnière de son corps, elle se demanda si elle s'était vraiment réveillée ou si elle rêvait encore.

Tout à coup, elle sentit une présence dans sa chambre. Était-ce vraiment Nuramon ? Était-il aussi revenu à elle dans le monde éveillé ?

En tout cas, quelqu'un s'approchait de son lit. Elle l'entendait très nettement s'avancer à pas feutrés. Il resta près d'elle et demeura là jusqu'à ce qu'elle ne soit plus en mesure de dire s'il s'y trouvait encore. Pour finir, elle fut certaine d'être seule.

Soudain, des pas résonnèrent devant sa chambre. Puis la porte s'ouvrit et elle entendit Obilée l'appeler. Sa confidente s'approcha, s'assit près d'elle et la toucha.

— Noroelle !

Noroelle tenta désespérément de reprendre le contrôle de son corps.

Obilée se leva pour fermer les volets. Puis elle revint vers elle et la borda.

Subitement, Noroelle cessa de respirer ; elle s'agita, mais dès l'instant suivant elle retrouva la maîtrise de son corps. Elle ouvrit les yeux et se redressa en sursaut.

Obilée s'affola.

— Nuramon ! (La jeune elfe ne put s'empêcher de sourire.) J'ai rêvé, Obilée. (Noroelle vit sa chemise de nuit étendue près d'elle. Et elle savait que la fenêtre avait été ouverte…) C'était plus qu'un rêve. Il était ici… Il était réellement ici ! (Elle s'arrêta.) Mais s'il était ici, alors…

Alors, la Chasse des elfes avait échoué. Et tout était comme Nuramon le lui avait dit en rêve. C'était fini. Ses bien-aimés avaient perdu la vie.

La magie guérisseuse

Nuramon se tenait comme hébété devant la dépouille du devianthar. Le démon avait tenté quelque chose avant que Mandred l'abatte. Un souffle de magie l'avait enveloppé comme une ombre. Mais à présent, la bête gisait là, inerte, la lance de Mandred fichée dans son œil. Le fils d'hommes s'agenouilla, le souffle court.

Nuramon se reprit enfin et recouvra ses esprits. En se retournant, il vit les dépouilles de Vanna et du loup. Farodin gisait à plat dos, la poitrine déchirée par une profonde entaille.

Nuramon fut aussitôt près de lui.

— Farodin ! cria-t-il.

Mais son compagnon avait perdu connaissance. Il ne respirait plus que faiblement et son pouls n'était presque plus perceptible. Malgré ses balafres sanglantes à la joue, son visage ressemblait à celui d'un enfant endormi.

L'elfe avait promis à Noroelle qu'ils lui reviendraient tous les deux. Et voici qu'à présent la vie de Farodin s'en allait. La pâle vapeur de sa respiration faisait aussi pâlir tout espoir. On ne pouvait guérir un mort.

Nuramon saisit la main de son compagnon. Elle n'était pas encore complètement froide. Un peu de chaleur l'habitait encore. Sa mère lui avait dit un jour qu'il existait un seuil au-delà duquel il fallait accepter de voir mourir un enfant d'albes. En observant la blessure béante, il comprit qu'il ne pouvait plus rien pour Farodin.

Mais son compagnon avait tenté l'impossible pour les sauver. Nuramon se devait de tout mettre en œuvre pour lui, comme il le devait aussi à Noroelle. C'était maintenant à lui de risquer l'impossible. Si cela était la fin et s'il n'y avait plus rien à faire, il mourrait néanmoins en tentant de sauver Farodin.

Il ferma les yeux en pensant encore une fois à Noroelle. Il vit devant lui son visage… et commença à laisser sa magie opérer.

La douleur survint aussitôt et lui vrilla la tête. Il sentit toutes les veines de son corps se transformer en filaments incandescents.

Nuramon s'entendit crier. Quelque chose lui serra la gorge. Il eut l'impression d'étouffer. Allait-il perdre son souffle pour que Farodin retrouve le sien ? Puis il sentit quelque chose empoigner son cœur et le presser impitoyablement. La douleur le terrassa. Un moment, il voulut lâcher Farodin, mais ne sentit pas ce qu'il fit. Comme si son corps n'existait plus. Il pensa à Noroelle. Alors, il voulut retenir son compagnon à tout prix et endurer ce supplice. Il ne savait pas s'il était encore lui-même en vie, pas plus qu'il ne savait où en était Farodin. Combien de temps s'était-il écoulé ? Il l'ignorait aussi. Il n'y avait plus de place que pour la douleur. Et plus qu'une seule pensée en tête : *surtout ne pas lâcher !*

Soudain, Nuramon sursauta. La douleur refluait dans ses mains. La tête lui tournait, ses sens étaient troublés. Il entendit une voix appeler son nom. En levant les yeux, il vit une ombre lui parler.

Il mit du temps avant de reconnaître la voix de Mandred :

— Bon sang ! Dis quelque chose !

— Noroelle !

Sa voix avait un timbre étrange, comme s'il revenait du plus lointain des lointains.

— Allez, ne me fais pas ça ! Ne t'endors pas !

Nuramon se vit accroupi près de Farodin. Il lui touchait encore la poitrine et tenait sa main prisonnière. Bientôt, il sentit battre le cœur de son ami. Farodin respirait de nouveau. Dans l'air glacé, ses lèvres exhalaient une pâle vapeur.

Nuramon avait froid. Ses veines semblaient s'être glacées. Allait-il mourir ou la vie revenait-elle en lui ? Il n'aurait su le dire.

Enfin, il vit le visage de Mandred. Le fils d'hommes le regardait avec respect.

— Tu es un grand magicien ! Tu l'as sauvé !

Mandred lui posa la main sur l'épaule.

Nuramon lâcha Farodin et se laissa retomber. Épuisé, il garda ses yeux rivés sur le plafond et sur le scintillement magique de la glace. Il ne reprit que lentement ses esprits.

Brusquement, Mandred tendit l'oreille.

— Tu entends ça ?

Nuramon écouta. Il perçut comme un bourdonnement.

— Qu'est-ce que c'est ?

— Je ne sais pas. (Le fils d'hommes arracha l'épieu de l'œil du devianthar. Le fût brisé de l'arme ne mesurait plus qu'une longueur de bras.) Je vais aller voir.

Nuramon savait que tout n'était pas encore terminé. Il devait encore s'assurer que Farodin était réellement guéri. Fatigué, il se redressa pour l'examiner. Son compagnon dormait tranquillement. Sa plaie au ventre s'était complètement refermée. Nuramon sentait que Farodin retrouvait un peu plus ses forces à chaque respiration. Il avait réussi ! Il avait tenu sa promesse !

Un long cri strident retentit à l'entrée de la grotte. Alarmé, Nuramon saisit son épée. En voyant revenir Mandred, il abaissa son arme.

Le fils d'hommes paraissait inquiet.

— Il y a quelque chose de louche ici !

Nuramon se leva, encore tout étourdi.

— C'est-à-dire ?

— Viens voir ça par toi-même !

Il lui emboîta le pas, mais regarda Farodin par-dessus son épaule. Il n'avait guère envie de le laisser à proximité du devianthar. Mais Mandred semblait bouleversé. Alors, finalement, il se hâta de le suivre.

À la sortie de la grotte, Nuramon n'en crut pas ses yeux. Une épaisse paroi de glace bloquait le passage et voilait la vue sur l'extérieur. Derrière elle, une lumière apparut lentement avant de disparaître de nouveau.

— Qu'est-ce que c'est que ça, Nuramon ? demanda Mandred.

— Pas la moindre idée.

— J'ai fichu de grands coups de pique là-dedans. Mais rien à faire. (Le fils d'hommes brandit sa lance et en assena des coups dans la glace, mais la pointe ne fit que déraper dans un crissement sinistre. Mandred passa sa main sur la paroi glacée.) Même pas une éraflure ! (Il regarda Nuramon plein d'espoir.) Peut-être que tu pourrais utiliser tes mains et...

— Je suis guérisseur, Mandred. Rien de plus

— Je sais ce que j'ai vu. Tu as repris Farodin à la mort. Essaie !

Nuramon finit par acquiescer.

— D'accord, mais pas maintenant. J'ai besoin de repos. (L'elfe sentait nettement la magie en œuvre dans la paroi de glace. La vengeance du devianthar ?) Pour le moment, retournons là-bas !

Mandred obéit de mauvais gré. Nuramon le suivit en repensant au combat contre le devianthar. Ils s'étaient bien battus : le fils d'hommes avait fait honneur à son peuple ; les elfes et les loups, aux enfants d'albes. Pourtant, ils n'auraient pas dû en sortir victorieux aussi vite. À moins que, dans leur fureur, ils se soient surpassés au point d'avoir la même force que les albes ?

Une fois revenu sur les lieux du combat, Nuramon observa attentivement la dépouille du devianthar. Mandred s'en aperçut.

— Nous avons vaincu cette bête. Nous viendrons bien à bout aussi de cette glace !

Le fils d'hommes se trompait. Mais comment l'aurait-il su ? Le devianthar avait été un ennemi des albes. Pour apprécier vraiment leur victoire, il fallait se mesurer à eux et se demander comment un albe aurait estimé cette situation. Et c'était justement ce qui préoccupait Nuramon. Un albe ne pouvait accepter qu'une chose…

— Nous allons mourir de froid ! dit Mandred en arrachant Nuramon à ses pensées. (Le fils d'hommes était assis, avec son épieu, auprès de Farodin.) Tu ne trouveras pas de repos ici, Nuramon. Il faut réussir à traverser cette paroi de glace tant qu'il te reste des forces.

— Calme-toi, Mandred ! Je vais me reposer ici, tout comme Farodin. Et pourtant, nous ne mourrons pas de froid.

L'expression du fils d'hommes se fit soucieuse.

— C'est valable aussi pour les humains. (Nuramon s'assit près du guerrier, détacha le sachet de Noroelle de sa ceinture et l'ouvrit.) Tiens, prends-en une !

Il tendit les mûres à Mandred.

Le jarl hésita.

— Tu veux partager avec moi ce que t'a donné ta bien-aimée ?

Nuramon fit signe que oui. Les mûres possédaient un pouvoir magique. Si elles rassasiaient un elfe et lui procuraient un sentiment de bien-être, elles étaient certainement capables d'opérer de vraies merveilles chez un humain.

— Nous avons combattu côte à côte. Considère cette baie comme un premier cadeau de Noroelle. Quand tu rentreras avec nous, elle te comblera de richesses. Elle est très généreuse.

Ils prirent une mûre chacun. Mandred regarda avec tristesse Vanna et le loup mort.

— Pouvons-nous vraiment considérer ceci comme une victoire glorieuse ?

Nuramon baissa les yeux.

— Nous avons survécu au combat contre un devianthar. Qui peut prétendre la même chose ?

Le fils d'hommes devint grave.

— Moi ! Car je l'ai déjà combattu. Et je lui ai déjà échappé une fois. Non pas que je me sois montré si grand, mais parce qu'il l'a voulu ainsi. Et quand je vois maintenant sa dépouille, j'ai du mal à comprendre que nous ayons réussi ce qui n'était réservé qu'aux albes.

Nuramon jeta un œil vers le devianthar.

— Je sais ce que tu veux dire.

— Les albes ! Pour vous, ce sont les pères et les mères de votre peuple, mais, pour nous, ils sont comme des dieux. Non pas nos dieux, mais de puissance égale. Nous les nommons dans le même souffle : dieux et albes !

— Je comprends.

— Alors, dis-moi comment nous avons pu vaincre ce monstre !

Nuramon baissa les yeux.

— Peut-être ne l'avons-nous pas fait. Peut-être a-t-il agi avec nous comme il l'a déjà fait avec toi.

— Mais il gît là. Nous l'avons terrassé !

— Et pourtant, il se peut qu'il ait obtenu exactement ce qu'il voulait. Que se passera-t-il, si ma force ne suffit pas à briser cette paroi ? Nous mourrons ici.

— Mais il aurait pu nous abattre plus tôt.

— Tu as raison, Mandred. Mais il ne s'agit pas de toi, car il aurait pu te tuer facilement. Il s'agit de Vanna, de Farodin et de moi. L'un de nous doit être retenu prisonnier ici.

—Mais tu disais que les âmes des enfants d'albes repartent dans leurs contrées. Si vous mourez ici, vous renaîtrez.

Nuramon lui montra la voûte.

—Regarde ces lumières. C'est un lieu de pouvoir et ce n'est pas un hasard si le devianthar l'a choisi comme terrain de combat. Il se peut que nos âmes ne trouvent jamais la sortie. Il se peut qu'elles restent pour toujours prisonnières ici.

—Mais Vanna n'a-t-elle pas parlé d'une porte ?

—Oui, elle pensait que ce lieu était semblable au cercle de pierres près de ton village. Mais ici, la Porte est fermée. Vanna a dit que nous ne pourrons pas l'ouvrir. L'homme-sanglier l'a peut-être condamnée à tout jamais, pour nous retenir ici.

Mandred hocha la tête.

—Alors, c'est moi qui vous ai mis dans cette situation. Si je n'étais pas venu dans votre monde…

—Non, Mandred. Nous ne pouvons pas échapper à notre destin.

—Ô Luth, pourquoi cela devait-il arriver dans ta grotte ? Pourquoi tisses-tu tes fils pour en faire notre linceul ?

—Ne dis pas cela ! Même à des êtres que je ne connais pas ! (Il regarda Farodin.) Ce n'est pas la première fois aujourd'hui que, tous les deux, nous avons accompli des exploits impossibles. Qui sait, peut-être viendrons-nous tout de même à bout de cette paroi là-bas ?

Mandred lui tendit la main.

—Amis ?

Nuramon fut surpris. De sa vie, jamais encore personne ne lui avait demandé son amitié. Il prit la main de Mandred et aussi celle de Farodin endormi. Elles étaient froides toutes les deux, il leur offrirait de la chaleur.

—Et toi, prends son autre main, demanda-t-il à Mandred.

Le fils d'hommes s'étonna.

—Une magie ?

—Oui.

Ils restèrent assis là. Nuramon échangea sa chaleur contre leur froideur, et le froid quitta les corps de Mandred et de Farodin.

Au bout d'un moment, le jarl rompit le silence :

—Dis, Nuramon, à ton avis ? Lequel d'entre vous le devianthar visait-il ?

—Je ne sais pas. Peut-être voyait-il des choses qui arriveraient un jour ? Vanna serait peut-être devenue une très grande magicienne. Et Farodin est l'un de ces héros dont les exploits ont inspiré les poètes. Qui sait ce qu'il adviendra de lui ?

—A-t-il vraiment abattu sept trolls ?

Nuramon haussa les épaules.

—Même plus, aux dires de certains.

—Plus de sept ! s'étonna Mandred en regardant Farodin endormi.

—Il n'est pas du genre à se vanter. C'est aussi pour sa modestie que la reine en a souvent fait son émissaire.

Nuramon l'avait souvent envié, sans rien dire, et il n'avait jamais compris pourquoi Noroelle semblait ne faire aucun cas de cet honneur.

— Et toi, pour quelle raison cette bête aurait-elle voulu te tuer ? voulut encore savoir Mandred.

— Qui peut savoir quel était son but ? Mais maintenant, taisons-nous et respirons tranquillement. Nous allons finir par mourir de froid.

— Bien. Mais promets-moi encore une chose.

— Oui ?

— Ne raconte jamais à personne que je vous ai tenu la main ici.

Nuramon faillit éclater de rire. Les humains étaient vraiment étranges.

— Promis.

— Et moi, je te promets que tu pourras toujours compter sur Mandred, déclara le fils d'hommes avec solennité.

Son attitude émut Nuramon.

— Merci, Mandred.

D'autres elfes se seraient fort peu souciés de l'amitié d'un homme, mais pour Nuramon, elle représentait beaucoup. Après un petit temps de réflexion, il finit par ajouter :

— À compter d'aujourd'hui, te voici l'ami d'un elfe, Mandred Aïkhjarto.

L'enfant

Noroelle fermait les yeux. Une année s'était passée depuis la nuit où elle avait rêvé ce jeu amoureux avec Nuramon. Et cela avait été plus qu'un rêve. Dans les dernières quatre saisons, un enfant avait grandi en elle. Le jour de la naissance était arrivé. Elle le sentait aussi nettement que l'eau dans laquelle elle flottait ou le frôlement des nixes qui se trouvaient près d'elle.

Elle ouvrit les yeux. Il faisait nuit, le ciel clair était piqueté d'étoiles. Les elfes naissaient au clair de lune et c'était dans la Lumière de la Lune qu'ils retourneraient un jour. Elle sentit une eau froide tâter son corps. La magie de la source la pénétra et toucha aussi l'enfant en elle. Il bougea.

L'une des trois nixes soutint sa tête. Noroelle sentait sa poitrine se soulever et s'abaisser régulièrement au rythme de sa respiration paisible. La deuxième nixe entonna un chant de son lointain pays : la mer. Mais la troisième se tenait tranquille aux côtés de Noroelle, prête à lire dans ses yeux chacun de ses souhaits. Elles étaient venues toutes les trois d'Alvemer pour l'aider à la naissance. Elles étaient des intimes de la magicienne venue de la mer dont aucun elfe ne connaissait le nom. Sa peau nue scintillait comme si elle était recouverte de minuscules diamants. Le regard de Noroelle glissait vers la rive et les prairies où les ailes d'innombrables fées luisaient au clair de lune.

Obilée, la reine et quelques autres dames de la cour attendaient sur le rivage. La jeune Obilée souriait de bonheur. Mais Emerelle restait impassible. Leurs deux visages étaient comme le reflet de l'année écoulée.

Obilée avait conté à son amie les anciennes légendes où des elfes morts, transformés en esprits, rendaient visite à leur bien-aimée pour engendrer un enfant avec elle. La reine avait émis des doutes et adopté une attitude de rejet.

Noroelle sentait l'enfant bouger en elle. Sa querelle avec la reine la préoccupait moins que la question de savoir si elle pourrait être une bonne mère pour son enfant. Elle connaissait ces histoires qu'Obilée lui avait souvent racontées au cours de longues nuits. Mais elle connaissait aussi la partie que sa confidente avait toujours omise : l'enfant engendré portait l'âme du bien-aimé. Cette pensée effrayait Noroelle, car cela signifiait que Nuramon se serait engendré lui-même. Il serait alors son propre père, et elle serait la mère de son bien-aimé.

Le cœur battant, elle s'était demandé si elle pourrait être une mère pour Nuramon. Mais maintenant qu'elle se trouvait là, elle connaissait la réponse. Oui, elle le pouvait ! Elle garderait le père en souvenir, tel qu'il avait été. Et cet enfant, elle le…

Le moment était arrivé ! Sa mère lui avait autrefois raconté tant de choses sur sa naissance. Cependant, rien ne l'avait préparée à ce qu'elle ressentait en cet instant. L'enfant bougea, comme sous l'effet d'un puissant charme. Noroelle sentit nettement son corps se transformer : il se tendait et se rétractait pour épouser les désirs de l'enfant. C'était une perpétuelle transformation et Noroelle, dans cette alternance, sentait son corps accueillir en elle la magie de l'eau de la source pour préparer le chemin à l'enfant. Elle sentait nettement sa poussée, il voulait enfin naître à ce monde.

Le temps lui-même semblait maintenant s'étirer. Le clair de lune sur l'eau, le chant de la nixe, l'enfant et jusqu'au détail le plus insignifiant... Noroelle garderait à jamais tout ceci en mémoire. Elle respira calmement, ferma les yeux et laissa la nature faire les choses.

Soudain, elle sentit quelque chose quitter son corps en lui apportant une onde de sensations nouvelles. Son corps entier vibra et se transforma une dernière fois. Ensuite, elle entendit le cri du nouveau-né. Fascinée, elle ouvrit les yeux.

La nixe chanteuse souleva l'enfant afin de lui maintenir la tête hors de l'eau. Il était si petit ! si fragile ! Et il criait de toutes ses forces.

La nixe toucha le cordon ombilical et fut visiblement surprise de le voir tomber tout seul. Noroelle savait que, pour les autres enfants d'albes, il fallait un couteau acéré pour trancher définitivement le lien avec la mère.

— Un garçon ! dit doucement la nixe. Un magnifique garçon !

Les deux autres ondines tirèrent Noroelle jusqu'à la rive et la sortirent doucement de l'eau. Elle s'assit sur la pierre plate et regarda le petit être que la chanteuse tenait toujours dans l'eau.

Une main se posa bientôt sur son épaule. Elle leva les yeux et vit Obilée près d'elle. Elle prit la main de sa confidente. Puis elle se leva et se regarda des pieds à la tête. Un corps intact. Que n'avait-elle pas entendu sur la naissance d'autres enfants d'albes ! Que cela avait duré des heures, voire des jours entiers de souffrance. Et que des douleurs effrayantes ternissaient cet événement merveilleux. À voir Noroelle, on n'aurait jamais cru qu'elle venait de mettre un enfant au monde. Mais, intérieurement, elle se sentait lasse et vide. L'enfant manquait à son corps.

Les dames de la cour arrivèrent, elles séchèrent Noroelle en la frottant avec des serviettes d'une douceur de fleurs et l'aidèrent à passer ses habits blancs. Obilée lui tendit une serviette pour envelopper l'enfant.

Impatiente, Noroelle regarda la nixe avec le nouveau-né. L'ondine arriva enfin à la nage et lui tendit le garçon. La peau de l'enfant était toute lisse et des perles d'eau y glissaient.

Noroelle prit son enfant dans ses bras et l'enveloppa délicatement dans la serviette. Elle l'observa avec curiosité. Il avait ses yeux bleus et il ne criait plus maintenant qu'il se trouvait près de sa mère. Ses quelques cheveux, qu'elle sécha doucement avec la serviette, étaient bruns comme ceux de Nuramon. Toutefois, sa mère lui avait dit qu'à sa naissance elle avait, elle aussi, les cheveux bruns, et qu'ils avaient foncé au fil des ans. Cet enfant lui ressemblait vraiment. Seules ses oreilles étaient tout à fait différentes. Certes, un peu longues, mais nullement pointues. Toutefois, cela aussi pourrait encore changer.

La reine s'approcha de Noroelle.

— Montre-moi l'enfant afin que nous apprenions s'il porte l'âme d'un elfe connu.

Noroelle lui tendit l'enfant.

— Voici mon fils.

Emerelle s'apprêta à toucher l'enfant au front. Mais elle recula soudain, le visage plein d'effroi.

— Ce n'est pas l'enfant de Nuramon. Tu t'es trompée, Noroelle. Ce n'est même pas l'enfant d'un elfe.

Le nouveau-né se remit à crier.

Effrayée, Noroelle se recula en serrant son fils contre sa poitrine. Elle tenta de le calmer.

— Regarde ses oreilles ! dit Emerelle.

Certes, elles étaient trop arrondies pour un elfe ordinaire. Mais peut-être prendraient-elles plus tard la forme habituelle. Ce qui l'inquiétait plus, c'était de savoir qu'Emerelle ne reconnaissait pas Nuramon en l'enfant.

— Es-tu sûre que ce n'est pas l'âme de Nuramon qui habite mon fils ?

— Cet enfant te ressemble beaucoup, mais ce n'est pas le fils d'un elfe.

Noroelle secoua énergiquement la tête. La reine se trompait !

— Non ! Cela ne peut être ! C'est impossible. Cette nuit-là, c'était bien Nuramon qui m'a rendu visite.

— Je sais ce que je dis. Écoute-moi bien ! (Emerelle pointa un doigt vers elle. Jamais encore personne ne l'avait menacée de la sorte.) Dans trois jours, j'exige que tu amènes cet enfant devant mon trône ! Là, je déciderai de lui, et de toi aussi.

Sur ces mots, la reine tourna les talons et partit avec sa suite.

Noroelle chercha du regard les nixes. Mais elles avaient disparu. Elle scruta la prairie au-delà du lac. Les petites fées, elles aussi, s'en étaient allées. Seule Obilée était restée près d'elle.

Sa confidente lui passa un manteau sur les épaules.

— Ne te soucie pas de ce que les autres disent de toi. Tu as un fils et c'est tout ce qui compte.

Noroelle pensa aux paroles de la reine.

— Tu ne devrais pas me…

Elle fut prise de vertige.

Obilée la soutint.

— Viens, laisse-moi te conduire.

Elles partirent ensemble.

Ç'aurait pu être le plus beau jour de sa vie. Et maintenant, tout était détruit. La reine lui faisait peur. Qu'avait-elle voulu dire en déclarant qu'elle déciderait d'elle et de l'enfant ? Ces paroles sonnaient comme une condamnation. Emerelle pouvait-elle la juger sans savoir ce qui s'était passé cette nuit-là, un an auparavant ? Qui aurait engendré cet enfant, sinon Nuramon ? Un autre enfant d'albes l'avait-il visitée et neutralisée pour abuser d'elle dans son sommeil ? En regardant son enfant, Noroelle rejeta cette pensée. Même avec ses oreilles mal formées, c'était un très beau garçon. La reine s'était trompée.

Pour la première fois de sa vie, Noroelle douta de sa souveraine. Emerelle lui cachait quelque chose. Elle l'avait lu sur son visage. L'espace d'un instant, elle y avait aperçu de l'effroi.

— Emerelle va-t-elle te retirer l'enfant ? demanda subitement Obilée.

Effrayée, Noroelle se figea.

— Quoi ?!

— Elle m'a fait peur. Crois-tu qu'elle dise vrai ?

Noroelle caressa la joue de son fils.

— Regarde-le ! Vois-tu quelque chose de mauvais dans les yeux de cet enfant ?

Obilée partit d'un rire franc.

— Non. Il est merveilleux et il te ressemble beaucoup.

— Je ferai tout ce que la reine me dira. À une exception : je ne tolérerai pas qu'on fasse du mal à ce petit.

Obilée approuva.

— Mais quel nom va-t-il porter ?

— Il n'y a qu'un seul nom que je puisse lui donner (Elle embrassa tendrement l'enfant.) Nuramon ! dit-elle dans un chuchotement.

La vallée abandonnée

Noroelle courait dans la forêt avec son enfant dans les bras. Il faisait nuit, les arbres s'agitaient légèrement au vent. Son fils s'accrochait à son petit doigt. Il se taisait, comme s'il sentait la présence toute proche des guerriers lancés à leur recherche.

Là-bas ! Un jeune guerrier elfe aux cheveux roux arrivait droit sur elle. Il portait une longue cotte de mailles. Le vent s'engouffrait dans son manteau gris à capuche. Le guerrier regardait nettement dans sa direction. Il avait de beaux yeux verts. Troublé, il fronçait les sourcils. Peut-être sentait-il quelque chose, mais Noroelle était certaine qu'il ne devinerait pas son sortilège aveuglant. Finalement, il passa près d'elle et fit brusquement demi-tour, quelques pas plus loin. Il se trouvait maintenant assez près pour pouvoir la toucher de son bras tendu. Mais il ne la voyait pas. Il secoua la tête en marmottant. Puis il passa son chemin.

Noroelle n'eut aucune difficulté à éviter les hommes d'armes. Elle traversa leurs rangs sans être vue. Ils étaient sans doute de bons guerriers et d'aussi bons pisteurs, mais certainement pas des magiciens. Il était donc facile de les tromper.

En croisant leur chef, elle s'arrêta pour l'examiner. Comme les autres, il portait une cape grise avec une capuche qui lui cachait le visage, mais laissait voir son armure étincelante.

— Es-tu certain d'avoir bien compris la reine ? demanda le rouquin. Pour ma part, je n'arrive pas à y croire.

Le chef ne se départit pas de son calme.

— Si tu avais vu sa colère, tu ne poserais pas cette question.

Noroelle crut reconnaître cette voix.

— Mais pourquoi nous a-t-elle envoyés ? Noroelle est une magicienne hors pair. Et je ne connais parmi nous personne qui soit capable de déceler sa présence. Pourquoi la reine ne nous a-t-elle pas envoyé un magicien ?

— Elle ne s'attendait sans doute pas que Noroelle s'oppose à sa volonté. Sans même savoir le but de notre mission.

— Cette mission, je ne suis pas sûr de pouvoir l'accomplir.

— Tu aurais dû y réfléchir avant de prêter serment à la reine.

— Mais tuer un enfant !!!

Noroelle s'écarta des guerriers. Qu'avait-elle entendu ? Elle ne pouvait y croire. S'était-elle, pendant toutes ces années, trompée sur Emerelle ? Jamais, elle n'aurait pensé que la reine pourrait envoyer ses guerriers tuer un enfant innocent. Noroelle s'était attendue tout au plus à une arrestation. Qu'était-il arrivé pour qu'Emerelle donne de pareils ordres ? Ou alors, avait-elle toujours été ainsi, sans que Noroelle l'ait remarqué ?

Non seulement, la reine les avait chargés de cette incroyable mission meurtrière, mais elle lui avait aussi retiré sa confiance. Elle aurait pu attendre que Noroelle se présente à elle, dans la salle du trône, avec son enfant. C'était son exigence. Et Noroelle y aurait obéi, si la reine n'avait pas envoyé ses guerriers chez elle.

Mais il y avait une chose que Noroelle ne comprenait pas : pourquoi lui avait-elle dépêché des porteurs d'épée ? La réponse du chef n'était pas suffisante. Car, si Emerelle ne parvenait pas à s'imaginer que Noroelle contrevienne à son ordre, pourquoi alors avait-elle envoyé ses guerriers ? Il y avait là autre chose. Quoi que ce soit, Noroelle savait désormais à quoi s'en tenir.

Jamais elle n'abandonnerait son fils à la reine et à ses sbires. Elle mettrait l'enfant en sécurité. Il n'y avait qu'un seul endroit où Emerelle ne pourrait pas le retrouver : le Monde des Humains.

Noroelle quitta la forêt et traversa lentement les vastes prairies. Ses pensées allaient à Farodin et Nuramon. Depuis qu'ils étaient partis tous les deux, un an auparavant, pour chasser une bête dans le Monde des Humains, sa vie avait changé. Un loup de la compagnie était revenu blessé à la cour, messager muet d'un atroce destin. Peu de temps après, elle avait aussi vu rentrer les chevaux de ses bien-aimés.

Elle n'avait pu alors s'empêcher de repenser à son rêve. Les corps de ses bien-aimés n'avaient jamais été retrouvés. Ceux qui étaient partis les chercher avaient rapporté que le village de Mandred n'avait pas été touché. Si elle n'avait pas fait ce rêve de Nuramon ni donné naissance à son fils, elle n'aurait pas cru à la mort de ses bien-aimés.

Toute la nuit, Noroelle parcourut le pays sans être vue. Quand le soleil se leva derrière les montagnes, elle aperçut une vallée isolée. Elle serrait son fils étroitement contre elle dans une bande de tissu nouée à la taille. Pendant tout ce temps, il était resté calme et avait même un peu dormi.

— Tu es un bon petit, dit-elle doucement en lui caressant la tête.

Ensuite, elle s'assit dans l'herbe et lui donna le sein. Lorsqu'il fut repu, elle le déposa à côté d'elle et le contempla. La séparation serait douloureuse. Mais c'était le seul moyen de le sauver.

Noroelle se leva. L'Autre Monde ! Elle allait franchir la frontière. Certes, elle savait beaucoup de choses sur les Sentiers d'Albes qui passaient par les trois mondes et les reliaient, mais elle n'avait jamais mis à profit ses connaissances. Les Portes matérielles, comme celle par laquelle elle avait vu ses bien-aimés partir, ne pouvaient être un chemin pour elle. Emerelle devait y avoir placé des gardes depuis longtemps et ce serait de toute façon un jeu d'enfant de la suivre, au cas où elle choisirait de s'enfuir par une telle Porte. Dans les lieux de grand pouvoir, comme près du cercle de pierres d'Atta Aïkhjarto, il pouvait y avoir jusqu'à sept de ces chemins invisibles qui se croisaient et reliaient tous les mondes en un lacis de liaisons magiques. En franchissant l'une de ces Portes, on parvenait toujours au même endroit. Mais moins il y avait de Sentiers d'Albes, plus la Porte ouvrant à l'Autre Monde était aléatoire. Quand on risquait le passage par de si petites Étoiles, on ne pouvait savoir à quel endroit l'on atterrirait dans le Monde des Humains. Et ceux qui ne disposaient pas d'un grand pouvoir magique pouvaient même devenir victimes du temps. Noroelle savait qu'elle devait se garder de subir ce sort. Il suffisait d'une seule erreur en franchissant la Porte pour qu'en un seul pas cent années se soient écoulées.

De plus, elle devait veiller à prendre un Sentier menant chez les humains. Sa destination n'était pas le Monde Brisé, car celui-ci n'était rien d'autre que les ruines d'un monde, restes du champ de bataille où les albes avaient autrefois combattu leurs ennemis. Cet endroit sinistre, entre Albemark et l'Autre Monde, ne comportait plus que des îles désertes entourées de vide. Ces îles servaient aujourd'hui de lieux d'exil ou de refuge pour les ermites et les individus épris d'indépendance. Elle ne conduirait pas son fils dans une telle prison. Voilà pourquoi elle était venue dans cette vallée.

Noroelle sentit une Étoile d'albes à la croisée de deux Sentiers. Elle ferma les yeux et se concentra sur la force. Quand bien même la reine réussirait à suivre sa piste jusqu'ici, il lui serait impossible de la découvrir dans l'Autre Monde. Elle pourrait bien passer cent fois par cette Étoile, elle se retrouverait cent fois ailleurs dans le Monde des Humains, car ici, le lien entre les mondes était très ténu. Le chêne-faune lui avait expliqué que ce lien se rompait à chaque seconde pour se renouer ensuite avec un autre lieu. D'après lui, c'était la preuve que l'agencement entre le Monde des Humains et celui d'Albemark avait été, dans un lointain passé, ébranlé à tel point que les deux mondes s'étaient retrouvés pratiquement séparés.

Noroelle leva les yeux vers le soleil. Il lui donnerait la force. Ce ne serait pas la magie de l'eau, la magie du lac, mais celle de la lumière qui l'aiderait à ouvrir la Porte. Elle pensa à la lumière qui pénétrait jusqu'au fond de son lac. Et aussi à la magie… et le changement prit son cours. Sans retour possible.

La lumière du soleil n'arrêtait pas de décroître. Noroelle jeta un regard autour d'elle. Et tout se transforma. Les couleurs se ternirent, tout se grisa et devint flou. Les arbres pâlissants furent remplacés par des silhouettes. Le printemps devint hiver, une prairie d'automne se mua en champ de neige. Les montagnes firent place à de douces collines. Bientôt, elle ne reconnut plus rien.

Voilà donc à quoi ressemblait l'Autre Monde !

L'endroit était étrange. Noroelle se demanda comment Nuramon avait perçu ces contrées en foulant le sol pour la première fois. Son étonnement avait certainement été aussi grand que le sien en ce moment.

Certes, c'était l'hiver, mais la magie de Noroelle lui procurait de la chaleur. Elle pouvait marcher pieds nus sur la neige sans redouter le froid. Mais son fils, privé de sa chaleur, aurait vite fait de mourir. Alors, elle se mit en quête des humains.

En chemin, elle ne vit pas un seul animal. Ici, l'hiver semblait bannir toute vie. Elle erra longtemps dans ce désert enneigé jusqu'à trouver des traces de lièvre.

Cette vue la rassura et elle poursuivit sa route : là où il y avait de la vie, il y avait de l'espoir pour son fils.

Elle chercha longtemps les humains et aperçut finalement une fine colonne de fumée derrière la crête d'une colline. En se dirigeant vers elle, elle trouva une maison des plus modestes. Du moins à ce qu'il lui sembla. Elle n'avait en fait aucune connaissance des maisons d'humains. C'était une petite cabane en bois, aux poutres incurvées et au toit de guingois.

Noroelle s'en approcha prudemment. Elle craignait à chaque pas de voir la porte s'ouvrir et de se trouver tout à coup face à un humain. Elle ne savait pas si la magie qui la rendait encore invisible avait le pouvoir de tromper les hommes. Ici, elle devait s'attendre à tout.

Arrivée à la porte, elle tendit l'oreille et entendit qu'on déplaçait des meubles sur un plancher de bois. Une voix claire chantait un air joyeux. Un chant qui lui parut étrange, mais plaisant.

Noroelle embrassa son fils et lui chuchota :

— Nuramon… J'espère bien faire ainsi. C'est la seule possibilité. Adieu, mon fils.

Elle rendit l'enfant visible et le déposa sur le pas de la porte. Le petit ne broncha pas et la regarda de ses grands yeux paisibles.

Mais dès que Noroelle se détourna et fit les premiers pas pour s'éloigner de lui, il se mit à crier. Elle en eut les larmes aux yeux. Mais il fallait qu'elle parte ! C'était pour son bien.

Noroelle se cacha derrière un arbre proche. L'enfant criait à lui fendre le cœur, elle pensa un moment aller le reprendre et rester pour toujours avec lui en ce monde.

Mais la reine la retrouverait. Noroelle savait qu'elle devrait faire usage de magie pour rester dans le Monde des Humains. Cependant, toute magie faisait vibrer les Sentiers d'Albes. Ainsi, elle ne manquerait pas d'attirer sur elle l'attention des sbires d'Emerelle. En revanche, son fils était encore trop petit pour utiliser le pouvoir que Noroelle avait senti en lui. Et comme il ne trouverait pas de maître mage dans le Monde des Humains, son don ne s'éveillerait probablement jamais. Ainsi, il resterait à l'abri de la fureur de la reine.

Depuis sa cachette, Noroelle vit s'ouvrir la porte de la maison et quelqu'un en sortir. Une humaine ! Curieuse et angoissée à la fois, l'elfe observa cette femme qui allait peut-être devenir une nouvelle mère pour le petit Nuramon. Elle portait certes des vêtements épais, mais elle paraissait large de hanches et d'épaules. Noroelle ne put s'empêcher de penser à Mandred. Apparemment, les humains avaient la particularité d'être de constitution solide.

La fille d'homme eut l'air surprise et jeta un regard méfiant autour d'elle. Elle se demandait certainement qui avait déposé cet enfant devant sa porte pour disparaître ensuite sans laisser de traces. En hésitant, elle se pencha sur le fils de Noroelle. Elle avait un visage sévère, un nez épaté et de petits yeux. Mais, en se penchant sur l'enfant, elle sourit et son visage refleta la chaleur de son cœur. Elle consola le petit en une langue inconnue de Noroelle. Ses mots semblaient contenir tant d'amour qu'ils réussirent à le calmer. La femme scruta encore les alentours, puis elle emmena l'enfant chez elle.

Dès qu'elle eut refermé la porte, Noroelle se glissa plus près de la maison et tendit l'oreille. Elle voulait s'assurer qu'elle ne s'était pas trompée sur cette femme, tout en sachant qu'elle ne pourrait rester suffisamment longtemps pour en acquérir vraiment la certitude.

Noroelle entendit la femme parler d'une voix claire et joyeuse.

Il y avait aussi un homme. Apparemment moins réjoui. Sa voix trahissait sa réticence. Mais au bout d'un moment, il sembla changer d'avis. Même si sa façon de parler lui parut rugueuse, elle comprit que son fils serait ici en sécurité. Maintenant, il ne lui restait plus qu'à empêcher Emerelle de le trouver.

Elle se retira à l'abri des arbres. En fait, elle avait d'abord pensé retourner à l'endroit par où elle était entrée dans l'Autre Monde. Mais elle en décida autrement. Il fallait tout faire pour compliquer les recherches de la reine. Elle prendrait un jour et une nuit pour s'éloigner le plus possible de cette cabane et elle ne reviendrait en Albemark qu'à l'aide de sa magie solaire. Une fois sur les Sentiers d'albes, elle prendrait le plus court chemin pour rentrer et se présenterait à la reine.

La sentence de la reine

Les guerriers découvrirent Noroelle près du chêne-faune. Elle se rendit à eux sans condition, mais sans toutefois leur avouer où se trouvait l'enfant.

Les porteurs d'épée la conduisirent au château. En tête marchait leur chef : Dijelon, un guerrier loyal au point de se sacrifier à tout moment. Pour un elfe, il était inhabituellement large d'épaules, et sa cape bleue, pas plus longue que ses longs cheveux noirs, ne parvenait pas à les dissimuler. Lorsque s'ouvrit devant eux la porte de la salle du trône, Dijelon s'arrêta. Maître Alvias se tenait devant lui. Le vieil elfe n'accorda pas un seul regard à Noroelle.

— Suis-moi, dit-il à Dijelon. Vous autres, attendez-moi ici, je vous prie.

Noroelle ne fut aucunement surprise par son attitude. Il était clair qu'on la traitait en ennemie. Ainsi, elle demeura sous l'arc de la porte et jeta un regard dans la salle. Presque toute la cour s'y trouvait rassemblée. Tous voulaient assister à l'arrivée de la magicienne déchue. Jusqu'à la naissance de son enfant, sa renommée n'avait cessé de croître, mais tout s'était arrêté d'un coup. Seuls les arbres ne s'étaient pas laissé impressionner par la fureur de la reine. Le chêne-faune lui avait donné son sentiment que tout cela s'était passé trop vite pour pouvoir être estimé à sa juste valeur.

Noroelle regarda les murs. L'eau y tombait en cascades écumantes. Emerelle voulait clairement lui montrer la puissance qui l'attendait dans la salle du trône. Mais elle aurait pu s'en dispenser. Noroelle savait pertinemment que personne, en Albemark, ne pouvait se mesurer à la reine.

— Nous l'avons trouvée près du chêne-faune, entendit-elle dire le guerrier. Elle n'a pas voulu nous révéler où elle a caché l'enfant.

L'eau cessa de couler sur les murs et un terrible silence s'établit dans la salle.

— Noroelle la magicienne est de retour, dit la reine d'une voix claironnante. Elle ne pressent pas combien est grand le mal qu'elle a attiré sur nous. Nomme-moi une seule raison pour laquelle je devrais encore t'accepter dans la salle du trône, Noroelle !

— Pour pouvoir avec ta sentence m'en bannir de nouveau.

— Ainsi, tu reconnais que tu as fait quelque chose d'abominable.

— Oui, j'ai refusé de t'obéir. Et nul ne devrait le faire qui se trouve sous ta protection. Mais si je suis ici, ce n'est pas seulement pour entendre une sentence, mais aussi pour porter une accusation.

Des murmures passèrent dans la salle. Personne en Albemark n'avait jamais provoqué la reine aussi ouvertement à sa cour. Cependant, Noroelle n'était pas disposée à taire ce qu'Emerelle avait voulu faire à l'enfant. Elle s'étonnait que la reine ait organisé cette rencontre en public. De cette manière, tout serait divulgué.

—Alors, avance devant le trône d'Albemark, si tu l'oses.

Après un court instant d'hésitation, Noroelle passa la porte et se dirigea vers Emerelle. Sans attacher, cette fois-ci, la moindre importance aux regards de l'assistance.

Arrivée devant la reine, elle s'inclina et jeta un regard en coin vers Obilée, qui se trouvait à côté de maître Alvias. Le désespoir se lisait sur le visage de son amie ; elle semblait proche des larmes.

—Avant d'arrêter ma décision, je vais écouter ce que tu as à dire, déclara la reine froidement. Tu prétendais vouloir accuser quelqu'un. De qui s'agit-il ?

D'Emerelle, bien sûr ! Mais Noroelle ne voulait pas prendre le risque d'attaquer directement la reine devant toute la cour réunie.

—J'accuse Dijelon, dit-elle à la place. Il est venu chez moi, il y a trois jours, pour tuer mon fils.

Noroelle vit le guerrier se figer. Elle savait qu'il avait agi sur ordre de la reine et elle se demanda jusqu'où irait sa loyauté.

La reine jeta un coup d'œil à Dijelon, comme si elle voulait simplement s'assurer de sa présence, puis elle s'adressa de nouveau à Noroelle :

—Et alors, a-t-il réussi ?

—Non.

—D'après toi, que dois-je faire, Noroelle ? Conseille-moi sur ce cas.

— Je ne demande pas réparation et je ne veux pas non plus voir Dijelon puni. Je voudrais seulement savoir pourquoi il devait attenter à la vie de mon fils.

— Eh bien, Noroelle, la loyauté de Dijelon lui interdit de parler, c'est donc moi qui vais répondre à sa place : il a agi sur mon ordre. (Des chuchotements parcoururent l'assistance.) Mais je suppose que cette réponse ne va pas te suffire, n'est-ce pas ? Tu te demandes comment, moi, votre reine à tous, j'ai pu ordonner le meurtre d'un enfant d'albes.

— C'est exact.

— Et s'il ne s'agissait pas d'un enfant d'albes, mais…

Noroelle interrompit la reine.

— Il s'agit de mon fils, de l'enfant d'une elfe ! Il descend ainsi directement des albes.

Dans la salle, l'indignation fit rage. Le guerrier Pelveric s'écria :

— Comment oses-tu !

Il reçut l'approbation générale.

Emerelle ne se départit pas de son calme. Elle leva la main, et le silence revint.

— Noroelle, si tu es l'eau, le père de ton enfant est le feu.

Noroelle comprit l'allusion. Elle fut soudain gagnée par la peur.

— Je t'en prie, dis-moi qui est le père de cet enfant. Un humain ?

Elle pensait aux oreilles arrondies de son fils.

— Non, nous avons déjà connu des unions entre les humains et les elfes. Non, Noroelle. (Elle se leva.) Écoutez tous ce que j'ai à vous dire ! Rien n'est plus comme avant. La nuit durant laquelle fut engendré l'enfant de Noroelle, quelque chose a commencé, et nous devons, avec toute notre puissance, y mettre un terme. Nous avons vécu de nombreuses années en sécurité, même si nous avons dû combattre les trolls ou les dragons. Je me souviens des jours où le monde, qui se trouve entre le nôtre et celui des humains, était encore prospère. Je vis la plus mortelle de toutes les menaces. Jamais je n'oublierai ce que les albes en partance m'ont laissé voir : j'ai été témoin de l'anéantissement du Monde Brisé. J'ai vu la dernière bataille contre les ennemis de nos ancêtres : les dévianthars !

Noroelle resta pétrifiée. Jamais encore le nom de ces anciens ennemis n'avait été prononcé à voix haute dans cette salle.

— La créature que tes bien-aimés devaient chasser était un dévianthar, dit Emerelle. Quand le loup est revenu de la Chasse, j'ai compris, sans aucun doute possible, que cette créature martyrisée portait encore sur elle l'odeur de ce mal qui aurait dû être vaincu depuis longtemps !

— Alors, c'est donc un dévianthar qui a tué Farodin et Nuramon ?

— J'aimerais le savoir. Mais une chose est sûre : c'est lui qui a gagné, car il est venu à toi cette nuit-là et a engendré ton enfant.

Noroelle fut comme assommée par les paroles de la reine. C'était impossible ! Elle avait rêvé de Nuramon... Cette image de rêve n'aurait donc été que la figure grimaçante d'un démon ? En jetant un regard autour d'elle, elle remarqua l'effroi et le dégoût de l'assistance.

Derrière elle, les guerriers reculèrent. Même Obilée blêmit.

La reine poursuivit :

— En voyant l'enfant, j'ai eu un sombre pressentiment de qui était son père. (Elle montra sa coupe magique.) Dans mon doute, j'ai consulté l'eau, et la tromperie du devianthar s'est révélée à moi : il s'était introduit près d'ici sans se faire remarquer.

L'agitation gagna la salle. Un oncle de Nuramon s'écria :

— Mais que va-t-on faire si ce démon continue à hanter nos terres ?

La reine fit un geste apaisant de la main.

— Ta question est justifiée, Elemon. Mais je t'assure qu'il n'est venu ici que cette nuit-là et qu'il s'est enfui ensuite dans l'Autre Monde.

— Mais il pourrait revenir, répliqua Elemon.

— Il savait que je le reconnaîtrais s'il séjournait trop longtemps ici. Maintenant que je suis informée, je le verrai dès qu'il tentera de pénétrer dans notre monde. Non, chers enfants d'albes, le démon a planté sa semence. Son œuvre est accomplie.

— D'où sort-il ? demanda maître Alvias qui ne se manifestait que rarement d'habitude. Ne dit-on pas que tous les devianthars auraient été anéantis par les albes ?

— Celui-ci a dû survivre à toutes les batailles.

— Qu'est-ce que tu as fait là ? aboya Pelveric à l'adresse de Noroelle. Comment as-tu pu te laisser séduire par ce démon ?

La reine exprima ce que Noroelle pensait :

— Son amour l'a emporté sur la raison.

— Que puis-je faire ? demanda alors Noroelle d'une toute petite voix. Si tu me le demandes, je me mettrai en quête du devianthar et le combattrai.

— Non, Noroelle, ce n'est pas à toi de le faire. Dis-moi simplement où se trouve l'enfant.

Noroelle regarda par terre. Elle ne voulait pas trahir cet enfant. Elle n'avait rien remarqué de démoniaque en son nouveau-né. D'ailleurs, elle ne saurait même plus retrouver le chemin vers son fils.

— Je ne sais plus où il est. Je l'ai emmené dans l'Autre Monde. Et à bien réfléchir, je préférerais ne pas en dire plus.

— Mais c'est un enfant de démon, l'enfant d'un devianthar ! De cet être qui pourrait bien avoir tué tes bien-aimés.

— Il est possible que je me sois trompée en rêve, mais l'innocence de cet enfant, je l'ai vue très nettement. Je ne tolérerai pas que quelque chose lui arrive !

— Par quelle Porte as-tu accédé à l'Autre Monde ?

— À la croisée de deux Sentiers d'albes.

Noroelle savait que de tels endroits étaient innombrables en Albemark.

— Dis-moi où se trouve cette Étoile d'albes !

— Je ne le ferai que si tu jures sur tous les albes qu'aucun malheur ne menace mon fils.

La reine garda le silence et observa Noroelle.

— Je ne puis prêter ce serment. Il nous faut tuer cet enfant. Sinon, un grand malheur peut s'abattre sur nous. Ce garçon apprendra un jour la magie. Il est bien trop dangereux pour le laisser en vie. Tu es sa mère, tu te dois de l'aimer, même si c'est l'enfant d'un démon.

Mais pense au prix qu'Albemark devra payer pour ton amour, si tu te tais.

Noroelle hésita.

— Si mon enfant perd la vie, son âme renaîtra-t-elle ?

— Comment répondre à cette question ? Cet enfant n'est ni un dévianthar, ni un elfe. Pense au feu et à l'eau ! Il se peut que son âme se perde entre les deux. Mais il se peut aussi que dans la mort, l'âme de ton fils se partage en deux et que le dévianthar et le fils d'albes se trouvent séparés. À cette seule condition, l'enfant d'albes renaîtra.

Noroelle fut désespérée. Un dévianthar ! Elle aurait dû éprouver de la répulsion, mais elle ne le pouvait pas. Elle n'arrivait pas à voir en son fils l'enfant d'un démon. Elle l'avait conçu dans un acte d'amour. Pouvait-il alors être mauvais ? Non, une mère connaissait l'âme de son enfant. Et elle n'avait vu aucun mal en son fils. Cependant, elle n'avait que sa parole pour unique preuve ; tout le reste parlait contre elle. Elle savait que la sentence de la reine pouvait lui coûter la vie. Toutefois, elle était certaine de renaître. Alors, elle dit :

— Parce que mon enfant ne pourrait avoir que cette vie, je n'ai pas le droit de le conduire à la mort.

— Parfois, il faut envoyer à sa perte ce qu'on aime.

— Je peux offrir ma vie ou mon âme. Mais je n'ai pas le droit de disposer de celles d'un autre.

— Tu l'as déjà peut-être fait une fois. Te souviens-tu de ces mots que tu as prononcés : « Ce que tu leur demandes, ils le feront pour moi » ? N'étais-tu pas la dame de Farodin et de Nuramon ? Il est possible que le déviantharait tué leurs âmes. Ainsi, tu as peut-être déjà détruit ce que tu aimais.

La rage s'empara de Noroelle.

— Tu es Emerelle, la reine ! Et je te remercie d'avoir démasqué mon visiteur de cette nuit-là. Ainsi renaît en moi l'espoir que Nuramon et Farodin soient toujours en vie. Il n'existe aucune certitude sur le sort de mes bien-aimés. Mais même si je les ai envoyés à leur perte, ce ne peut être que parce que je ne connaissais pas le vrai danger. Et comment l'aurais-je pu quand la reine elle-même n'en avait pas connaissance ? Mais si je trahissais mon fils maintenant, je me rendrais sciemment coupable.

Ce discours ne sembla pas émouvoir Emerelle.

— Est-ce là ton dernier mot ? se contenta-t-elle de demander.

— C'était mon dernier mot.

— As-tu emporté l'enfant seule ? Ou quelqu'un t'a-t-il aidé ?

Elle regarda Obilée qui tremblait de peur.

— Non, Obilée savait simplement que je pensais mettre l'enfant à l'abri d'un malheur.

La reine se tourna vers Dijelon.

— Obilée t'a-t-elle en quelque manière empêché d'agir ou menti ?

— Non, elle avait bien trop peur pour ça, répondit le guerrier en regardant ensuite froidement Noroelle de ses petits yeux gris.

La reine s'adressa à Noroelle :

— Alors, écoute ma sentence. (Elle leva les bras et aussitôt l'eau se remit à couler des sources.) Noroelle, tu t'es chargée d'une lourde faute. Toi, la puissante magicienne, tu n'as pas su faire la différence entre ton bien-aimé et un devianthar. Lorsque l'enfant du démon a grandi en toi, tu n'as pas su reconnaître sa vraie nature. Ton amour pour ton fils est si grand que tu irais jusqu'à lui sacrifier les peuples d'albes. Et même face à cette vérité, tu places la vie d'un enfant au-dessus de la vie de tous.

» Si la femme en moi comprend ta décision, je ne puis l'accepter, en tant que reine. Tu as trahi Albemark et tu m'obliges à te châtier. Je ne te condamne pas à la mort avec la perspective de renaître, mais au bannissement. Toutefois, tu ne seras pas envoyée dans les Marches les plus lointaines ni dans l'Autre Monde. Je te condamne au bannissement éternel sur une île du Monde Brisé. La Porte de cet endroit ne se trouvera pas en Albemark et personne jamais ne trouvera le chemin vers toi.

Noroelle sentit son cœur se glacer d'effroi. Il s'agissait de la pire peine que pouvait encourir un enfant d'albes. Elle se tourna vers les courtisans, mais sur tous les visages elle ne lut que rejet et colère. Alors, elle pensa à son fils et le souvenir de son sourire lui donna la force d'aller jusqu'au bout du chemin que le sort lui avait réservé.

— Tu vivras à tout jamais là-bas. En cherchant la mort, tu ne pourras espérer renaître, annonça Emerelle d'une voix sourde, car ton âme ne pourra pas non plus quitter cet exil.

Noroelle savait ce que cela signifiait. Jamais elle ne rejoindrait la Lumière de la Lune. Un enfant d'albes ne pouvait trouver son destin en un pareil endroit.

— Accepteras-tu cette sentence ? demanda Emerelle.

— Oui, je l'accepterai.

— Il te reste le droit de faire un dernier souhait, dit la reine.

Noroelle avait beaucoup de souhaits, mais elle ne pourrait en exprimer aucun. Elle souhaitait que rien de tout cela ne soit arrivé. Elle aurait voulu la présence ici de ses bien-aimés. Pour qu'ils la sauvent et partent avec elle quelque part, à un endroit où jamais personne ne les trouverait. Mais ce n'étaient là que des rêves.

Noroelle regarda Obilée. Elle était encore si jeune. Le fait d'avoir été sa confidente allait sans doute lui nuire beaucoup.

— Je ne désire de toi qu'une seule chose, dit-elle finalement. Ne vois pas ma honte en Obilée. Elle est innocente et elle a un grand avenir devant elle. Prends-la avec toi. Laisse-la parler ici pour Alvemer. Avec la certitude que ce souhait se réalisera, je m'en vais tranquille dans l'infinitude.

Emerelle changea d'expression, ses yeux brillèrent. Elle abandonna sa froideur distante.

— Ton vœu sera exaucé. Mets à profit ce jour pour faire tes adieux. Je viendrai cette nuit à ton lac. Nous partirons ensuite.

— Merci, ma reine.

— Va, maintenant !

— Sans les guerriers ?

— Oui, Noroelle. Emmène Obilée et passe cette dernière journée à ta guise.

Obilée vint vers Noroelle et la prit dans ses bras. Puis elles passèrent côte à côte entre les courtisans. Noroelle savait qu'elle ne reviendrait plus jamais dans cette salle. À chacun de ses pas, elle prenait congé. Son regard se noya dans une mer de visages connus et inconnus. À présent, la pitié s'y lisait, même chez ceux qui avaient salué son entrée avec mépris.

Adieu à Albemark

Noroelle prit trois pierres magiques qui avaient reposé au fond du lac pendant toutes ces années, puis elle retourna vers Obilée. La jeune elfe, assise sur la rive, laissait l'eau jouer avec ses pieds nus. Noroelle posa les trois gemmes sur la roche plate à côté d'elle. Elle se sécha ensuite et enfila sa robe verte. Celle qu'elle portait au départ de ses bien-aimés.

Obilée sembla heureuse de la lui voir porter. Elle contempla le scintillement des pierres magiques.

— Elles sont magnifiques.

Noroelle avait choisi un diamant, un rubis et une émeraude.

— Le diamant est pour toi.

— Pour moi ? Mais tu as pourtant dit que je dois…

— Oui, mais il y en a trois. Celle-ci t'appartient. Prends la !

Noroelle n'avait guère eu le temps d'apprendre à Obilée les secrets de la magie. Cette pierre rendrait de grands services à son élève. Elle était comme faite pour elle.

Obilée leva le cristal dans la faible lumière du jour finissant.

— J'en ferai un pendentif. Ou bien perdra-t-il alors sa magie ?

— Non, ne t'inquiète pas.

— Ô Noroelle, je ne sais si je vais réussir à me débrouiller sans toi.

— Tu réussiras. Le chêne-faune t'aidera. Il t'enseignera ce qu'il m'a enseigné autrefois. Ollowain t'instruira dans l'art de combattre à l'épée, car tu descends de Danaée.

Noroelle avait pris toutes les dispositions nécessaires. Tout se passerait bien pour sa confidente.

Elle avait aussi pensé à tout le reste. Pour elle-même, elle avait rassemblé quelques petites choses dans un sac. Elle n'aurait pas besoin de plus. Pour sa famille en Alvemer, elle avait trouvé des mots qu'Obilée irait personnellement rapporter.

— Tu as bien noté tout ce que je t'ai dit ? demanda Noroelle à la jeune elfe.

— Oui. Tes mots me resteront toujours en mémoire. J'ai même noté tes gestes et l'intonation de ta voix. Ce sera comme si c'était toi qui parlais.

— C'est bien, Obilée. (Noroelle regarda le soleil bas.) Maintenant, la reine va arriver. Elle portera sa Pierre d'albes sur elle.

— Vraiment ?

— Oui. Elle a besoin de sa puissance pour créer une barrière. Sinon, je n'aurais aucune peine à quitter l'endroit où elle m'emmène.

Obilée baissa la tête.

— Je veux t'accompagner où que tu ailles.

— Sois raisonnable, Obilée ! Je suis bannie à tout jamais. Pourquoi devrais-tu me sacrifier ta vie ?

— Au moins, tu ne serais pas seule.

— C'est vrai. Mais alors, je ne pleurerais pas sur ma solitude, mais à cause de toi. (Noroelle recula d'un pas, émue par le désespoir d'Obilée.) Jamais la reine ne permettra que quelqu'un m'accompagne dans mon exil.

— Je pourrais l'en prier.

— Comprends donc… Savoir que tu es ici me consolera. Quand tu penseras à moi, tu seras sans doute plus d'une fois désespérée, mais imagine-toi alors que je prends part à tout ce que tu fais.

— Même si je reste, la tristesse pèsera sur ma vie comme une ombre étouffante !

— Alors, tu n'auras qu'à venir ici. C'est ici que j'ai passé mes heures les plus précieuses. J'ai éveillé la magie de la source et disposé les pierres au fond du lac. C'est ici que je fus heureuse avec Farodin et Nuramon. C'est ici aussi que tu me fus présentée.

— Et c'est ici que tu as donné naissance à ton enfant, dit Obilée en regardant l'eau avec mélancolie.

— C'est vrai. Mais ce souvenir ne me laisse ni tristesse ni colère. J'aime mon fils, même s'il est ce que la reine voit en lui. Et je dois payer pour cela. Mais toi… que mes fautes te servent de leçon !

Noroelle entendit alors des bruits de pas dans l'herbe. Elle se retourna et se leva en reconnaissant la frêle silhouette dans la pénombre du soir.

Emerelle portait une ample robe bleue brochée d'or et d'argent. Noroelle ne l'avait encore jamais vue sur elle. D'anciens signes runiques étaient tissés dans la soie. Dans sa main gauche, la reine tenait un sablier, mais elle gardait son poing droit fermé.

À présent, Noroelle savait quel sort la reine allait jeter pour rendre impossible toute intrusion dans sa prison. Après l'avoir transférée en ce lieu étranger, Emerelle casserait le sablier sur un Sentier d'Albes afin de disperser les grains de sable à tout vent. Personne ne pourrait jamais les réunir et remplacer le sablier. La barrière existerait pour toujours.

Emerelle lui montra ce qu'elle tenait dans la main droite : une pierre rugueuse creusée de cinq sillons. Une lueur rouge y apparut. La Pierre d'albes de la reine ! Noroelle avait souvent souhaité pouvoir un jour y jeter un coup œil. Mais jamais elle n'aurait pensé que cela arriverait dans de telles circonstances.

Noroelle sentit le pouvoir de la Pierre. Celle-ci, toutefois, dissimulait sa force réelle. Celui qui ne connaissait pas son secret l'aurait certainement tenue pour une gemme magique comme celles du lac de Noroelle. Mais en réalité, cette Pierre possédait un pouvoir dont la magicienne n'osait même pas rêver. On disait que tout Albemark en tirait sa force. Avec elle, la reine pouvait ouvrir des Portes ou en fermer, créer des Sentiers d'Albes ou en détruire. Elle s'en servirait pour créer une barrière infranchissable à l'endroit du passage vers le lieu d'exil de Noroelle. La Pierre d'albes serait le mur de sa prison, et le sable éparpillé tiendrait lieu de serrure.

Noroelle se tourna vers Obilée et la prit dans ses bras.

— Tu es comme une sœur pour moi. (Elle entendit sa confidente pleurer. Elle-même luttait contre les larmes. Pour la quitter, elle embrassa Obilée sur le front.) Adieu !

— Adieu et pense souvent à moi.

— Je le ferai.

Elle ne put retenir plus longtemps ses larmes. Les mains tremblantes, elle prit son sac et s'avança vers la reine.

Emerelle la regarda longuement comme si elle voulait lire dans ses yeux qu'elle avait prononcé la juste sentence. En la voyant alors si digne, Noroelle sentit s'envoler tous ses doutes envers elle. Puis Emerelle se détourna et passa devant.

Noroelle jeta un dernier regard vers Obilée. La jeune elfe n'aurait certainement pas la vie facile. Mais elle trouverait sa destinée, Noroelle en était certaine. Elle pensa à Farodin et à Nuramon. Elle avait dit à Obilée tout ce qu'elle devait savoir au cas improbable où ses bien-aimés reviendraient. Le sentiment qu'elle avait ressenti au départ de la Chasse des elfes ne l'avait pas trompée : elle ne reverrait jamais ses bien-aimés.

Elle suivit la reine, sans aversion à son égard. Emerelle était sa souveraine ; il en serait toujours ainsi. Dans la journée, elle s'était demandé quelle aurait été sa réaction s'il ne s'était pas agi de son fils. Elle avait alors dû s'avouer qu'elle aurait soutenu la décision de la reine. Mais, comme elle était la mère de cet enfant, elle préférait accepter l'infinitude, plutôt que nuire à sa chair et à son sang. En conséquence, elle devait maintenant quitter ce monde. Une elfe ne pouvait changer son destin, même s'il ne la conduirait jamais à la Lumière de la Lune. Noroelle jeta un regard en arrière. Tant que son lac existerait, les enfants d'albes se souviendraient de Noroelle la magicienne.

La saga de Mandred Torgridson

De Svanlaib et de ce qu'il trouva dans la vallée de Luth

Svanlaib était le nom d'un humain, fils de Hrafin de Tarbor. Fort comme un ours, il ne comptait que vingt hivers. Il construisait les meilleurs bateaux du fjord et sculptait pour ses voisins des statues du Tisseur de Destin. Le vieux Hvaldred, fils de Heldred, arriva un jour et lui conta l'histoire des Barbes de Fer de Luth, qui se dressaient au-delà de Firnstayn, très haut dans les montagnes, et qui jalonnaient le chemin de la grotte du Tisseur de Destin. Et Hvaldred lui conta également que les Barbes de Fer avaient subi un outrage. Les Sages disaient que la grotte était profanée. Plus personne ne pouvait y faire d'offrandes au Tisseur.

Alors, Svanlaib fut pris de colère et il parla ainsi :

— J'irai à Firnstayn, je gravirai la montagne et, là-bas, je serai le premier à exiger expiation pour ce méfait.

Ainsi, il façonna dans un tronc de chêne une nouvelle statue du Tisseur de Destin. Et tous, à Tarbor, firent une offrande à Luth de sorte qu'une barbe de fer poussa au Tisseur en bois.

Svanlaib prit ses affaires et se rendit à Firnstayn, par la neige et la glace, en portant sur son dos la statue de Luth. Il vit alors les Barbes de Fer et leur fit des offrandes selon la coutume. Il suivit leur chemin et arriva à la grotte de Luth. Il la trouva fermée par le souffle glacé de Firn. Alors, il prit un visage de colère et brandit au-dessus de sa tête la Barbe de Fer qu'il avait faite. Et Luth brisa le mur de l'hiver là où les forces des héros n'avaient rien pu faire.

Svanlaib attendit ; il n'osait pénétrer dans la grotte. Alors, il entendit des voix et des pas qui approchaient. Le fils de Torgrid apparut. Il était de silhouette jeune, et roux étaient ses cheveux. À ses côtés se trouvaient deux enfants d'albes, des elfes d'Albemark.

Alors, Svanlaib demanda qui était celui qui sortait de la grotte. Il ne connaissait pas le fils de Torgrid. Mais celui-ci parla ainsi :

— Je suis Mandred Aïkhjarto, fils de Torgrid et de Ragnild !

Là, Svanlaib s'étonna, car on racontait beaucoup de choses sur Mandred Torgridson, sur l'homme-sanglier qu'il avait traqué, et sur la disparition du chasseur et de la proie. On disait que Mandred s'était emparé du sanglier et précipité avec lui dans la crevasse d'un glacier, afin de sauver son village.

Alors, Svanlaib demanda au puissant Mandred ce qui s'était passé. Et Mandred lui fit part de la mort de l'homme qui était un sanglier. Et il le remercia d'avoir rompu la glace du sanglier par la force de Luth.

Des elfes, il dit qu'ils l'avaient aidé. Leurs noms étaient Faredred et Nuredred. Ils étaient frères et princes elfes au service de Mandred.

Le fils de Torgrid prit alors la Barbe de Fer, que Svanlaib avait portée et jetée, et il la posa à la place où s'étaient trouvés les restes calcinés de l'Homme de Fer outragé. En honneur à Luth, Mandred déposa la hure du sanglier au pied de la statue.

Ce qui s'était passé dans la grotte resta caché à Svanlaib et ne fut que plus tard révélé. Là, Mandred avait parlé avec Luth, et les elfes avaient été ses témoins. Le Tisseur de Destin avait révélé sa destinée au fils de Torgrid. Et depuis ce jour, le temps n'avait plus eu de prise sur lui. Toutefois, Luth ne lui avait pas dit le prix à payer en échange. Ainsi, Mandred retourna à Firnstayn avec Svanlaib et les frères elfes.

D'après le récit du scalde hrolaug,
Tome II de la Bibliothèque du Temple de Firnstayn,
p. 16 à 18

Le prix de la parole

Le ciel printanier était d'un bleu si clair que Mandred, en levant la tête, en eut les larmes aux yeux. Enfin libre ! Dans l'incapacité de différencier le jour de la nuit, il n'aurait su dire combien de temps ils avaient séjourné dans cette grotte. Possible qu'ils n'y soient restés que quelques jours. En tout cas, il devait y avoir là quelque magie, car comment expliquer sinon qu'ils y soient entrés en hiver et qu'ils en ressortent au printemps ?

Mandred suivit un aigle du regard : les ailes majestueusement déployées, il traçait de larges cercles au-dessus du glacier.

Dans les montagnes, l'hiver ne s'en allait jamais. Cependant, le soleil chauffait leurs visages tandis qu'ils descendaient vers le fjord, dans la neige durcie.

Ses compagnons gardaient le silence. Le matin, ils avaient enterré Vanna et le loup dans une petite grotte à l'écart de la vallée de Luth. Les elfes étaient perdus dans leurs pensées. Et Svanlaib… Le constructeur de bateaux avait quelque chose d'étrange. Certes, pour une bonne part, son comportement pouvait s'expliquer par le respect qu'il éprouvait sans doute pour les elfes. Quel mortel pouvait se voir accorder de voir, en chair et en os, les héros des sagas des scaldes ? Mais il y avait encore autre chose dans l'attitude de Svanlaib. Quelque chose aux aguets. Mandred sentait physiquement les yeux de l'homme dans son dos. Svanlaib lui avait posé quelques questions singulières. Comme s'il le connaissait.

Mandred ébaucha un sourire de contentement. Il n'y avait là rien d'étonnant ! Car enfin, il avait tué en duel sept hommes au nom du roi et entraîné dans les montagnes l'homme-sanglier invincible, pour finalement le transpercer de son épieu. Il regarda la hampe brisée de l'arme qu'il tenait à la main droite. Un lourd sac sanglant pendait sous la longue pointe. Taillé dans un bout de peau de la bête. Avec à l'intérieur, le foie du devianthar. *Je tiendrai parole*, pensa Mandred, mauvais.

Ils mirent trois jours pour atteindre le fjord. Le printemps se rapprochait à chacun de leurs pas. Les branches des chênes se paraient d'un feuillage vert clair. Le parfum des forêts était presque enivrant, mais les nuits étaient encore très froides. Svanlaib avait posé aux deux elfes d'innombrables questions sur Albemark. Mandred s'estimait heureux d'être épargné par son bavardage. Cependant, le constructeur de bateaux ne le quittait pas des yeux. Chaque fois qu'il croyait être à l'abri de son regard, il l'examinait attentivement. *Si ce type ne nous avait pas sortis de la grotte, il y a belle lurette qu'il aurait fait la connaissance de mes poings*, se dit Mandred plus d'une fois.

Lorsqu'ils quittèrent enfin les forêts et qu'ils ne furent plus séparés de Firnstayn que par une vaste prairie d'altitude, Mandred se mit à courir. Son cœur battait à tout rompre en atteignant la crête, quand il put embrasser du regard le fjord et son village. Au-dessus de lui se dressait la falaise avec le cercle de pierres. Il irait là-bas, pour sacrifier aux dieux ! Mais d'abord, il voulait serrer Freya dans ses bras…

Et son fils ! Il avait rêvé de lui dans la grotte de Luth. Il l'avait vu, jeune homme en longue cotte de mailles. Un combattant à l'épée dont le nom était connu partout dans le fjord. Mandred sourit. Cette histoire d'épée était certainement une erreur. Un vrai guerrier se battait à la hache ! Il saurait bien l'apprendre à son fils.

Il s'étonnait de voir combien on avait travaillé au village. Il y avait trois maisons longues de plus et le ponton d'amarrage s'était allongé à l'intérieur du fjord. Il y avait aussi une dizaine de petites cabanes supplémentaires. La palissade avait été abattue et remplacée par un mur de terre de plus large envergure.

D'autres familles avaient dû venir s'installer ici pendant l'hiver. Peut-être chassées de chez elles par la famine. Mandred serra plus fort son épieu. Il faudrait probablement se battre. On n'était pas jarl par la voie du sang, mais par le mérite. Et il devait sans doute se trouver de jeunes hommes au village pour lui disputer ce titre. Mandred regarda ses compagnons qui avaient entre-temps traversé la prairie. S'il se présentait au village accompagné de deux elfes, plus d'un réfléchirait à deux fois avant de le provoquer. Il fallait que Nuramon et Farodin entrent avec lui dans sa demeure, du moins pour cette nuit. Le plus de monde possible devait voir les deux elfes. Et d'ici l'été, l'histoire de la chasse à l'homme-sanglier se propagerait, jusqu'aux vallées les plus reculées du Pays des Fjords.

Nuramon regardait avec nostalgie le cercle de pierres. Mais Mandred déclara :

— Soyez pour une nuit mes hôtes, camarades, et buvons près de mon feu en souvenir de nos amis morts. (Il hésita un instant avant d'ajouter :) Vous me rendriez un fier service. Je voudrais que tous les hommes et toutes les femmes du village vous voient.

Les deux elfes échangèrent un regard. Puis Farodin acquiesça. Ensemble, ils entamèrent la descente vers le fjord.

Depuis qu'il avait revu son village, Mandred s'était senti gagné par une inquiétude qui ne voulait plus le quitter. Emerelle était-elle déjà passée ? Non, cela ne pouvait être ! « Dans un an », avait-elle dit. Il lui restait encore du temps. Il trouverait un moyen de sauver son premier-né.

Et puis, Firnstayn... Quelque chose le dérangeait. Son village s'était agrandi trop vite. Certes, ils avaient engrangé beaucoup de réserves pour l'hiver, mais elles n'auraient cependant pas suffi à nourrir autant de personnes. Et les toits des nouvelles maisons... Leur bois était noirci et de longues traces de déjections de mouette s'étiraient depuis leur faîte. Les bardeaux donnaient l'impression d'avoir vu passer plus d'un hiver.

Mandred pensa aux rêves qu'il avait eus dans la grotte de Luth. De sombres visions, emplies de cliquetis d'armes. Il y avait rencontré des trolls et de puissants guerriers et s'était vu en dernier, chevauchant sous une superbe bannière blanche qui arborait un chêne vert en guise d'armoiries. Les hommes qui le suivaient étaient armés d'étrange manière. Ils portaient des armures faites entièrement de plaques de fer. Mandred les avait vus comme une muraille d'acier. Même leurs chevaux étaient caparaçonnés d'acier. Et Mandred, lui aussi, avait porté une telle armure. Le guerrier sourit pour chasser son inquiétude. Cette histoire d'armure était un bon présage ! Pour se permettre autant d'acier, il serait très riche un jour. L'avenir était donc prometteur. Et bientôt, il serrerait Freya dans ses bras !

En atteignant la rive du fjord, Mandred agita les bras et cria joyeusement d'une voix retentissante, pour attirer l'attention :

— Ohé, passeur ! Viens ici chercher trois braves et un pèlerin aux gorges assoiffées.

À cet endroit, le fjord était encore large de plus de cent pas. Sur le ponton, quelqu'un les remarqua et répondit à leurs signes. Puis on prépara l'une des embarcations de cuir utilisées par les pêcheurs pour quitter le fjord. Deux hommes entreprirent la traversée à la rame, mais ils s'arrêtèrent à bonne distance de la rive. Mandred ne les avait jamais vus ni l'un ni l'autre.

— Qui êtes-vous et que venez-vous chercher à Firnstayn ? cria le plus jeune des deux, méfiant.

Mandred avait escompté que la présence des deux elfes les intimiderait. Leur haute stature et leur bel armement les différenciaient des voyageurs habituels. Mais, à première vue, personne ne s'apercevrait qu'ils n'étaient pas des humains.

— Ici se tient Mandred Torgridson, et voici mes compagnons : Nuramon, Farodin et Svanlaib Hrafinson.

— Tu portes le nom d'un mort, Mandred ! apporta l'eau en écho. S'il s'agit d'une plaisanterie, dis-toi bien que Firnstayn n'est pas le meilleur endroit pour la faire !

Mandred partit d'un rire sonore.

— Ce n'est pas la bête qui a tué Mandred, mais moi qui ai abattu l'homme-sanglier. (Il brandit l'épieu au-dessus de sa tête, de façon à bien faire voir le sac qui y pendait.) Et ici, j'apporte mon trophée. Vous devez tous les deux être étrangers à l'endroit ! Allez me chercher Hrolf Dent-Noire ou le vieil Olaf. Ils me connaissent bien. Ou amenez-moi Freya, ma femme. Elle vous défoncera le crâne d'un coup de sa grande louche si vous me laissez attendre plus longtemps.

Les deux hommes se concertèrent brièvement, puis ils menèrent l'embarcation à la rive. Ils le dévisagèrent tous les deux bizarrement.

— Tu es vraiment Mandred Torgridson, dit le plus vieux des deux avec déférence. Je te reconnais, même si tu ne sembles pas avoir vieilli d'un jour depuis la dernière fois où je t'ai vu.

Mandred examina l'homme ; il ne l'avait encore jamais vu.

— Qui es-tu ?

— Erik Ragnarson.

Mandred fronça les sourcils. Il connaissait un enfant de ce nom. Un gamin roux, insolent. Le fils de son ami Ragnar que l'homme-sanglier avait déchiré.

— Passe-nous de l'autre côté, intervint alors Svanlaib. Et nous continuerons à discuter autour d'un bon pichet d'hydromel. J'ai le gosier comme une rivière tarie et ce n'est pas ici l'endroit idéal pour accueillir des voyageurs fatigués. Vous vous souvenez de moi, au moins ? Il y a juste quelques jours, j'étais dans votre village.

L'aîné des pêcheurs hocha la tête. Puis il fit signe aux voyageurs de monter dans son bateau. Quand Nuramon et Farodin y prirent place, Mandred vit Erik faire discrètement le signe de l'œil protecteur. Avait-il deviné qui ils étaient ?

La traversée du fjord se passa en silence. Erik n'arrêtait pas de regarder par-dessus son épaule. Il sembla une fois vouloir dire quelque chose, mais il secoua ensuite la tête et se détourna.

Le jour se levait quand ils amarrèrent la barque au ponton. De la fumée sortait de sous les toits des bâtisses. Une odeur de viande rôtie et de pain frais flottait dans l'air. Mandred en eut l'eau à la bouche. Enfin, pouvoir de nouveau manger pour de bon ! Du rôti et de l'hydromel ! Fini les mûres et l'eau de source !

D'un pas assuré, Mandred marcha sur le ponton. Il sentait dans son ventre comme une grande mouette battre farouchement des ailes. Pourvu qu'il puisse retenir ses larmes à l'arrivée de Freya !

Au bout du ponton, un gros chien lui barra le chemin. Il grognait, menaçant. D'autres chiens arrivèrent du village. Suivis par des hommes portant des javelots.

Mandred dénoua de sa lance le sac en peau et jeta aux chiens un morceau de chair sanguinolente.

— Tenez, mes tout beaux. Je vous ai apporté quelque chose.

Ensuite, il leva les yeux. Il ne connaissait aucun des hommes présents.

— Mandred Torgridson est de retour, annonça le vieux pêcheur d'une voix solennelle. Ce fut une longue chasse. (D'un geste autoritaire, il écarta les villageois en armes.) Faites place au jarl Mandred.

— En voici un bon, pensa Mandred. Il ne le connaissait certes pas, mais il pouvait commencer à compter avec lui.

De plus en plus de badauds affluaient pour voir ces étrangers. Mandred jeta aux chiens, qui couraient follement dans ses jambes, des morceaux de foie et pour finir le bout de peau qui lui avait servi de sac.

Il s'étonna un peu de ne pas voir Freya arriver tout de suite. Mais elle devait certainement s'occuper d'une affaire urgente. Quand elle était occupée à cuire le pain ou à cuisiner, rien ne pouvait lui faire quitter son feu.

Sa maison longue avait bien supporté l'hiver. Mais on avait échangé les deux têtes de cheval en bois sculpté du pignon contre deux hures de sanglier.

Mandred ouvrit la lourde porte en bois de chêne, tira la tenture de laine sur le côté et fit signe d'entrer à ses compagnons. La salle borgne de la maison longue était plongée dans une pénombre trouble. La braise rougeoyait dans le grand trou creusé dans le sol en son centre. Une jeune femme tournait une broche sur laquelle était enfilée une oie. Surprise, elle leva la tête.

— Mandred Torgridson est de retour, annonça Erik en se faufilant dans la porte devant Nuramon et Farodin.

— Tu devrais avoir honte, Erik, de t'être déjà saoulé avant le lever du soleil, cria la femme. Et fiche-moi le camp avec tes copains de beuverie. Il n'y a pas de place pour eux dans cette demeure.

Mandred jeta un regard étonné autour de lui. Nulle part, il ne voyait Freya.

— Où est ma femme ?

Le pêcheur baissa la tête.

— Apporte-nous de l'hydromel, Gunhild, dit-il sur un ton qui ne tolérait pas de contradiction. Et puis, convoque les Anciens. Ramène ici Béorn l'Indolent, Gudrun, et Snorri aussi. Et apporte-nous de l'hydromel, corne de bouc ! Voici un jour dont parleront encore nos arrière-petits-fils.

Mandred longea vite le mur où se trouvaient les alcôves et il tira la dernière tenture. Freya ne se trouvait pas là non plus. À côté de sa couche pendait au plafond le petit berceau qu'il avait taillé dans le bois au début de l'hiver. Il était vide.

— Viens t'asseoir, jarl.

Le pêcheur le prit doucement par le bras et le conduisit près du feu.

Mandred s'assit à califourchon sur un banc. Que se passait-il ici ? Il se sentit pris de vertige.

— Te souviens-tu d'avoir offert un jour un vieux couteau au petit Erik Ragnarson et d'avoir ensuite passé tout un après-midi à lui montrer comment vider un lapin ?

La voix du pêcheur était hésitante. Ses yeux brillaient d'humidité.

Gunhild posa une cruche d'hydromel entre eux sur le banc, avec une miche de pain délicieusement parfumée. Mandred arracha un morceau de pain et se l'enfourna dans la bouche. Il était encore chaud. Ensuite, il prit une bonne gorgée d'hydromel.

— Tu t'en souviens ? insista le vieux pêcheur.

Mandred hocha la tête.

— Oui, pourquoi ?

— Ce petit… c'était moi, jarl.

Mandred reposa la cruche.

— Nous tous, nous t'avons cru mort, lâchait maintenant Erik. Nous les avons trouvés… mon père et les autres. Mais pas toi… ni le monstre. Beaucoup d'histoires circulent sur ce qui s'est passé cet hiver-là… Certains croient que tu aurais attiré l'homme-sanglier sur la glace et que tu te serais abîmé avec lui dans les profondeurs glacées du fjord. D'autres ont pensé que tu étais parti dans la montagne. Et il s'est dit que, dans son deuil de toi, Luth avait érigé un mur de glace devant sa grotte. Freya n'a jamais voulu croire à ta mort. Tout le printemps suivant, elle n'a cessé d'envoyer des hommes à ta recherche. Elle les a même accompagnés jusqu'à la naissance de l'enfant. Un garçon robuste. Il lui a donné la paix. Il s'appelait Oleif.

Mandred poussa un grand soupir. Le temps s'était écoulé, il le savait. Et c'était le printemps alors que l'hiver aurait encore dû être là. Dans la grotte, il avait toujours fait clair. Mais il avait toujours vu, derrière la glace, la lumière vacillante rougeoyer et disparaître. Il se força à rester calme.

— Où sont ma femme et mon fils ?

Le guerrier leva les yeux. Les porteurs de javelot étaient entrés et le regardaient. Et il en arrivait toujours d'autres par la porte de chêne basse. Seuls Nuramon et Farodin évitaient son regard. Svanlaib aussi. Que savaient-ils qui lui était resté caché ?

Erik lui posa une main sur l'épaule.

— Mandred, je suis ce garçon à qui tu as offert le couteau. Tu as disparu pendant presque trente hivers. Te souviens-tu… Quand j'étais encore très jeune, un des chiens de Torklaif m'a attaqué. (Erik retroussa la manche gauche de sa chemise en étoffe grossière. Son avant-bras était lacéré de profondes cicatrices.) Je suis ce garçon. Et maintenant, Mandred, dis-moi comment il se fait que tu ne sois pas un vieillard. Tu avais plus de deux fois mon âge. Et pourtant je ne vois pas d'argent dans ta barbe ni de fatigue dans tes yeux. (Il montra la porte de la maison longue.) Tu es toujours l'homme qui a quitté cette maison, il y a presque trente hivers, pour partir combattre l'homme-sanglier. Est-ce là le cadeau pour lequel tu as payé avec ton fils ?

Mandred se sentit pris d'une rage froide.

— Que dis-tu là ? Que s'est-il passé avec mon fils ?

Il se leva d'un bond en repoussant la cruche d'hydromel qui se trouvait sur le banc. Les curieux s'écartèrent. Farodin avait posé sa main droite sur le pommeau de son épée. Il observa attentivement les porteurs de javelots.

— Qu'est-il arrivé à Freya et à mon fils ? s'égosilla Mandred. Que se passe-t-il ici ? Le village tout entier est-il ensorcelé ? Pourquoi êtes-vous tous différents ?

— C'est toi qui es différent, cria une vieille femme. Ne me regarde pas comme ça ! Avant de choisir Freya, tu m'as volontiers tenue sur tes genoux. C'est moi… Gudrun.

Mandred regarda ce visage ravagé.

— Gudrun ?

Autrefois, elle avait été belle comme un jour d'été. Était-ce possible ? Ces yeux… Oui, c'était elle.

— L'hiver qui a suivi l'irruption de ce monstre a été encore plus dur. Le fjord était pris par les glaces et, une nuit, ils sont arrivés. D'abord nous n'avons entendu que leurs cornes au loin et puis nous avons vu la chaîne de lumières. Des cavaliers. Des centaines ! Ils venaient de la falaise de l'autre côté du fjord. Du cercle de pierres. Et ils ont traversé la glace.

» Aucun de ceux qui les ont vus ne pourra jamais oublier cette nuit. On aurait dit des esprits et pourtant ils étaient bien vivants. La lumière des fées sillonnait le ciel et plongeait le village dans une lueur verte. Les sabots de leurs chevaux remuaient à peine la neige. Et pourtant, ils étaient de chair et de sang, la froide reine des elfes Emergrid et sa suite. Ils étaient beaux à voir et en même temps effrayants, car la froideur de leurs cœurs se reflétait dans leurs yeux.

» Le cheval le plus magnifique était monté par une femme frêle, vêtue d'une robe semblable à des ailes de papillon. Elle ne semblait pas souffrir du froid malgré le gel sévère. À ses côtés, un homme chevauchait, tout de noir vêtu, ainsi qu'un guerrier dans un manteau blanc. Des fauconniers les accompagnaient et des joueurs de luth, ainsi que des guerriers à l'armure brillante et des femmes, parées comme pour une fête d'été. Et des loups aussi, grands comme des chevaux de montagne.

» Ils se sont arrêtés devant ta maison longue, Mandred. Devant cette demeure ! (Une bûche éclata dans le feu et des étincelles montèrent jusqu'au plafond noirci de suie tandis que Gudrun poursuivait :)

» Ta femme a ouvert à la reine Emergrid. Freya l'a reçue avec du pain et de l'hydromel, selon les lois de l'hospitalité. Cependant, la reine des elfes ne voulut rien accepter. Elle exigea seulement le gage que tu lui avais promis, Mandred : ton fils ! Le prix que tu avais payé pour que ce village vive et que la bête nous soit enlevée.

Mandred se prit le visage dans les mains. Elle était venue ! Comment avait-il pu lui faire cette promesse !

— Et… Freya ? balbutia-t-il dans son désarroi. Est-elle…

— Avec ton fils, les elfes lui ont pris la volonté de vivre. Elle a supplié et mendié la grâce de son enfant. Elle a offert sa vie en gage, mais la reine Emergrid ne s'est pas laissé attendrir. Les pieds nus dans la neige, Freya a suivi les elfes jusque sur la falaise. C'est là, au centre du cercle de pierres, que nous l'avons trouvée le lendemain matin. Elle avait déchiré ses vêtements et pleurait toutes les larmes de son corps…

» Nous l'avons ramenée au village, mais Freya ne voulait plus vivre sous notre toit. Elle est allée sur le tertre où repose ton grand-père pour demander vengeance aux dieux et aux sombres ombres de la nuit. Son esprit s'est de plus en plus troublé. On la voyait toujours tenir, comme un enfant, un paquet de guenilles dans ses bras.

» Nous lui avons porté à manger, jarl. Nous avons tout tenté… Au premier matin de printemps qui a suivi l'égalité du jour et de la nuit, nous l'avons trouvée morte sur le tertre de ton grand-père. Un sourire aux lèvres. Et nous l'avons enterrée le jour même. Une pierre blanche est posée sur sa tombe.

Mandred eut l'impression que son cœur allait cesser de battre. Sa rage était passée. Il laissa les larmes inonder son visage, sans en éprouver de honte. Il se dirigea vers la porte. Personne ne le suivit.

Le tumulus de son grand-père se trouvait un peu au-delà du nouveau mur de terre qui protégeait Firnstayn, tout près du grand rocher blanc sur la rive du fjord. C'était ici que son grand-père avait accosté et mis pied à terre. Il avait fondé le village et lui avait donné le nom de la pierre, blanche comme la neige de mi-hiver : « Firnstayn ».

Mandred trouva la pierre tombale blanche à côté du petit tertre. Il y resta agenouillé longtemps. Ses mains caressèrent tendrement la pierre rugueuse.

À l'heure la plus sombre de la nuit, il crut apercevoir, en haut de la colline, une ombre aux vêtements déchirés.

— Je le ramènerai, Freya, dussé-je y laisser ma vie, chuchota-t-il alors. Je le ramènerai. Je le jure sur le chêne qui m'a donné la vie. Que mon serment soit aussi fort que le tronc d'un chêne ! (Mandred chercha le cadeau d'Atta Aïkhjarto et, quand il le trouva, il enfonça le gland dans la terre noire de la tombe.) Je te le ramènerai !

La lune apparut entre les nuages. En haut de la colline, l'ombre avait disparu.

Retour en Albemark

C'était l'hiver en Albemark et, malgré toute la beauté du paysage enneigé, le froid glacial ne lui causait pas moins de problèmes que dans son monde. Ici aussi, le guerrier devait se frayer difficilement un chemin dans la neige profonde alors que ses camarades elfes avançaient près de lui d'un pas léger. Et cette fois-ci, les forces lui manquaient. Sur la tombe de Freya, il aurait encore pu défier tout Albemark, mais aujourd'hui il était abattu et ne sentait en lui que vide et désespoir.

Même à la pensée de son fils qui serait pour lui un étranger, il ne parvenait pas à se consoler. Il voulait le voir, bien sûr… Mais il gardait peu d'espoir. Oleif devait depuis longtemps être un homme et il aimerait avoir quelqu'un d'autre pour père. L'hiver qui régnait maintenant en Albemark avait achevé de le décourager. C'était le pays des elfes et des fées ; il devait connaître un printemps éternel ! À en croire les contes, du moins. C'était certainement un mauvais présage de trouver ce monde en hiver, même si Farodin et Nuramon lui avaient assuré mille fois que les saisons y alternaient tout autant que dans le Monde des Humains.

Atta Aïkhjarto n'avait pas parlé à Mandred quand celui-ci était venu lui rendre visite à la Porte. Les arbres entraient-ils en hibernation après avoir perdu leurs feuilles ? Ou bien y avait-il une autre raison ? Personne ne les avait accueillis à la Porte, et pourtant la reine était censée savoir ce qui se passait dans son royaume.

Le premier jour, ils avaient déjà atteint la Porte de Welruun et personne n'avait croisé leur chemin. Mandred croyait savoir pourquoi. La fatalité les avait suivis ici, en Albemark ! Dès le départ, la Chasse des elfes s'était trouvée sous une étoile funeste. Et celle-ci ne s'était pas éteinte. Ils avaient vécu une histoire semblable à celles des héros des anciennes sagas. Et ces récits se terminaient toujours tragiquement !

Au matin du deuxième jour, Mandred se força à quitter sa couche froide, pour que personne ne puisse dire plus tard qu'il n'était pas allé jusqu'au bout de son chemin. Il ramènerait la Chasse des elfes – en tout cas, ce qu'il en restait. Et il voulait savoir quel sort avait définitivement scellé leur destin.

Aucun garde ne leur barra le passage de la Porte de Shalyn Falah. Personne ne les attendait même au château d'Emerelle – il semblait désert. Leurs pas résonnèrent étrangement quand ils passèrent la porte massive. Mandred se sentait observé, mais où qu'il porte son regard, il ne rencontrait que créneaux abandonnés et fenêtres vides.

Pendant le voyage, Farodin et Nuramon n'avaient pratiquement pas desserré les dents. Ils semblaient inquiets, eux aussi.

Pourquoi nous évite-t-on ? se demandait Mandred, irrité. Certes, ils étaient restés longtemps partis et avaient acquitté un lourd prix de sang… mais ils revenaient victorieux. Ils auraient mérité un accueil plus digne ! Mais qui était-il, lui, pour comprendre les elfes ? Ce qui se passait ici avait sans doute quelque chose à voir avec la fatalité… Avec ce coup du sort concluant toute saga.

Nuramon et Farodin accélérèrent l'allure. Le bruit de leurs pas fut répercuté en sourdine par les murs translucides.

Tout au bout de la grande halle, une silhouette vêtue de noir les attendait : maître Alvias. Il inclina légèrement la tête devant Mandred, sans accorder un regard à Farodin ni à Nuramon.

— Sois salué, Mandred fils d'hommes, jarl de Firnstayn. La reine a prédit ton arrivée à cette heure. Elle souhaite vous voir, toi et tes compagnons. Suis-moi !

Comme mue par une main invisible, la porte s'ouvrit sur la salle du trône où les enfants d'albes s'étaient rassemblés. Silencieux, elfes, centaures, fées, kobolds et gnomes s'y pressaient côte à côte. Mandred sentit sa gorge se nouer. Le silence de cette impressionnante assemblée était encore plus inquiétant que les salles et les cours immensément vides. Ni toux ni raclements de gorge, rien.

Mandred promena son regard sur le plafond. Un vaste dôme de glace avait remplacé l'arc-en-ciel du printemps. Il pensa soudain à la grotte de Luth.

Parmi la foule, une double haie s'était formée pour ménager un passage vers le trône. Le temps avait passé pour la reine sans lui causer d'outrages. Emerelle paraissait toujours aussi jeune.

Maître Alvias rejoignit un groupe de jeunes guerriers qui se trouvaient à gauche des marches menant au trône, tandis que Farodin et Nuramon mirent un genou à terre devant la reine.

Les lèvres d'Emerelle esquissèrent un sourire.

— Eh bien, Mandred fils d'hommes, tu n'inclines toujours pas la tête devant la souveraine d'Albemark.

Moins que jamais, pensa Mandred.

Emerelle montra la coupe près de son trône.

— J'ai souvent interrogé l'eau, mais je n'ai jamais pu vous voir, toi et tes compagnons. Que s'est-il passé, Mandred, conducteur de la Chasse des elfes ? Avez-vous trouvé votre proie ?

Mandred s'éclaircit la voix. Il avait la bouche sèche comme s'il avait avalé tout un tonneau de farine.

— La bête est morte. Terrassée. Sa tête se trouve aux pieds de Luth et son foie a été jeté aux chiens. Notre colère l'a anéantie !

Le guerrier vit Alvias faire une moue méprisante. Ce corbeau noir pouvait bien penser de lui ce qu'il voulait ! Mais il allait voir… Mandred eut un sourire mauvais. Alvias et les autres perdraient bientôt leur arrogance en apprenant quel genre de gibier ils avaient poursuivi.

— Nous sommes partis chasser une créature mi-homme, mi-sanglier. (Mandred ménagea une courte pause, comme le faisaient souvent les scaldes pour tenir le public en haleine.) Mais nous avons trouvé un être qui ne devrait plus exister depuis le temps des albes. Une créature autrefois connue des peuples d'Albemark : un devianthar !

Du coin de l'œil, Mandred observa la foule. Il s'attendait au moins à voir quelques fées tomber en pâmoison. Ou à des murmures de surprise. Mais, à la place, il ne récolta que le silence, comme s'il n'avait rien appris de nouveau aux enfants d'albes.

Ce silence le troubla. Légèrement balbutiant, il relata la chasse, ses terreurs et ses morts. Il décrivit l'ascension du glacier, s'emporta au souvenir des Barbes de Fer profanées et vanta l'héroïsme de Farodin et la médecine de Nuramon. Sa voix s'étouffa presque d'amertume quand il parla du piège du devianthar et du grand nombre d'années que ce démon lui avait volées. En commençant à évoquer son retour à Firnstayn, il jeta un bref regard vers ses compagnons toujours agenouillés près de lui.

—Avec mes deux derniers frères chasseurs, je suis allé…

Farodin secoua presque imperceptiblement la tête.

—Que voulais-tu nous dire, Mandred ? demanda la reine.

—Je… (Mandred se demanda s'il devait ou non taire ce qui s'était passé. Il eut un instant d'hésitation.) Je voulais dire que nous sommes revenus à Firnstayn pour passer une nuit chez les miens.

Il prononça ces derniers mots d'un ton glacial.

La reine ne laissa rien paraître.

—Je te remercie pour ce rapport, Mandred fils d'hommes, répondit-elle formellement. Tous les trois, vous avez accompli une grande chose. Cependant, selon toi, quelle était l'intention cachée du devianthar ?

Le guerrier désigna ses compagnons.

— Après de longues discussions, nous pensons qu'il voulait faire de la grotte de Luth une prison pour les âmes des elfes. Mais nous ne savons pas à qui il la destinait. En tout cas, nous avons fait échouer ses projets. Nous l'avons vaincu et nous avons recouvré la liberté.

La reine les dévisagea en silence. Attendait-elle autre chose ? Avait-il omis quelque verbiage d'elfe qu'on se devait d'ajouter pour ponctuer son discours ? L'espace d'une seconde, il lui sembla que le regard de la reine s'arrêtait sur Nuramon.

— Je vous remercie, toi et tes compagnons. La Chasse des elfes a atteint son but. Tu as bien rempli ta mission. (Elle s'arrêta un court instant pour reporter toute son attention sur lui.) Puisque tu es allé dans ton village, tu sais que j'y suis venue réclamer mon dû. Maintenant, laisse-moi te présenter Alfadas… ton fils.

La reine désigna de la main l'un des guerriers debout à côté d'Alvias.

Mandred sentit son cœur s'arrêter. L'homme ressemblait à un elfe ! Ses cheveux blonds à hauteur d'épaules dissimulaient ses oreilles, mais en y regardant bien, Mandred remarqua leur légère différence. Cet Alfadas, comme Emerelle, dans sa superbe, appelait son fils Oleif, portait un large manteau sur un haubert de mailles lui descendant jusqu'aux chevilles. Il le dépassait presque d'une tête. Sa haute stature faisait oublier qu'il était un peu plus large d'épaules et plus fort que les autres elfes. Cependant, même s'il lui faisait tout à fait l'effet d'un étranger, la chaleur de ses yeux bruns dissipait tous les doutes. Il avait les yeux de Freya… et le sourire de Freya, quand il le salua. Mais pourquoi, par tous les dieux, ce gaillard ne portait-il pas la barbe ? Son visage était glabre comme celui d'une femme… ou d'un elfe.

Alfadas descendit de l'estrade.

— Père, je n'ai jamais perdu espoir…

D'un geste solennel, il posa la main sur son cœur en inclinant la tête.

— Tu n'as pas à t'incliner devant ton père ! dit durement Mandred avant de le prendre dans ses bras. Mon fils ! (Par les dieux, ce garçon sentait la fleur !) Mon fils, répéta-t-il plus doucement en desserrant ses bras. Alfadas ? (Ce nom passa difficilement ses lèvres. Mandred examina le jeune homme de la tête aux pieds. Oleif avait l'allure d'un héros de légende.) Comme tu es… grand, fut tout ce qu'il trouva à dire pour maîtriser son émotion.

Son fils… L'enfant, dont il avait encore pensé, cinq jours auparavant, qu'il venait juste de naître… Son fils était un homme.

Que lui avaient fait là le devianthar et Emerelle ! Ils lui avaient volé son fils, d'une manière inimaginable ! Quelques jours auparavant, il s'était réjoui de tenir un nouveau-né dans ses bras, et voici que se trouvait devant lui un homme dans la fleur de l'âge. Oleif aurait pu être son frère ! C'était là le résultat de leur duperie ! Ils lui avaient volé toutes ces heures où il lui aurait appris ce qui fait un homme d'honneur. Des soirées d'été tranquilles où ils seraient allés ensemble pêcher dans le fjord. La première expédition guerrière qui transforme un jouvenceau en homme, de longues chasses en hiver…

Toutefois, il pouvait s'estimer heureux. Qu'aurait-il ressenti s'il s'était trouvé en face d'un homme plus âgé que lui et qu'il eût dû appeler son fils ?

Il examina encore Oleif. Il avait vraiment fière apparence.

— Je suis heureux d'être plus vieux que toi, mon garçon ! dit-il avec un sourire malicieux. Je pourrai peut-être t'apprendre encore une ou deux choses. J'ai bien peur que ces elfes n'aient aucune idée de l'art de combattre à la hache et…

Son fils eut le rire cristallin… d'un elfe.

— À présent, ton fils va te suivre, expliqua solennellement Emerelle. Je lui ai enseigné tout ce qu'il y avait à apprendre ici. Maintenant, c'est à toi de le conduire dans les royaumes humains et de l'y instruire à ta guise.

Mandred crut percevoir une nuance d'ironie dans les mots d'Emerelle.

— Il en sera fait ainsi, dit-il d'une voix si ferme que chacun pût l'entendre dans la vaste salle.

La cotte de mailles de Farodin cliqueta légèrement quand il se releva vivement.

— Reine, permets-moi une question.

Emerelle, d'un signe de tête, lui enjoignit de parler.

— Où est donc notre dame ? Nous avons fait selon ses désirs.

Mandred sentit comme un froid passer dans la salle.

— Avez-vous souvenance de la terrasse surplombant le verger ? demanda cérémonieusement Emerelle.

— Oui, ma reine !

À présent, Farodin ne se donnait plus la peine de cacher sa nostalgie. Nuramon s'était lui aussi relevé sans y être invité.

— C'est là qu'il vous faut aller !

— Pouvons-nous disposer, ma reine ?

Elle acquiesça d'un bref signe de tête.

Mandred regarda ses compagnons se diriger d'un pas léger vers le haut portail de la salle du trône. Il était heureux de les voir, au moins eux, rejoindre leur bien-aimée, même s'il n'avait jamais compris comment deux hommes pouvaient aimer la même femme sans se fracasser mutuellement le crâne.

Quand Farodin et Nuramon eurent passé la porte, la reine déclara solennellement :

— Mandred, je déclare terminée la chasse à l'homme-sanglier. Elle a causé beaucoup d'amertume, mais finalement la chair qui s'était révoltée a été vaincue. Toi et tes compagnons, vous allez encore passer une nuit dans les chambres des chasseurs. Vous devez vous purifier le corps et l'âme, vous souvenir de ceux qui ne sont pas rentrés et prendre congé les uns des autres.

Emerelle se leva, s'approcha d'Oleif et prit ses mains dans les siennes.

— Tu fus pour moi comme un fils, Alfadas Mandredson. Ne l'oublie jamais !

Les paroles de la reine furent pour Mandred comme des étincelles incandescentes enflammant de l'amadou. Oleif avait eu une mère ! Elle vivrait certainement encore si Emerelle n'avait pas exigé son fils comme prix de la Chasse des elfes ! Il se ressaisit à grand-peine en voyant la réelle douleur qu'éprouvait Emerelle en se séparant de son fils. Ainsi, la froide souveraine des enfants d'albes n'était pas totalement dépourvue de sentiments. Mandred comprit combien il était vain d'en faire l'unique coupable. Certes, c'était elle qui avait exigé l'enfant comme prix de la Chasse, mais il avait donné son assentiment. Il avait vendu sa chair et son sang. Sans même demander son avis à Freya, qui portait alors encore l'enfant en son sein. L'homme-sanglier était terrassé… Mais sa décision avait causé la mort de Freya qu'il voulait plus que tout sauver. Qu'avait-elle éprouvé en se trouvant devant les elfes, magnifiques et froids à la fois, quand ils lui avaient demandé ce qui lui restait encore de cher dans sa vie ? Avait-elle accepté le marché ou s'était-elle révoltée ? Que s'était-il passé cette nuit-là ? Il fallait qu'il le sache !

— Reine… Que t'a dit ma femme quand tu as envoyé chercher cet enfant ?

Une ride se creusa sur le front d'Emerelle

— Je n'ai pas envoyé chercher Alfadas. Je suis allée en personne à Firnstayn avec toute ma suite. Ce ne fut pas un rapt dans la nuit et la neige. J'ai rencontré ton village comme une cour royale pour vous honorer, toi et ton fils. Mais je me suis présentée seule devant ta femme. (Elle regarda Alfadas.) Ta mère avait grand-peur. Elle te serrait contre elle pour te protéger… Je lui ai parlé de la Chasse. Et jamais, je n'oublierai ses mots, Mandred. Elle a dit : « Deux vies pour tout un village, c'est la décision du jarl et je la respecte… »

Emerelle s'écarta d'Oleif et regarda Mandred dans les yeux. Cette petite femme ne se trouvait plus qu'à une main de lui.

— C'est tout ? demanda Mandred.

Il connaissait la pugnacité de Freya. C'était aussi pour cela qu'il l'avait aimée.

— En savoir trop peut-être cause de douleur, fils d'hommes. Tu as fait ce qui devait être fait. Sois en paix, Mandred, et ne pose plus de questions.

— Quelles ont été ses paroles ? insista Mandred.

— Tu veux vraiment le savoir ? Eh bien… : « … mais je maudis mon époux d'avoir arraché ce jeune plant à sa famille, avant qu'il ait pu prendre racine. Puisse-t-il ne jamais retrouver de toit où demeurer. Qu'il voyage sans trêve ni repos, comme mon âme à laquelle il a ravi tout ce qui pouvait la réchauffer. » (Mandred sentit sa gorge se nouer. Il avait l'impression d'étouffer.) J'ai tenté de consoler ta femme, poursuivit Emerelle. Je voulais évoquer l'avenir de ton fils, mais elle n'a rien voulu entendre. Elle m'a mise à la porte. Et elle a laissé libre cours à ses pleurs dès que la porte fut refermée. Mais sache, Mandred, que je ne suis pas allée là-bas pour me montrer cruelle envers les humains. Ton fils était destiné à vivre en Albemark. Un jour viendra où les elfes auront besoin de l'aide des humains. Et c'est la descendance de ton fils, née de sa semence, qui restera fidèle à Albemark dans un monde en flammes. Maintenant, c'est ton tour, Mandred. Ramène ton fils au Pays des Fjords. Donne-lui tout ce qu'un fils peut recevoir de son père. Aide-le à trouver sa place parmi les humains.

— Son destin sera-t-il aussi amer que le mien, reine ?

— Je vois certaines choses clairement, d'autres sont plus troubles et il y en a beaucoup qui me restent invisibles. Je vous ai déjà révélé trop de choses sur votre avenir ! (Emerelle fit un large geste englobant aussi sa cour.) Nul ne devrait connaître trop précisément son destin. Car aucune vie ne peut grandir dans l'ombre de l'avenir.

Les mots de Noroelle

Farodin et Nuramon se rendirent sans un mot à la terrasse. Chacun plongé dans ses pensées. Après toutes les fatigues des derniers jours, ils languissaient de revoir leur bien-aimée et d'entendre sa décision. Farodin se rappelait toutes ces années passées à courtiser Noroelle, tandis que Nuramon se réjouissait à l'avance de l'instant où il pourrait lui dire qu'il avait tenu sa promesse.

Mais en passant la porte dans la nuit, ils furent déconcertés. Noroelle ne se trouvait pas sur la terrasse. À sa place, une elfe blonde en robe grise leur tournait le dos. La tête levée, elle regardait la lune.

Ils s'approchèrent en hésitant. L'elfe tourna à demi la tête, comme pour prêter l'oreille. Puis elle soupira et se retourna.

Nuramon la reconnut aussitôt.

— Obilée !

Farodin fut étonné et effrayé à la fois. Certes, il savait qu'une trentaine d'années s'étaient écoulées en Albemark, comme dans le Monde des Humains. Mais à la vue d'Obilée, il comprit vraiment ce que cela signifiait.

— Obilée ! répéta Nuramon en dévisageant l'elfe dont le sourire n'arrivait pas à cacher la mélancolie qui habitait ses yeux. Te voici devenue merveilleusement belle. Exactement comme Noroelle l'avait prédit.

Farodin vit devant lui le portrait de la grande Danaée. Autrefois, il s'était agi d'une vague ressemblance, mais à présent, on ne pouvait presque plus différencier Obilée de son arrière-grand-mère. La première fois qu'il avait vu Danaée, c'était à la cour. Il était alors très jeune, mais il se souvenait encore très bien de la crainte respectueuse qu'il avait éprouvée quand son regard l'avait effleuré.

— Maintenant, je le vois aussi, comme Noroelle : tu as quelque chose de l'aura de Danaée.

Obilée approuva.

— Noroelle avait raison.

Farodin jeta un coup d'œil vers le verger.

— Est-elle là, en bas ?

La jeune elfe évita son regard.

— Non, elle n'est pas au verger. (Quand elle le regarda de nouveau, des larmes perlaient au coin de ses yeux.) Elle n'est plus ici.

Farodin et Nuramon échangèrent un regard inquiet. Farodin pensa aux trente années qui s'étaient écoulées. Noroelle avait sans doute dû se résoudre à leur mort… Avait-elle quitté la cour pour cette raison et s'était-elle retirée dans la solitude ?

Nuramon se rappela le silence dans la salle du trône. Toutes les personnes présentes savaient quelque chose. Qu'avait-il bien pu se passer pour qu'Obilée soit aussi triste ? Pas la mort, puisqu'elle ne faisait que précéder une renaissance. Ce devait être quelque chose de plus douloureux. À cette idée, Nuramon se sentit angoissé.

— Noroelle le savait, dit Obilée. Elle savait que vous reviendriez.

Farodin et Nuramon ne dirent rien.

— Des années ont passé et pourtant vous portez toujours sur vous les habits avec lesquels vous étiez partis…

— Obilée ? Qu'est-il arrivé ? interrogea Farodin sans détour.

— Le pire, Farodin. Le pire de tout.

Nuramon commença à trembler. Il repensa aux épreuves passées. Il avait pourtant tout fait pour tenir sa promesse !

Comme Obilée n'osait pas poursuivre, Farodin demanda :

— Noroelle s'est-elle détournée de nous ? Est-elle rentrée en Alvemer ? Est-elle déçue ?

Obilée recula d'un pas et inspira profondément.

— Non… Écoutez ce que je vais vous dire ! Voici les mots que prononça Noroelle, la nuit où elle partit. (Obilée leva la tête.)

» « Je savais que vous reviendriez et, maintenant, vous vous trouvez ici pour apprendre ce qui m'est arrivé. » (Elle récita ces mots exactement comme si c'était Noroelle qui les prononçait. La mélodie de sa voix reflétait les sentiments qu'elle éprouvait.)

» « Ne pensez pas mal de moi quand vous apprendrez ce que j'ai fait et où m'a conduite ma destinée. Après votre départ, j'ai fait un rêve. Toi, Nuramon, tu m'as visitée et nous nous sommes aimés. Un an plus tard, j'ai donné naissance à un fils. Je pensais que c'était le tien, Nuramon, mais je me trompais. Ce n'était pas toi qui te trouvais près de moi cette nuit-là, mais le dévianthar que vous êtes allés chasser dans l'Autre Monde. »

Farodin et Nuramon en eurent le souffle coupé. La seule pensée de savoir que le dévianthar avait pu se trouver à proximité de Noroelle leur était insupportable.

Farodin repensa au combat dans la grotte. Le démon leur avait trop facilité la tâche. Maintenant, il savait pourquoi : il n'avait jamais cherché qu'un chemin vers Noroelle.

Nuramon, désemparé, secoua la tête. Le dévianthar avait pris sa forme pour séduire Noroelle. Il avait abusé de son amour. Elle avait rêvé de lui tandis que le dévianthar s'approchait d'elle et la…

Obilée saisit la main de Nuramon, l'arrachant ainsi à ses pensées douloureuses.

— « Nuramon, tu n'as rien à te reprocher. Le démon avait pris ta forme, je me suis laissé séduire par ton visage et ton corps. Mais ne pense pas que j'en éprouve du mépris ou du dégoût. Je t'aime encore plus qu'avant. Ce n'est pas toi que tu dois mépriser, mais le dévianthar ! Il a retourné contre nous les sentiments que nous éprouvions l'un pour l'autre. Restons fidèles à ce que nous sommes et à ce que nous ressentons, si nous voulons nous montrer plus forts que lui. Tu ne dois pas te sentir coupable. »

Obilée le regarda, semblant attendre une réaction de sa part. Ses yeux l'imploraient tant qu'il ne put s'y soustraire. Il prit une grande inspiration, puis il hocha la tête.

Obilée prit alors la main de Farodin.

— « Quant à toi, Farodin, ne crois pas que j'avais déjà arrêté mon choix. Je ne m'étais pas décidée secrètement en faveur de Nuramon. Ce n'est pas pour cela que le démon est venu à moi. »

— Mais où es-tu, Noroelle ? demanda Farodin.

Il était troublé. Pendant un moment, il crut que sa bien-aimée pouvait l'entendre.

Obilée sourit, en penchant la tête de côté comme Noroelle l'avait si souvent fait. Pourtant, ses yeux ne pouvaient dissimuler sa peine.

— « Je savais que tu poserais cette question, Farodin. Cette étincelle que tu m'as accordée, cette nuit-là, ce regard que tu m'as offert sur ton être intime, m'a suffi à te connaître ainsi que je l'avais toujours souhaité. Je peux lire en toi comme sur le visage de Nuramon. Tu me demandes où je suis. Eh bien, vous allez souffrir en l'apprenant.

— « Je me trouve quelque part où l'on ne m'atteindra jamais. La reine m'a bannie d'Albemark pour toujours. Nous sommes séparés par des barrières que vous ne pourrez franchir. Il ne me reste plus que le souvenir de cette nuit avant votre départ, où vous m'avez tant donné, tous les deux. Toi, Farodin, tu m'as montré tout l'éclat de ton être. Et toi, Nuramon, tu m'as touchée pour la première fois. »

Obilée s'arrêta, elle sembla hésiter. Mais elle finit par dire :

— « Il faut que vous appreniez aussi la raison de mon bannissement. L'enfant que j'ai mis au monde avait les oreilles arrondies, et la reine l'a reconnu comme étant celui du devianthar. Elle m'a enjoint de me présenter avec mon fils trois nuits après sa naissance, mais, dans la même nuit, elle a envoyé Dijelon et ses guerriers tuer l'enfant.

» Je l'ai emmené dans l'Autre Monde, à un endroit où la reine le trouverait difficilement. Et quand je me suis trouvée devant Emerelle, j'ai refusé de révéler sa cachette. Pardonnez-moi, si vous le pouvez, car je n'ai rien pu voir de mauvais dans les yeux de cet enfant. À présent, vous connaissez ma faute. Mais elle ne doit pas être la vôtre. Pardonnez-moi d'avoir agi aussi follement. »

Obilée fondit en larmes, car, à ce moment-là, Noroelle aussi n'avait pas pu s'empêcher de pleurer.

— « Je vous en prie, souvenez-vous de ces belles années que nous avons passées ensemble. Elles n'avaient rien de mauvais en elles. Rien n'est arrivé que nous devions regretter. Quoi qu'il puisse encore arriver, ne m'oubliez pas, je vous en prie… Ne m'oubliez pas, je vous en prie… »

Obilée fut incapable de maîtriser plus longtemps son émotion.

— C'étaient les mots de Noroelle ! dit-elle, la voix étouffée par les pleurs.

Elle enfouit son visage sur l'épaule de Nuramon. Celui-ci regarda Farodin et s'aperçut de son air glacial. Il ne lui vit aucune larme, pas la moindre émotion, ni même le plus petit signe de tristesse. Nuramon avait lui-même du mal à comprendre ce qu'il venait d'entendre. C'était trop en une seule fois…

Mais Farodin lut sur les traits de Nuramon tout ce qu'il ressentait lui-même sans pouvoir l'exprimer, tout le chagrin et toute la douleur. Il lui sembla que ses sentiments étaient séparés de son corps. Il se tenait là sans savoir pourquoi il ne parvenait pas à pleurer.

Au bout d'un long moment, Obilée se ressaisit.

— Pardonnez-moi ! Je n'avais pas imaginé que ce serait si douloureux. Pendant toutes ces années, j'ai porté ces mots en moi, des mots que Noroelle a confiés à une enfant et que vous avez maintenant entendus prononcés par une femme. (Obilée se détourna d'eux et s'approcha du bord de la terrasse. Elle prit quelque chose sur le parapet et revint vers eux.) J'ai un dernier cadeau de Noroelle pour vous. (Elle ouvrit les mains et leur montra un rubis et une émeraude.) Ce sont des pierres de son lac. En souvenir d'elle.

Farodin prit l'émeraude en pensant au lac. Noroelle lui avait appris un jour que la magie de la source y faisait grandir les gemmes.

Nuramon tâta le rubis. Il hésita à le prendre et en caressa du bout des doigts la surface lisse. Il sentit de la magie. Celle de Noroelle.

— Moi aussi, je la perçois, dit Obilée. Elle m'a fait le même cadeau.

L'elfe portait une chaîne avec un diamant en pendentif.

Nuramon prit le rubis et en sentit la douce magie. C'était tout ce qui lui restait de Noroelle : la chaleur et le souffle magique de ce cadeau.

Obilée recula.

— Il faut que je parte, maintenant, dit-elle. Pardonnez-moi ! J'ai besoin de rester seule.

Farodin et Nuramon la suivirent des yeux quand elle quitta la terrasse.

— Elle a porté cette douleur en elle pendant trente années, dit Nuramon. Si, pour nous, ces quelques jours ont paru une éternité, elle a dû vivre des milliers d'éternités.

— C'est donc la fin, dit Farodin.

Il ne pouvait y croire. Toute sa vie avait été tournée vers Noroelle. Il s'était imaginé beaucoup de choses : qu'il allait mourir, que Noroelle choisirait Nuramon, mais jamais, au grand jamais, il ne se serait attendu à cela…

— La fin ?

Nuramon ne semblait pas prêt à l'admettre. Non, ce n'était pas la fin. C'était le commencement, le début d'un chemin difficile. Même si l'on disait qu'il ne fallait pas trop braver le destin, il mettrait tout en œuvre pour trouver Noroelle et la délivrer :

— Je vais parler à la reine.

— Elle ne t'écoutera pas.

— C'est ce que nous verrons, répliqua Nuramon en s'apprêtant à partir.

— Attends !

— Pourquoi ? Je n'ai plus rien à perdre. Et toi, tu devrais te demander jusqu'où tu es prêt à t'engager pour elle !

Sur ces mots, Nuramon disparut dans le château.

— Jusqu'au bout de tous les mondes, chuchota Farodin en pensant à Aileen.

Trois visages différents

La porte de la salle du trône était ouverte. Nuramon vit tout au fond la reine près de sa coupe en argent. Il voulut entrer, mais maître Alvias lui barra le passage.

— Que viens-tu faire ici, Nuramon ?

— Je voudrais parler de Noroelle à la reine et lui demander sa clémence.

— Tu ne devrais pas pénétrer en ce lieu avec la colère au cœur !

— Crains-tu de me voir porter la main sur Emerelle ?

Maître Alvias l'examina de la tête aux pieds.

— Non.

— Alors, laisse-moi passer !

Alvias regarda la reine ; celle-ci hocha brièvement la tête.

— Elle va te recevoir, dit-il à contrecœur. Cependant, maîtrise tes sentiments !

Sur ces mots, il lui céda le passage.

En se hâtant vers Emerelle, Nuramon entendit la porte se refermer derrière lui. La reine descendit les marches du trône. Son visage exprimait le calme et la bienveillance. Jamais encore il ne l'avait vue tant représenter la mère de tous les enfants d'albes.

Nuramon sentit sa colère s'apaiser. La reine se tenait là, silencieuse, et le regardait comme cette nuit où elle lui avait rendu visite dans sa chambre pour l'encourager. Il pensa à l'oracle qu'elle lui avait fait partager et qui signifiait tant pour lui.

— Je sais ce que tu penses, Nuramon. Tu n'as pas encore appris à dissimuler tes sentiments, c'est ce que j'apprécie en toi.

— Et moi, jusqu'à présent, j'ai apprécié ton sens de la justice. Tu sais que Noroelle ne pourrait jamais faire quelque chose d'abject.

— Obilée t'a-t-elle fait part de ce qui s'est passé ?

— Oui.

— Oublie que Noroelle fut ta bien-aimée et dis-moi maintenant qu'elle ne s'est rendue coupable d'aucune faute !

— Elle est pour moi ce que j'ai de plus cher. Comment pourrais-je l'oublier ?

— Donc tu ne comprendras pas pourquoi j'ai dû agir ainsi.

— Je ne suis pas ici pour comprendre. Je suis venu implorer ta grâce.

— Jamais encore la reine n'est revenue sur un jugement.

— Alors, bannis-moi aussi à l'endroit où se trouve Noroelle. Accorde-moi au moins cette grâce.

— Non, Nuramon. Je ne le ferai pas. Je ne peux bannir un enfant d'albes innocent.

— Et Noroelle ? N'était-elle pas plutôt victime que coupable ? Elle avait été abusée et devait expier pour cela. Emerelle ne devrait-elle pas mettre tout en œuvre pour punir le véritable fautif?

— Où est le dévianthar?

— Il s'est enfui dans le Monde des Humains. Personne ne sait quelle forme il a prise. Mais une chose est sûre: il est le dernier de sa race. Et il vise notre ruine, car son être est vengeance.

— La faute de Noroelle se trouverait-elle atténuée si nous abattions ce démon?

— Il a joué son jeu. À présent, il en attend le résultat.

Nuramon était désespéré.

— Mais que pouvons-nous faire? Il faut tout de même bien faire quelque chose!

— Certes... Mais il faudrait savoir si tu serais prêt pour cela.

— Demande et je te promets de tout faire pour libérer Noroelle.

— Voici une promesse téméraire, Nuramon. (La reine hésita.) Mais je te prends au mot. Choisis des compagnons et trouvez l'enfant de Noroelle. Pense qu'il est à présent un homme. Beaucoup l'ont cherché en vain. Tu n'es donc pas le premier à mener cette quête. Mais tu rencontreras peut-être plus de succès, car tu possèdes l'énergie nécessaire pour trouver l'enfant de ce démon.

— Noroelle craignait pour la vie de son enfant. Le devons-nous aussi?

Emerelle regarda longuement Nuramon en silence.

— Noroelle avait le choix. Elle a choisi l'exil pour protéger l'enfant d'un dévianthar.

— Comment aurais-je le cœur de faire ce qu'elle n'a pas pu faire ?

— Tes promesses sont-elles toujours d'aussi courte durée ? ironisa Emerelle. Si tu veux que je libère Noroelle, vous devrez tuer l'enfant, toi et tes compagnons,

— Comment peux-tu m'imposer un tel supplice ? répondit Nuramon à voix basse.

— Pense à ta faute et à celle de tes compagnons. C'est en raison de votre échec que le devianthar a pu s'approcher de Noroelle. En prenant ta forme, il l'a trompée et a engendré cet enfant. Et si Noroelle ne voulait pas l'abandonner, c'est parce qu'elle pensait que tu en étais le père et qu'il portait ton âme. Elle lui a même donné ton nom. Tu ne le feras pas seulement pour Noroelle, mais aussi pour toi et pour tes compagnons.

Nuramon hésita. Il ne pouvait mettre en doute ses paroles. Il se savait incapable de tuer un enfant, mais le fils de Noroelle était depuis longtemps un homme. Son être véritable s'était certainement déjà révélé.

— Je trouverai le fils de Noroelle et je le tuerai.

— Je te choisirai les meilleurs compagnons parmi les guerriers. Que dirais-tu de Farodin ? Il voudra sans doute t'accompagner.

— Non. J'accepterai l'aide de tes guerriers, mais je ne prierai pas Farodin de me suivre. Quand Noroelle reviendra, elle pourra me haïr d'avoir tué son enfant. Mais Farodin n'aura pas de sang sur les mains. Elle trouvera dans ses bras l'amour qu'elle mérite.

— Bien, c'est toi qui décides. Mais tu n'auras sans doute rien contre les chevaux de mon écurie. Choisis ceux qui vous conviendront, à toi et à tes compagnons.

—Je le ferai, reine.

Emerelle s'approcha de lui et le regarda avec compassion. Elle était entourée d'un parfum apaisant.

—Nous tous, nous devons suivre le destin là où il nous mène. Cependant, c'est à nous de décider du chemin que nous prenons. Garde foi dans les conseils que je t'ai donnés cette nuit-là. Ils sont toujours valables. Quoi qu'on puisse dire de toi plus tard, personne ne pourra affirmer que tu as trahi ton amour. Maintenant, tu peux rejoindre ta chambre. La Chasse est de retour, il faut vous reposer dans vos appartements. À toi de décider le moment de ton départ. Cette fois-ci, il ne s'agira plus de la Chasse des elfes, mais seulement d'une mission pour la reine.

Nuramon pensa à l'équipement que lui avait donné Emerelle.

—Je voudrais te rendre l'armure, le manteau et l'épée.

—Je vois que la tunique de dragon et le manteau t'ont rendu de bons services. Laisse-les dans ta chambre, comme c'est la coutume. Mais garde l'épée en cadeau. (Emerelle se mit sur la pointe des pieds et l'embrassa sur le front.) Maintenant, va, aie confiance en ta reine.

Nuramon lui obéit. Il la regarda une dernière fois avant de quitter la salle. Elle lui fit un sourire amical. Quand il se trouva dehors devant les autres, il n'arriva pas à comprendre la tournure qu'avait prise la discussion. Emerelle l'avait accueilli avec la bienveillance d'une mère, jugé avec la froideur d'une reine et congédié avec son amitié.

Trois grains de sable

Farodin appuya sa tête contre le mur. Une fine bande de lumière filtrait par l'étroit passage secret débouchant sur le balcon des appartements de la reine. Il n'aurait pas dû se trouver là…

Tout de gris vêtu, il portait un discret pourpoint, des chausses bien ajustées et un large manteau à capuche, ainsi que de fins gants de cuir, une large ceinture et des brassards garnis de dagues. Il espérait ne pas devoir faire usage de ces armes. En dessous de lui, dans le dédale des escaliers et des couloirs dérobés, il entendait le rire des kobolds. Toute une génération avait grandi depuis le jour où Noroelle avait été condamnée.

De rage, Farodin serrait les poings. La douleur était trop récente. Il avait si souvent servi d'exécuteur discret pour la reine, sans jamais douter un seul instant de sa haute compréhension de la justice. Jamais il ne s'était demandé si ses arrêts de mort prononcés en secret n'avaient pas été arbitraires. Mais, à présent, son jugement avait anéanti sa vie.

Personne ne connaissait Noroelle comme lui. Personne ne savait qu'elle avait été autrefois Aileen et qu'elle avait perdu la vie à ses côtés en combattant les trolls. Il l'avait cherchée pendant des siècles et maintenant qu'il l'avait trouvée, elle lui était de nouveau arrachée. Cette fois-ci, il ne pouvait plus espérer sa renaissance. Si elle mourait en exil, elle ne pourrait pas revenir. Son âme resterait à jamais prisonnière là-bas.

Des larmes de rage coulaient sur les joues de Farodin. Noroelle avait été abusée par un devianthar, une créature connue comme maître de la duperie ! Et ce démon s'était servi de son amour…

Pourquoi avait-il pris la forme de Nuramon ? Farodin s'efforçait d'étouffer tout germe de soupçon. Le devianthar savait-il quelque chose ? Noroelle aurait-elle choisi Nuramon au retour de la Chasse des elfes ? Ses mots à Obilée n'avaient-ils été qu'une consolation pour lui, prononcée aisément dans la certitude de ne plus jamais le revoir ?

En tout cas, elle s'était donnée bien vite à ce faux Nuramon. Ils avaient brigué son amour pendant tant d'années sans qu'elle ait jamais pu prendre de décision… Et voilà qu'une nuit lui avait suffi. Farodin tentait de se persuader que cela était dû à la magie du devianthar.

Noroelle était innocente ! Elle avait le cœur pur… *Elle a le cœur pur ! Elle vit ! Et c'est pourquoi je la trouverai*, se jura Farodin. Peu importait le temps que lui prendrait sa quête ! La reine n'avait nullement le droit de lui infliger la plus dure des peines. Il n'accepterait pas ce jugement. Farodin regardait cette étroite bande de lumière au bout de l'escalier. Il n'aurait vraiment pas dû se trouver là… Mais il passerait outre. Emerelle l'avait employé à exécuter sa justice là où le droit prononcé ne suffisait pas. Maintenant, il exercerait sa propre justice !

Résolument, Farodin se faufila dans l'étroite fente. Il se glissa vers la balustrade du balcon et regarda en bas. Un dôme de glace lui cachait la salle du trône, mais il savait que la reine y tenait sa cour.

Il s'avança devant la large porte qui menait chez la reine et la trouva ouverte. Était-ce le fait de son arrogance ? Était-elle persuadée qu'un tabou la protégeait bien mieux que n'importe quelle serrure ? Au cours de tous ces siècles où il avait fait office de bourreau pour Emerelle, il n'était jamais entré dans ses appartements. Il fut surpris de les voir aussi modestement aménagés. Les quelques meubles étaient d'une sobre élégance. La braise dans la cheminée plongeait la chambre dans une pénombre rouge. Il faisait agréablement chaud.

Troublé, Farodin, jeta un regard circulaire. Il savait qu'il devait exister ici une garde-robe, une pièce où la reine conservait ses merveilleux atours ; Noroelle en avait parlé, un jour. C'était ici qu'il devait commencer sa quête ! Il fallait trouver la robe que portait Emerelle le jour où elle avait mené Noroelle en exil. Mais où pouvait se cacher l'accès à la garde-robe ? Il ne voyait là que deux portes : celle du balcon et celle qui menait à l'escalier. Il n'y en avait pas d'autre. Il tâta les murs, jeta un coup d'œil derrière les tapisseries, et s'arrêta finalement devant un grand miroir. Il était encadré par du bois d'ébène incrusté de motifs de nacre. Farodin fit glisser ses doigts sur les fleurs et les feuilles stylisées. Un joint apparent entourait une rose. L'elfe pressa doucement sur le motif de nacre. Un léger déclic s'entendit, puis le miroir glissa sur le côté. Surpris, Farodin recula d'un pas. Derrière le miroir, il vit une pièce pleine de silhouettes brillantes. Des formes sans tête... Il poussa un soupir de soulagement et rit sous cape en comprenant qu'il ne s'agissait que de robes. On les avait passées sur des mannequins d'osier pour leur garder leur forme. Des bougies parfumées, placées dessous, les faisaient ressembler à de gros lampions.

Si la chambre de la reine était plutôt modeste, cette pièce était somptueuse. Farodin fut subjugué par la variété des fragrances. Les notes dominantes en étaient la pêche, le musc et la menthe. Emerelle ne se vêtait pas seulement de robes, mais aussi de parfums.

La pièce épousait la courbe du mur de la tour de sorte que, depuis la porte, on ne pouvait pas la voir dans son ensemble. Farodin passa le seuil ; la porte à miroir se referma derrière lui en grinçant légèrement. L'elfe demeura sous l'emprise d'impressions diverses. Aux murs, les bijoux de la reine paradaient sur des coussins de velours douillettement posés sur de petites corniches. Des perles et des gemmes de toutes les couleurs de l'arc-en-ciel brillaient d'une lumière chaude. Rêver parmi ces robes et ces joyaux devait être une pure félicité.

Farodin s'étonna de ne voir aucune fenêtre.

— Noroelle, chuchota l'elfe en pensant à sa bien-aimée.

Elle aurait aimé se trouver ici parmi ces nombreuses robes, ces costumes de chasse en velours et en cuir, ces robes du soir en dentelle la plus rare et ces robes de soie d'une finesse extrême et si transparentes qu'Emerelle ne les porterait certainement jamais en présence de la cour ; il y avait là du brocart magnifique, tendu par des fanons de baleine et du fil de fer ; et des bustiers prévus pour les solennités guindées au cérémonial inchangé au cours des siècles.

Des étagères interminables croulaient sous les chaussures tendues sur des embauchoirs : chaussons de danse, sandales en étoffe et bottes à lourds revers en cuir. Des gants occupaient toute une corniche.

Farodin s'agenouilla et sortit un anneau de sa bourse en cuir ; trois petits grenats rouges y étaient sertis. C'était l'anneau d'Aileen. Dans la quête qu'il avait menée pour la retrouver, il lui avait été d'une grande utilité. C'était une ancre, fermement accrochée dans les abîmes du passé ; elle l'aidait à se concentrer sur sa bien-aimée. L'émeraude, le cadeau d'adieu de Noroelle en serait une deuxième. Lentement, il murmura les paroles qui lui étaient familières pour invoquer la puissance et tisser la magie de quête. C'était la seule qu'il possédait – il l'avait expérimentée pendant des siècles dans sa quête d'Aileen.

Parmi toutes ces robes devait se trouver celle qu'Emerelle avait portée quand elle avait conduit Noroelle en exil. S'il la trouvait, ce pourrait être le premier pas vers sa bien-aimée. Farodin avait échafaudé un plan si désespéré qu'il n'en parlerait à personne.

La force de la magie le pénétra. Il saisit la pierre précieuse, puis se releva lentement. Les yeux fermés, il avança à tâtons dans la garde-robe, simplement conduit par un sentiment vague. La nostalgie et le souvenir s'intensifièrent. L'espace d'une seconde, il crut voir par les yeux de Noroelle. Il aperçut le visage de la reine et lut sur ses traits la résolution et la tristesse maîtrisée. L'image se brouilla. Farodin ouvrit les yeux. Il se trouvait devant un mannequin sur lequel était tendue une robe de soie bleue. Elle était brodée de fils d'or et d'argent formant des motifs runiques entrelacés. À la lumière des bougies, les baguettes d'osier se profilaient comme des os sous la robe.

Farodin sentit un frisson lui parcourir le dos. C'était donc là ce que la reine avait porté lorsqu'elle avait banni sa bien-aimée. Ses doigts caressèrent l'étoffe fine. Les yeux remplis de larmes, il mit du temps à se ressaisir.

Les runes sur la robe étaient empreintes d'une force magique. En les caressant, il sentit des picotements sur sa peau et plus encore... Il revécut les sentiments de Noroelle au moment de l'adieu. Un peu d'eux était resté emprisonné dans les runes. Il n'y trouva aucune peur. Elle s'était résignée à son destin et s'en était allée en paix avec elle-même et avec la reine.

Farodin ferma les yeux. Il tremblait maintenant de tout son corps. La force des runes l'avait pénétré, lui aussi. Il vit un sablier se briser sur une pierre et sentit l'équilibre magique bouleversé. Le Sentier vers Noroelle était fermé. Elle était perdue. Introuvable...

L'elfe tomba à genoux. Dans un défi désespéré, il tissa encore une fois la magie de quête. Il savait ce qui s'était passé. Mais le savoir simplement ou le vivre vraiment, par le pouvoir des runes, étaient deux choses différentes.

Venez, chuchota-t-il. Venez à moi !

Il garda la main tendue en pensant au sablier. Le vent le tira et voulut l'entraîner. Il se trouva pris dans un tourbillon de sable, comme prisonnier dans le maelström du sablier.

Effrayé, il ouvrit les yeux. Ce n'était qu'une vision, une illusion, née de sa nostalgie et pourtant… Il semblait faire plus sombre dans la garde-robe, comme s'il y avait là quelque chose d'étranger. Quelque chose qui éteignait lentement la flamme des bougies.

Trois minuscules points d'un rouge ardent se détachèrent de la froide soie bleue et vinrent se poser dans sa main. Trois grains de sable du sablier brisé par Emerelle. Ils avaient dû se prendre dans les plis de sa robe.

La magie et le tumulte de ses sentiments avaient épuisé Farodin. Cependant, ces trois points lumineux pâlissants firent naître en son cœur le germe d'un nouvel espoir. Dût-il encore une fois la chercher sept cents ans, il retrouverait Noroelle. Il glissa l'émeraude tout au fond de sa poche. Mais il préféra garder les grains de sable dans sa main serrée. Ils étaient la clé. S'il parvenait à retrouver tous les grains du sablier brisé, il pourrait détruire le sortilège de la reine. C'était la seule voie possible pour rejoindre sa bien-aimée !

Départ dans la nuit

Le château dormait, plongé dans le silence. Au dehors bruissait un vent léger. Par la fenêtre ouverte, Nuramon contemplait la nuit claire. Il ne neigeait plus. La lumière de la lune se reflétait sur la neige et tout avait pris un aspect argenté. Le matin serait bientôt là, qui transformerait l'argent en or. Nuramon ne pouvait imaginer meilleur moment pour son départ.

Il avait fait ses bagages, tout était prêt. Il partirait dès cette nuit. Son regard se posa sur l'armure et le manteau qui se trouvaient de nouveau sur le porte-armure. Ils lui avaient rendu de bons services dans le Monde des Humains. Mais maintenant, Nuramon portait les habits que Noroelle avait vus sur lui la dernière fois. De simples vêtements de cuir souple. Ils ne le protégeraient pas lors d'un combat, mais il doutait d'en avoir besoin. Finalement, il ne s'agissait pas d'affronter une bête, mais de tuer un homme probablement désarmé. Cette mission n'avait rien de glorieux. Il en conserverait à jamais la honte.

Il examina son épée. La reine lui avait réellement offert l'épée de Gaomée. À l'évidence, elle voulait qu'il accomplisse sa besogne avec cette lame. Depuis qu'il l'avait prise en main, une malédiction semblait y être attachée. Mais il ne la donnerait pas pour autant. Qui voudrait encore porter cette arme touchée par ses doigts malchanceux ?

On frappa à la porte.

— Entre, dit Nuramon.

Il espérait voir arriver un elfe envoyé par la reine, peut-être un compagnon qu'elle avait choisi pour lui et qu'il pourrait engager à se taire. Mais son espoir fut déçu.

Mandred et Farodin entrèrent. Le visage soucieux.

— C'est fort bien que tu ne sois pas encore couché, dit Farodin.

Il paraissait bouleversé.

Nuramon s'efforça de ne rien laisser paraître. Devant ses deux camarades, il s'agissait de cacher à tout prix la mission honteuse qu'il venait d'accepter.

— Je n'arrive pas à dormir.

C'était la vérité. Il n'avait pas réussi à fermer l'œil de la nuit.

Farodin fit un geste vers le fils d'hommes.

— Mandred m'a dit que tu as parlé seul à la reine. Elle t'a donc reçu.

— C'est exact.

— Moi aussi, j'ai essayé de la voir, mais depuis qu'elle t'a parlé, elle ne veut plus recevoir personne. D'étranges bruits circulent.

— Quel genre de bruits ? demanda Nuramon en s'efforçant de dissimuler sa nervosité.

— Certains disent que la reine t'aurait amadoué et que tu aurais accepté son jugement. D'autres prétendent qu'elle t'aurait permis de te lancer à la recherche de Noroelle.

— Emerelle ne m'a rien permis, mais j'ai accepté son jugement.

Farodin prit un air incrédule.

— Je ne m'attendais pas à ça de ta part.

Enfin ! Voilà que Farodin affichait une émotion ! S'attirer sa haine était peut-être la meilleure chose à faire. Ainsi, Farodin pourrait finalement rencontrer Noroelle avec la conscience tranquille.

Mandred se montra méfiant. Le fils d'hommes semblait avoir remarqué que Farodin avait mal interprété les mots de Nuramon.

— Comment peux-tu douter ainsi de Noroelle ? poursuivit Farodin, déçu. L'as-tu jamais aimée ?

Même injustifiées, ces paroles blessèrent Nuramon.

— Je l'aime plus que jamais. C'est pourquoi il m'est si douloureux de savoir que nous ne pouvons plus rien faire. Nous ne pouvons pas obliger la reine à libérer Noroelle.

Nuramon eut du mal à ne pas en dire plus.

À présent, Farodin aussi paraissait gagné par la méfiance. Il regarda son compagnon comme s'il pouvait voir au plus profond de lui.

— Ce garçon nous ment, constata sèchement Mandred.

— Et il ne sait pas bien mentir, ajouta Farodin.

Mandred avisa les sacs posés sur le banc de pierre.

— Je le soupçonne presque de vouloir retrouver sa bien-aimée sans nous.

— Que t'a dit la reine ? insista Farodin. Lui as-tu demandé l'exil ? As-tu obtenu le droit de rejoindre Noroelle ?

Nuramon s'assit à côté des sacs.

— Non, j'ai tout essayé. Mais la reine n'a rien voulu savoir. Elle n'a pas voulu me bannir là-bas. Même si nous terrassions définitivement le dévianthar, cela ne changerait rien.

— Donc, tu as décidé de partir seul à la recherche de Noroelle.

Nuramon regarda longuement Farodin. Il se sentit incapable de lui cacher plus longtemps son plan.

— J'aimerais que ce soit aussi simple. J'aimerais prendre mes affaires, partir et trouver le moyen d'aider Noroelle. (Il s'arrêta.) Si je te demandais de me laisser partir sans problème et sans me poser de questions, le ferais-tu ?

— J'ai encore une dette envers toi. Tu m'as arraché à la mort… Je te laisserais partir, mais je pense que nous sommes liés par le destin. Et je crois que Noroelle n'a pas encore arrêté son choix. Nous sommes donc destinés à la chercher ensemble.

— Il y a encore quelques heures, j'aurais dit la même chose.

Son entrevue avec Emerelle avait tout changé.

— Que t'a dit la reine ? demanda de nouveau Farodin. Peu importe à quoi tu as consenti, je ne t'en mépriserai pas pour autant. Mais parle !

— Bon, fit Nuramon en se levant. Elle m'a dit qu'il y avait encore une possibilité de sauver Noroelle. Et je lui ai promis de faire tout ce qu'elle me demandait.

— Quelle erreur ! lâcha Farodin avec un sourire de pitié. Tu ne changeras donc jamais ?

— Tu me connais, Farodin. Tu sais combien il est facile de m'amener à faire des choses irréfléchies. Emerelle aussi le sait.

Mandred intervint de nouveau.

— Et qu'est-ce qu'elle exige de toi ?

Nuramon évita le regard du fils d'hommes. De tous, c'était lui qui avait payé le prix le plus fort.

— Alors, insista Farodin, que te demande-t-elle ?

Nuramon hésita à répondre ; dès que son compagnon apprendrait la vérité, lui non plus ne connaîtrait plus de bonheur dans la vie.

— Alors, Nuramon ?

— Es-tu certain de vouloir l'entendre, Farodin ? Parfois, il vaut mieux ne pas connaître la vérité. Si je parle, plus rien ne sera pour toi comme avant. Mon silence te permettrait d'être heureux… Je t'en prie ! Laisse-moi partir sans rien me demander de plus et sans me suivre ! S'il te plaît !

— Non, Nuramon. Quelle que soit la charge à porter, nous devons la porter ensemble.

Nuramon soupira.

— Tu l'auras voulu.

Mille pensées lui passèrent par la tête. N'avait-il pas la force d'accomplir seul ce crime de sang ? Avait-il secrètement désiré partager cette faute avec Farodin et allait-il céder pour cela ? Ou bien était-ce présomptueux de vouloir décider seul ? Farodin avait-il le droit de connaître l'exigence de la reine ?

— Je pars rechercher le fils de Noroelle et le tuer, dit Nuramon à voix basse.

Farodin et Mandred le regardèrent fixement, comme s'ils voulaient en entendre plus.

— Laissez-moi partir seul ! Tu entends, Farodin ! Attends ici le retour de Noroelle !

Il savait ce qui allait arriver. Il n'y avait plus de retour possible.

Farodin, comme assommé, secoua la tête.

— Non, je ne peux pas le faire. Tu attends de moi que je reste assis là à attendre Noroelle ? Que lui dirai-je quand elle reviendra ? Que je t'ai laissé partir tout en sachant que tu tuerais son fils ? À présent que je le sais, il ne me reste plus que deux possibilités : soit je t'empêche de partir, soit je pars avec toi… Te retenir ici n'aidera pas Noroelle. Pour la sauver, je dois donc partager ton destin.

Mandred secoua la tête, abasourdi.

— Ô Luth, quelle toile as-tu tissée à ces elfes !

— On dirait que tes dieux ne nous veulent pas de bien, confirma Nuramon. Mais, dans le fond, nous en sommes responsables. La reine m'a rappelé notre échec dans la grotte.

Il fit part à ses compagnons du reproche d'Emerelle.

— Est-ce notre faute si nous ne sommes pas des albes ? s'emporta Mandred.

— S'il en est ainsi, alors nous sommes nés avec cette faute. Et toute notre existence est placée sous cette souillure. (Farodin fit une longue pause.) Il semble que nous ne trouverons plus devant nous que de sombres sentiers. Partons !

Nuramon se tourna vers le fils d'hommes.

— C'est ici que nos chemins se séparent, Mandred. Tu as trouvé ton fils. Donne-toi du temps pour lui et sois maintenant au moins le père que le destin lui a volé. Tu n'es pas maudit comme nous. Va ton chemin et laisse-nous suivre notre funeste destin.

Le fils d'hommes prit un air affligé.

— Foutues fadaises d'elfes ! Si la reine dit que nous aurions dû vaincre le démon, c'est donc que j'ai failli, moi aussi. Dès lors, nos chemins sont liés.

— Mais ton fils ! objecta Farodin.

— Il nous accompagnera. Il faut bien que je voie s'il vaut quelque chose. Ne le prenez pas mal… mais je n'arrive pas à penser que ce soit bon pour un garçon de vivre à la cour des elfes. Ici, les parfums vous collent les poumons. Et puis ces lits douillets, ces mets raffinés… Probablement qu'il n'a jamais appris à étriper un cerf et à laisser reposer la viande quelques jours afin de l'attendrir. Alors, n'essayez pas de m'empêcher de le prendre avec nous. Dorénavant, je ne connais plus qu'une devise : « Où vous allez, Mandred ira aussi ! »

Nuramon échangea un regard avec Farodin. Ils connaissaient maintenant suffisamment bien cette tête de mule pour savoir qu'ils avaient peu de chance de le faire changer d'avis. Farodin acquiesça d'un léger signe de tête.

— Mandred Aïkhjarto ! commença Nuramon… Tu as la persévérance du vieil Atta. Si c'est là ton désir… Ce sera pour nous un honneur de t'avoir à nos côtés.

— Alors, quand est-ce qu'on part ? s'empressa de demander Mandred.

Farodin ne laissa pas à Nuramon le temps de répondre.

— Tout de suite. Avant que l'on nous aperçoive.

Mandred eut un rire satisfait.

— Alors, ouste ! Allons-y ! Juste le temps de préparer mes affaires.

Sur ces mots, il quitta la pièce.

— Le fils d'hommes fait tellement de bruit que nous aurons du mal à passer inaperçus, constata Farodin.

— Quel âge peut-il avoir ? Ça vit combien de temps un humain ?

— Je ne sais pas exactement. Peut-être une centaine d'années ?

— Il est prêt à sacrifier un temps précieux de sa courte existence pour nous aider. Crois-tu qu'il se doute du temps que nous allons mettre pour trouver l'enfant ?

— Je ne saurais le dire. Mais je ne suis pas sûr que cela le préoccupe. N'oublie pas le pouvoir d'Atta Aïkhjarto. Le vieux chêne l'a changé quand il l'a sauvé. Il n'est plus comme les autres humains.

Nuramon hocha la tête.

— Je me demande si on peut encore connaître pire ? lâcha brusquement Farodin.

— En exécutant les ordres de la reine, nous délivrerons Noroelle, mais il nous faudra pour toujours vivre avec son mépris. Que pourrait-il y avoir de pire ?

— Je vais chercher mes affaires, fut tout ce que Farodin trouva à répondre.

Il quitta doucement la chambre.

Nuramon se plaça devant la fenêtre et leva les yeux vers la lune. *Le mépris de Noroelle*, pensa-t-il tristement. Il pouvait y avoir encore pire. Il était possible qu'elle se désespère que ses bien-aimés aient tué son fils. Le destin, ou Luth – comme Mandred l'appelait – l'avait menée sur un sentier douloureux. Mais il fallait bien que le bonheur se lève un jour.

Farodin ne mit pas longtemps à revenir. Ils attendirent en silence le fils d'hommes. Soudain, des voix retentirent dans le couloir.

— C'est la vengeance par le sang, disait Mandred.

— La vengeance ne peut plus rien changer. Ma mère est morte. Et que vient faire le fils de Noroelle là-dedans ?

— Il est aussi le fils du devianthar. La faute de son père s'est reportée sur lui.

— Mais c'est complètement stupide ! rétorquait Alfadas.

— Alors, c'est ça que les elfes t'ont appris ! Dans mon monde, un fils obéit à son père ! Et c'est ce que tu vas faire maintenant !

— Sinon, qu'est-ce qui va se passer ?

Nuramon et Farodin se regardèrent. Tout à coup, un silence de mort se fit devant la porte.

— Que font-ils ? demanda Nuramon à voix basse.

Farodin haussa les épaules.

La porte s'ouvrit brusquement. Mandred avait la tête écarlate.

— J'ai amené mon fils. Il se trouve honoré de nous accompagner.

Farodin et Nuramon empoignèrent leurs sacs.

— Partons ! dit Nuramon.

Alfadas attendait devant la porte. Il évita le regard de Nuramon, comme s'il avait honte de son père.

Ils descendirent sans bruit vers les écuries. La lumière y brillait encore malgré l'heure tardive. Un palefrenier à pattes de bouc leur ouvrit le portail. Il n'était pas seul. Quatre elfes à la longue cape grise se trouvaient près des chevaux. Tous équipés comme pour partir en guerre. Ils portaient de fines cottes de mailles et étaient bien armés. Leur chef se retourna et adressa un léger sourire à Mandred.

— Ollowain ! gémit le fil d'homme.

— Bienvenue, Mandred ! répliqua le guerrier avant de se tourner vers Nuramon. À ce que je vois, tu t'es choisi des compagnons d'armes. Cela va augmenter notre force au combat.

Alfadas fut surpris.

— Maître !

Mandred grimaça comme s'il avait reçu un coup de sabot dans les parties.

Nuramon savait ce que Mandred pensait d'Ollowain. Le destin lui avait joué un mauvais tour en faisant précisément de ce guerrier elfe un maître pour son fils.

Il s'avança.

— La reine vous a-t-elle appelés ? demanda-t-il à Ollowain.

— Oui. Elle nous a demandé de nous tenir prêts ici. Elle savait que tu ne perdrais pas de temps.

— Vous a-t-elle dit aussi en quoi consistait cette mission ?

Ollowain perdit son sourire.

— Oui. Nous devons tuer l'enfant du démon. Je ne puis ressentir ce qui se passe en vous, mais je m'imagine combien ce chemin doit vous être amer. Ne voyons pas le fils de Noroelle dans cet enfant, mais celui du devianthar ! C'est l'unique façon d'accomplir notre mission !

— Nous nous y efforcerons, répondit Farodin.

Ollowain leur présenta ses compagnons.

— Voici ma garde, les meilleurs guerriers du Shalyn Falah. Yilvina est un vrai feu follet dans le combat à deux épées courtes.

Il désigna l'elfe gracile à sa gauche. Elle avait de courts cheveux blonds et répondit au regard de Nuramon avec un sourire espiègle.

Ensuite, Ollowain présenta Nomja, une guerrière de haute stature. Elle devait être très jeune, ses traits fins avaient encore quelque chose d'enfantin. Elle s'appuyait sur son arc comme un champion aguerri, mais on voyait bien qu'elle prenait la pose.

— Et voici Gelvuun.

Le guerrier portait une épée longue dans le dos ; la poignée dépassait de son manteau. Il resta indifférent au regard de Nuramon. L'elfe ne s'en étonna pas, il avait déjà entendu parler de Gelvuun. Ce guerrier passait pour être un rude batailleur. Certains prétendaient même qu'il existait des trolls plus aimables que lui. Mais personne ne se moquait de lui en sa présence.

Ollowain se dirigea vers son cheval et saisit une hache à long manche qui pendait à sa selle d'armes. Il se retourna prestement et la lança vers Mandred.

Nuramon sentit son cœur s'arrêter de battre, mais il fut soulagé de voir Mandred attraper la hache au vol. Le fils d'hommes caressa presque tendrement les deux tranchants de l'arme et admira les deux nœuds d'elfes entrecroisés qui l'ornaient.

— Bel ouvrage. (Mandred se tourna vers son fils.) Voici l'arme d'un homme.

Il voulut la rendre à Ollowain, mais celui-ci secoua la tête.

— Garde-la en cadeau, Mandred. Dans le Monde des Humains, il faut toujours s'attendre à avoir des problèmes. J'ai hâte de voir si tu combats mieux à la hache qu'à l'épée.

Mandred s'amusa à fouetter l'air de sa hache.

— Une arme bien équilibrée. (Soudain, il s'arrêta et colla une oreille contre la lame.) Vous entendez ? chuchota-t-il. Elle appelle le sang.

Nuramon sentit son estomac se nouer. Ollowain avait-il offert à Mandred une arme maudite ? Il avait entendu de sombres histoires au sujet d'épées qui versaient le sang dès qu'on les dégainait. C'étaient des armes de colère, forgées dans les pires jours de la Première Guerre des Trolls.

Un silence inquiétant s'était établi sur le groupe. Mandred était sans doute le seul à entendre l'appel de la hache, mais cela ne voulait rien dire.

Finalement, Alfadas se dirigea vers un des boxes au fond de l'écurie et sella son cheval, rompant ainsi la chape de silence.

Nuramon se tourna vers le palefrenier.

— La reine a-t-elle préparé des chevaux pour nous ?

L'homme à pattes de bouc désigna du menton la droite.

— Ils sont là.

Nuramon n'en crut pas ses yeux. Il y avait là son destrier blanc.

— Felbion ! s'écria-t-il en allant vers lui.

Farodin fut aussi surpris de revoir son coursier brun. Et même Mandred s'exclama :

— Par tous les dieux, mais c'est ma jument !

Ils conduisirent leurs montures vers Ollowain.

— Comment est-ce possible ? s'étonna Nuramon. Nous avons été contraints de les abandonner dans l'Autre Monde.

— Nous les avons trouvés près du cercle de pierres au bord du fjord. Ils vous y attendaient, expliqua Ollowain. (Il jeta un regard au palefrenier.) Ejedin s'est bien occupé d'eux. C'est la vérité, non ?

— Pour sûr, répondit le faune. Même que la reine est venue plusieurs fois les voir.

Nuramon ressentit ce signe du destin comme étant de bon augure. Farodin sembla lui aussi retrouver une meilleure humeur. Nuramon avait remarqué que son compagnon se montrait très distant envers Ollowain. Il ne s'agissait pas d'une aversion comme celle de Mandred. Peut-être Farodin n'accordait-il plus autant de confiance à la reine qu'auparavant, et comme Ollowain servait la reine, il devait certainement s'en méfier.

Le matin s'approchait de ses ailes d'argent quand la compagnie sortit les chevaux dans la cour. Le calme régnait encore au château. Seuls les gardes les verraient partir. Le contraste avec leur précédent départ ne pouvait être plus grand. Ils étaient alors partis en pleine lumière, tels des héros. À présent, ils se sauvaient en cachette, comme des assassins.

La saga d'Alfadas Mandredson

Le Premier voyage

Dès cet hiver-là, Mandred et Alfadas quittèrent côte à côte le royaume des enfants d'albes. Le père voulait s'assurer que son fils était son digne successeur. Ils partirent donc avec les princes elfes Faredred et Nuredred en quête d'aventures. Ils ne se dérobèrent à aucun combat et celui qui se mettait en travers de leur chemin le regrettait avant que le premier coup soit porté. Alfadas suivit son père en des endroits qu'aucun homme des Fjords n'avait jamais vus. Cependant, le fils de Torgrid se souciait trop de son rejeton. Il lui enseignait le maniement de la hache, mais ne lui permettait que rarement d'éprouver ses connaissances. Et chaque fois que le péril était grand, le fils de Mandred devait surveiller les chevaux ou le camp.

Une année passa. Alors, Alfadas dit à Mandred :

— Père, comment vais-je apprendre à être comme toi, si tu me gardes de tout danger ? Si tu redoutes toujours qu'il m'arrive quelque chose, jamais je ne serai le jarl de Firnstayn.

Là, Mandred reconnut qu'il avait jusqu'alors privé de toute gloire sa chair et son sang. Il demanda conseil aux princes elfes. Ceux-ci lui dirent d'éprouver son fils. Alors, Mandred se glissa dans la nuit pour gravir une montagne périlleuse. Au sommet, il planta sa hache dans le sol et retourna dans la vallée sans elle.

Le lendemain matin, il dit à Alfadas :

— Grimpe sur cette montagne et va chercher ce que j'y ai caché tout en haut.

Alors, Alfadas suivit le chemin indiqué par Mandred. À peine son fils fut-il parti, que Mandred fut en grand souci, car la montée était fort hasardeuse. Toutefois, Alfadas s'efforça d'escalader la montagne et trouva finalement une grotte juste avant le sommet. Là, une épée était prise dans la glace. Il s'en empara et grimpa jusqu'au sommet pour jouir de la vue. Il y trouva la hache de son père. Alfadas l'y laissa et redescendit dans la vallée retrouver les autres. Ils s'étonnèrent en voyant la lame étrangère. Seul Mandred se courrouça :

— Fils ! Ce n'est pas ici l'arme que j'ai cachée là-haut.

Alors, Alfadas dit :

— Père, la seule arme que j'ai trouvée cachée là-haut était cette épée. Ta hache dépasse de la glace. Si j'avais le regard d'un aigle, je pourrais certainement la voir d'ici, tant elle est peu cachée. Tu m'as nommé le mauvais but, mais tu m'as montré le bon chemin.

Ainsi, Mandred dut une nouvelle fois gravir la montagne pour aller reprendre sa hache. Il revint en jurant. Faredred et Nuredred déclarèrent au fils de Torgrid qu'ils avaient reconnu une noble lame d'Albemark dans l'épée d'Alfadas. Mandred oublia aussitôt sa colère et se sentit fier de son fils. Cette épée était digne d'un roi. Alfadas décida d'en faire son arme à l'avenir, car Luth la lui avait offerte. À son père, il dit :

— La hache est l'arme du père, l'épée est l'arme du fils. Ainsi, père et fils jamais ne devront se mesurer l'un à l'autre.

Ils poursuivirent leur voyage ; cependant Mandred doutait toujours de son fils. Bientôt, ils traversèrent une montagne. On racontait qu'un troll y vivait dans une grotte. Dans la nuit, ils entendirent un martèlement et crurent que le troll voulait les effrayer. Alors, Faredred et Nuredred décidèrent d'aller abattre ce monstre, mais Mandred les retint. À son fils, il dit :

— À toi d'aller trouver ce troll ! Je te mesurerai à ton acte.

Alfadas se risqua à descendre dans la grotte du troll. Il le trouva debout à son enclume. En l'apercevant, le troll brandit son marteau. Alors, Alfadas le menaça de son épée et déclara :

— Une partie de moi voit un ennemi et dit : « Abats-le ! » Une autre voit le forgeron. À toi de décider ce que tu veux être !

Le troll choisit d'être son ennemi et se rua sur lui. Mais Alfadas esquiva ses lourds coups de marteau et lui fit sentir son épée. Alors, le troll abandonna et dit :

— Mon nom est Glekrel et si tu me laisses la vie sauve, je te ferai un cadeau royal.

Alfadas ne se fia pas au troll. Mais, quand il vit celui-ci sortir une armure d'elfe et la lui présenter en cadeau, Alfadas, tout à sa joie, retira son armure pour essayer l'autre. Mais avant qu'il ait pu se harnacher complètement, le troll fonça sur lui. Alors, le jeune preux fut pris d'une telle fureur qu'il lui trancha une jambe. Il s'empara de l'armure d'elfe et suivit son chemin. Aujourd'hui encore, cette armure est en la possession du roi et rappelle ces jours anciens. Les trolls eux-mêmes en connaissent l'histoire, car Glekrel survécut et raconta ce que le fils de Mandred lui avait fait.

Le lendemain matin, Alfadas partit retrouver ses compagnons. Et lorsque Mandred avisa son fils, il se sentit de nouveau empli de fierté d'être son père. Car Alfadas, à présent, avait véritablement l'apparence d'un roi.

Ensuite, les compagnons sillonnèrent les contrées du Sud et découvrirent une vaste mer et de puissants royaumes. Ils accomplirent de grandes actions, de sorte que leurs noms sont encore aujourd'hui sur toutes les lèvres. Un jour, ils mirent en déroute plus de cent guerriers d'Angnos pour sauver un village qui leur rappelait Firnstayn. Ils délivrèrent aussi les fêtes de Rileis de leurs esprits. Au cours de nombreux duels, Alfadas se montra un adroit combattant à l'épée pouvant rivaliser avec Faredred et Nuredred. Ainsi, deux autres années s'étaient écoulées, quand Mandred et Alfadas suivirent par amitié les princes elfes dans la ville d'Aniscans. La, les princes voulaient se mettre en quête d'un enfant hybride...

D'après le récit du scalde Ketil,
Tome II de la Bibliothèque du Temple de Firnstayn,
p. 42

Le guérisseur d'Aniscans

Trois années s'étaient écoulées depuis qu'ils avaient quitté Albemark et pourtant Nuramon découvrait chaque jour autre chose dans le Monde des Humains. Il s'était particulièrement intéressé aux langues humaines et s'en était approprié beaucoup. Tout en s'étonnant de voir la difficulté qu'avait Mandred à les apprendre. Alfadas, que Mandred appelait toujours « Oleif », sans que son fils parvînt à s'habituer à ce nom humain, connaissait aussi les mêmes difficultés. Le fait d'avoir grandi chez les elfes ne semblait pas lui être d'une grande utilité ici. Les humains étaient étranges !

Jusqu'à présent, leur quête du fils de Noroelle s'était montrée vaine. Ils avaient traversé les vastes forêts de Drusna, parcouru le royaume d'Angnos dévasté par la guerre, mené pendant des lunes leurs recherches sur les îles aegiléennes largement dispersées et finalement atteint le royaume de Fargon. C'était un pays vert et fertile, qui ne demandait qu'à être conquis par les humains, comme Mandred se plaisait à le dire. Beaucoup de réfugiés d'Angnos étaient venus s'y installer en y apportant leurs croyances. Parmi les rares humains vivant ici depuis des générations, certains croisaient ces étrangers avec curiosité, d'autres les ressentaient comme une menace.

Les compagnons avaient suivi beaucoup de pistes. Leur seul espoir était que le fils d'une elfe et d'un devianthar possédât à coup sûr des pouvoirs magiques. S'il venait à en faire usage, il se ferait remarquer. On parlerait de lui. Ainsi, ils recherchaient parmi les humains toute histoire parlant de magie ou de miracles. Jusqu'alors, leurs attentes avaient été déçues.

Tandis que les elfes et Alfadas persévéraient dans leur quête, Mandred, l'âge venant, manquait de plus en plus de patience. Il se saoulait souvent comme s'il voulait oublier qu'une vie d'humain ne suffirait pas à rechercher le fils du démon.

Nuramon s'étonnait de voir Alfadas, contrairement à son père, garder son calme d'elfe. Il supportait même l'enseignement de Mandred avec une patience proche du sacrifice. Alfadas ne paraissait pas avoir hérité grand-chose de son père, sauf peut-être sa tête de mule, car trois ans après, il refusait toujours de reconnaître la hache comme reine de toutes les armes, ce qui visiblement procurait un grand plaisir à Ollowain.

Un nouveau printemps s'était annoncé et ils descendirent des montagnes pour suivre une piste dans la ville d'Aniscans. Nomja, Yilvina et Alfadas s'étaient depuis longtemps liés d'amitié et ils en oubliaient parfois le sérieux nécessaire à leur quête. Gelvuun préférait rester seul et ne desserrait pas souvent les dents. Farodin avait un jour prétendu que les trolls les lui avaient autrefois toutes cassées, ce qui expliquait pourquoi il n'ouvrait plus la bouche. Nuramon se demandait encore s'il ne s'agissait que d'une plaisanterie.

Parmi eux, Ollowain était le seul à ne jamais perdre de vue la tâche à accomplir. Il les poussait toujours à ne pas séjourner trop longtemps à un endroit et à partir tout de suite voir ailleurs, chaque fois qu'une piste se révélait infructueuse.

Farodin, en revanche, quittait le groupe quand il le pouvait. C'était toujours lui qui se proposait pour repérer le chemin. Nuramon avait parfois l'impression qu'il ne recherchait pas l'enfant, mais qu'il suivait en secret une autre piste. Peut-être essayait-il aussi de retarder le voyage pour ne pas avoir à commettre un crime de sang sur le fils de Noroelle.

Mandred chevauchait en tête à côté de Nuramon ; ensemble ils faisaient descendre leur petite troupe entre les collines. Le fils d'hommes, dont Nuramon avait accepté l'amitié dans la grotte de glace, distrayait souvent les elfes. Nuramon se réjouissait de son don d'amuseur qui leur faisait oublier un moment la raison qui les avait mis en chemin.

— Tu te rappelles ces bandits que nous avons rencontrés ? demanda Mandred avec un sourire.

Le fils d'hommes n'avait pas la même notion du temps qu'un elfe. Une seule année passée lui suffisait à se griser de souvenirs. Le plus étrange, c'était que cette impression d'avoir vécu une foule de choses et d'avoir vu ainsi s'écouler beaucoup de temps commençait à gagner Nuramon.

— Des bandits ? Quels bandits ?

Ils en avaient rencontré plus d'un. La plupart n'avaient pas demandé leur reste pour filer.

— Les premiers que nous avons rencontrés. Ceux qui se sont vraiment défendus.

— Je m'en souviens.

Comment oublier les pilleurs d'Angnos ! Lui et les autres elfes portaient leurs manteaux à capuche et, à première vue, rien ne laissait deviner en eux des enfants d'albes. Les voleurs s'en étaient ensuite aperçus brutalement. Ils avaient été assez stupides pour ne pas vouloir abandonner, parce que, vu leur nombre, ils se croyaient nettement supérieurs. Ils avaient alors appris à leurs dépens que le nombre ne fait pas la force.

— Ça c'était de la bataille ! (Mandred jeta un regard circulaire.) Ça ne me déplairait pas de trouver ici quelques pendards aux aguets.

Nuramon ne répondit pas. Ce désir de Mandred ne pouvait signifier qu'une chose : ce soir, Alfadas devrait encore une fois se tenir prêt pour un exercice. Mandred n'arrêtait pas de vouloir enthousiasmer son fils pour les combats à la hache. Pourtant, Alfadas lui avait prouvé à plusieurs reprises qu'il pouvait le vaincre avec son épée. Chaque fois que Mandred avait dû s'incliner, Nuramon n'avait pas bien compris ce que le guerrier avait ressenti. S'était-il trouvé fier ou vexé ? Parfois, Nuramon le soupçonnait de s'être secrètement retenu à l'entraînement, par crainte de blesser son fils.

Ils atteignirent la crête d'une colline qui offrait une large vue sur l'immensité de la plaine en contrebas. Nuramon désigna la ville sur la rive ouest.

—Aniscans ! Nous allons enfin quitter les régions désertes.

—Eh bien, ce n'est pas trop tôt ! On va pouvoir enfin trouver une taverne et se jeter quelque chose de potable dans le gosier ! C'est pas pour dire, mais ça fait un bon moment que mon estomac se demande si on ne m'aurait pas coupé la tête. (Mandred fit claquer sa langue.) Dites-moi, vous croyez qu'ils ont de l'hydromel en bas ?

Mandred semblait presque en avoir oublié son chagrin pour Freya. Mais Nuramon, derrière cette apparence, devinait un homme qui voulait cacher et faire taire sa douleur.

Ils descendirent la pente au pas. Au pied de la colline, une route menait droit à la ville. Un pont à sept arches, au tablier plat, enjambait le large lit d'un fleuve. Ses eaux gonflées par la fonte des neiges charriaient du bois arraché aux montagnes. Sur le pont, des hommes munis de longues perches empêchaient les troncs à la dérive de se mettre en travers des piles et de faire barrage à l'eau.

La plupart des maisons d'Aniscans étaient en moellons d'un brun clair. De construction massive, elles se serraient étroitement. Avec pour seule décoration, leurs toits de bardeaux rouges. Des vignes étaient plantées tout autour de la ville. *Mandred aura de quoi se saouler ici*, pensa amèrement Nuramon.

—Quel pays de fous ! s'exclama soudain le fils d'hommes. Non mais, regardez-moi ça ! Une ville aussi riche, et même pas de mur d'enceinte ! Firnstayn est encore mieux protégé.

— On ne s'attendait pas à ta visite, père, dit Alfadas en riant.

Les autres compagnons rirent aussi de bon cœur. Même Gelvuun se fendit d'un sourire.

Mandred rougit.

— La légèreté est la mère de tous les malheurs, dit-il ensuite gravement.

Ollowain éclata de rire.

— Le soleil printanier aurait-il fait fondre la carapace glacée de notre chef barbare pour laisser, ô miracle, apparaître un philosophe ?

— Je ne sais pas ce que « filosoff » peut signifier comme injure, mais je peux t'assurer que le chef barbare ne va pas tarder à t'enfoncer sa hache dans la gorge !

Ollowain croisa les bras et fit mine de trembler.

— Oh, voici l'hiver revenu brutalement geler les plus belles fleurs du printemps.

— Tu viens de me comparer à des fleurs, là ? grogna Mandred.

— Rien qu'une allégorie, mon ami.

Le fils d'hommes fronça les sourcils. Puis il hocha la tête.

— J'accepte tes excuses, Ollowain.

Nuramon se mordit les lèvres pour ne pas éclater de rire. Il fut heureux d'entendre Alfadas entonner un chant afin de mettre un terme à cette malheureuse dispute. Ce garçon avait une très belle voix… pour un humain.

En longeant le fleuve, ils rencontrèrent des étables et de petites fermes. Le long du chemin, le bétail paissait dans les près. Ici, le paysage semblait étrangement en désordre. Pendant tout ce temps passé dans les royaumes humains, Nuramon n'avait pas réussi à s'habituer à ce monde différent. Mais il avait appris à voir la beauté dans l'étrangeté.

Les maisons de la ville se pressaient autour d'une colline sur laquelle s'élevait un temple. Ses murs étaient entourés d'échafaudages et l'on pouvait entendre les coups de marteau des tailleurs de pierre bien au-delà du fleuve. C'était une sobre construction aux murs épais comme ceux d'une tour de forteresse et pourtant un charme particulier se dégageait de sa simplicité grossière. Elle semblait vouloir dire à l'observateur étranger qu'il n'y avait rien ici qui pût distraire le croyant, car aucune œuvre d'art ne pouvait se mesurer à la beauté de la vraie foi.

Nuramon pensa à ce vieux prédicateur itinérant qu'ils avaient rencontré dans les montagnes, quelques jours auparavant. Les yeux brillants, l'homme leur avait parlé d'Aniscans et du prêtre dont le nom était apparemment sur toutes les lèvres : Guillaume. L'homme avait rapporté que celui-ci prononçait avec une telle ferveur le nom du dieu Tjured que la force de ses mots gagnait ses auditeurs. On disait que des paralytiques se remettaient à marcher quand ils l'entendaient et qu'il touchait leurs jambes. Son pouvoir magique paraissait chasser toute souffrance et vaincre tout poison.

Ces trois dernières années, combien de fois n'avaient-ils pas suivi ce genre de bruits ! Ils s'en étaient trouvés déçus chaque fois. Ils cherchaient un homme d'une trentaine d'années opérant des miracles. Cette mince description correspondait à Guillaume tout comme elle avait correspondu à plus d'une dizaine d'autres dont aucun ne possédait de forces magiques. Les humains étaient bien trop simplets ! Ils étaient prêts à croire n'importe quel charlatan capable de les persuader de ses pouvoirs magiques.

Le prêtre itinérant avait raconté que, dans son enfance, là où s'élevait aujourd'hui la ville, il n'y avait rien d'autre qu'un cercle de pierres où les hommes se rencontraient aux jours de solstice pour sacrifier à leurs dieux.

Nuramon leva les yeux. Le cercle de pierres avait sans doute couronné autrefois la petite colline où l'on travaillait actuellement au temple.

Les sabots de leurs montures tambourinèrent sur les pavés du pont. Quelques travailleurs se retournèrent. Ils portaient de simples sarraus et des chapeaux à large bord en paille tressée. Ils inclinèrent la tête avec humilité. Les guerriers jouissaient sans doute d'un grand prestige dans ce royaume.

Nuramon balaya les maisons du regard. Leurs murs massifs de pierre brute les faisaient paraître solides. Comparées à ce que les humains produisaient d'ordinaire, elles n'étaient pas mal faites. La plupart des murs étaient droits et seuls quelques toits s'incurvaient sous le poids des bardeaux.

Avant de quitter le pont, Mandred et Alfadas se placèrent en tête de la petite troupe de cavaliers. Il fallait faire comprendre à qui les voyait que des princes du Grand Nord étaient arrivés avec leur mystérieuse escorte. Les habitants les regardèrent avec grand étonnement, mais vaquèrent bientôt de nouveau à leurs occupations. Apparemment, on était habitué ici à voir des étrangers.

La ville connaissait une agitation qui n'avait rien à voir avec eux. Plus les compagnons s'approchèrent du temple, plus ils le remarquèrent. Quelque chose se passait à Aniscans. Toute la ville semblait être sur pied. Les gens se pressaient dans les ruelles étroites grimpant à flanc de colline. Bientôt, les chevaux ne purent plus avancer. Les compagnons mirent pied à terre et menèrent leurs montures dans la cour d'une taverne où Nomja, l'archère, resta avec eux. Ensuite, ils se glissèrent de nouveau parmi la foule qui se dirigeait sans doute vers le temple. Il régnait une ambiance qui rappela à Nuramon une noce de kobolds. Tout le monde courait dans tous les sens, tout le monde était de bonne humeur.

Nuramon saisit au hasard des bribes de conversation. Il était question du guérisseur miraculeux et de ses pouvoirs légendaires. On racontait qu'il avait guéri la veille un enfant qui avait failli s'étouffer et il se disait aussi que de plus en plus d'étrangers affluaient pour le voir. Un vieil homme expliquait fièrement que le roi avait invité Guillaume à résider à sa cour, mais que le prêtre avait apparemment refusé de quitter la ville.

La petite troupe finit par atteindre la place du temple. La foule était si dense qu'il était difficile d'estimer le nombre de personnes rassemblées ; il devait y en avoir des centaines. Coincé parmi tous ces gens qui se poussaient, Nuramon se sentit de plus en plus mal en respirant leurs odeurs de sueur, d'habits sales, de graisse rance et d'oignon. Du coin de l'œil, il vit

Farodin porter un linge parfumé à son nez. Il aurait aimé pouvoir l'imiter. Les hommes et la propreté ne faisaient pas bon ménage… comme il le savait depuis longtemps, grâce à Mandred. Ces trois dernières années, Nuramon était devenu un peu moins sensible aux odeurs diverses qui caractérisaient principalement les villes. Mais ici, dans cette foule, la puanteur était véritablement insupportable.

Soudain, une voix s'éleva loin devant. Nuramon tendit le cou, mais dans la cohue, il ne parvint pas à voir l'orateur. Il semblait se trouver près du grand chêne au centre de la place.

La voix était harmonieuse, et le prédicateur bien versé dans l'art de la rhétorique. Il accentuait soigneusement chaque syllabe comme le faisaient les philosophes de Lyn qui disputaient pendant des siècles pour mener à la perfection leurs possibilités vocales. En fait, l'art consistait moins à argumenter pour convaincre qu'à émettre des paroles d'une manière telle que l'esprit succombe à la voix. Ce que cet homme réalisait là s'apparentait à de la magie.

Les gens tout autour ne prêtèrent plus attention à Nuramon ni à ses compagnons, tant ils étaient suspendus aux lèvres de l'orateur.

Farodin se faufila à côté de Nuramon.

— Tu entends cette voix ?

— Envoûtante, n'est-ce pas ?

— C'est bien ce qui m'inquiète. Peut-être touchons-nous au but.

Nuramon se tut. Il redoutait ce qu'il leur faudrait faire si c'était vraiment le fils de Noroelle qui parlait là-bas.

— Ollowain, dit Farodin, Tu vas emmener Yilvina et Gelvuun. Vous allez prendre par la gauche. Mandred et Alfadas, vous prendrez par le centre. Nuramon et moi, nous prendrons par la droite. Nous allons d'abord nous contenter de l'observer. Ici, au milieu de cette foule, nous ne pouvons rien faire d'autre.

Les compagnons se séparèrent et Nuramon passa devant Farodin. Ils se frayèrent prudemment un passage parmi tous ces gens pris sous le charme de l'orateur. La voix du prêtre couvrait nettement les murmures de la foule.

— Accepte la force de Tjured, disait-il avec une grande douceur. C'est un cadeau que je t'offre de sa part.

Peu de temps après, quelqu'un s'écria :

— Regardez ! Il est guéri ! La plaie s'est refermée !

Des cris de joie s'élevèrent sur la place.

Une vieille femme sauta au cou de Nuramon et l'embrassa sur la joue.

— Un miracle ! exulta-t-elle. Il a encore fait un miracle ! Il est la bénédiction de cette ville !

Nuramon regarda la vieille femme sans comprendre. Il devait véritablement s'agir d'un miracle pour la faire ainsi embrasser un étranger.

Alors, ils virent devant eux le prédicateur se détacher de la foule. Il aidait un homme visiblement soulagé à se relever.

— Voici la puissance de Tjured, notre dieu !

Nuramon se figea à la vue du guérisseur. Près de lui, il sentit Farodin s'arrêter aussi en plein mouvement.

Le prêtre grimpa sur le muret de la fontaine proche du chêne pour s'adresser à la foule. Nuramon ne prêta guère attention à ses paroles. Il était captivé par l'attitude et les gestes de cet homme. Guillaume avait des cheveux noirs qui lui tombaient sur les épaules. Comme tous les prêtres de Tjured, il portait une robe bleu nuit. Il avait le visage ovale, un nez étroit, un menton doux et une bouche bien dessinée. Si Noroelle avait eu un frère jumeau, il aurait sans doute ressemblé à ce prêtre.

Cet homme était son fils !

Nuramon vit Guillaume se tourner vers un vieil homme aux cheveux gris, dont la main paraissait raide. Il le vit saisir la main de cet homme et prononcer une prière.

Au même instant, Nuramon sursauta. Il avait senti quelque chose s'emparer de lui… à l'intérieur. Comme si une main puissante avait touché son âme. Cette sensation étrange ne dura que l'espace d'une seconde. Mais l'elfe recula en chancelant et heurta une jeune femme.

— Tu ne te sens pas bien ? s'inquiéta cette dernière. Tu es tout pâle.

Il secoua la tête et se fraya un passage dans la foule qui encerclait étroitement la fontaine.

L'homme qui avait vu Guillaume venir à lui leva sa main. Il serra le poing et étendit de nouveau les doigts.

— Il m'a guéri ! cria-t-il en s'éraillant la voix. Guéri !

Puis il se jeta aux pieds du prêtre pour embrasser l'ourlet de sa robe.

Guillaume parut gêné. Il prit le vieil homme par les épaules et le releva.

Il pratique la magie comme sa mère, pensa Nuramon. La reine s'était trompée. Le fils de Noroelle n'était pas l'enfant d'un démon. Bien au contraire. C'était un guérisseur.

Soudain, un cri jaillit dans la foule :

— Guillaume ! Guillaume ! Un homme à terre !

— Il est mort ! cria la voix stridente d'une femme.

— Amenez-le-moi, commanda calmement le guérisseur.

Deux hommes solides portant un tablier en cuir amenèrent une frêle silhouette à la fontaine. Un homme en manteau gris ! Guillaume rejeta en arrière la large capuche : Gelvuun gisait devant le guérisseur.

Troublé, Nuramon regarda Farodin. Celui-ci lui fit comprendre par un geste qu'il s'agissait d'attendre. Ensuite, il chuchota :

— J'espère que Mandred ne va pas faire des siennes !

Des murmures parcoururent les premiers rangs. Guillaume avait rejeté en arrière les cheveux de Gelvuun. Celui-ci, d'ordinaire si grincheux, semblait à présent paisible comme un enfant endormi.

Guillaume se pencha sur lui. Le prêtre paraissait bouleversé. Était-ce simplement dû à la vue de l'elfe ou à autre chose ? Nuramon n'aurait su le dire. Alors, Guillaume se retourna, et Nuramon sentit le regard du fils de Noroelle passer sur lui. Un frisson glacé lui parcourut le dos. Les yeux du guérisseur étaient d'un bleu radieux.

Le prédicateur se leva et dit :

— Cet homme n'est pas sous la protection de Tjured. C'est un enfant d'albes, pas un humain. Plus personne ne peut l'aider. Il est venu trop tard ici. Et je ne vois pas quelle était sa maladie. Il semble que son cœur ait simplement cessé de battre. Mais on dit que les enfants d'albes ont aussi la destinée d'une existence au-delà de la vie. Alors, priez pour son âme. J'enterrerai son corps avec tous les honneurs, même s'il n'a jamais prié Tjured. La grâce de notre Seigneur est infinie. Il prendra aussi cet enfant d'albes en pitié.

Une nouvelle fois, Nuramon sentit passer sur lui le regard de Guillaume. Ces merveilleux yeux bleus avaient quelque chose de paralysant.

— Viens, Nuramon, chuchota Farodin. Il faut partir.

Il attrapa son compagnon et le tira derrière lui dans la foule compacte. Nuramon n'arrivait plus à chasser de sa tête le visage et les yeux de Guillaume. C'étaient le visage et les yeux de Noroelle !

Il se sentit brusquement secoué.

— Réveille-toi, dit sans ménagement Farodin.

Nuramon, étonné, regarda autour de lui. Ils avaient quitté la place et se trouvaient de nouveau dans une étroite ruelle. Il n'avait pas remarqué le parcours qu'ils avaient suivi.

— C'était le visage de Noroelle ! s'exclama-t-il.

— Je sais. Allez, viens !

Ils retrouvèrent Nomja et les chevaux. Mandred et Alfadas les rejoignirent dans la cour quelques instants après. Ils soutenaient Yilvina, entre eux. La jeune elfe, toute pâle, ne semblait plus pouvoir tenir sur ses jambes.

Mandred était hors de lui.

— Vous avez vu ça ? Bon sang ! Que s'est-il passé ?

Farodin jeta un regard autour de lui.

— Où est Ollowain ?

Alfadas montra l'entrée de la cour.

— Le voici !

La peur se lisait sur le visage du maître des Épées.

— Venez ! Nous ne sommes plus en sécurité ici. (Il jeta de nouveau un coup d'œil vers la rue.) Tenons-nous à distance de cet enfant de démon. Allez ! En selle et fichons le camp d'ici !

— Qu'est-il arrivé à Gelvuun ? demanda Nomja.

Nuramon ne répondit pas. Il pensait à la puissance étrangère qui s'était emparée de son être intime, aux yeux bleus et à Guillaume dont chaque geste lui rappelait Noroelle. À présent, Gelvuun était mort, et Yilvina avait un air si pitoyable qu'on l'eût dite échappée de peu à la mort.

— Que s'est-il passé ? demanda à son tour Ollowain en se tournant vers l'elfe blême.

Yilvina avait du mal à respirer.

— Il a continué à s'approcher… Presque jusqu'au premier rang de la foule. À l'instant où le prêtre a saisi la main du vieil homme… (Elle leva les yeux vers le ciel : des yeux pleins de larmes.) Je ne sais comment le décrire… C'était comme si des griffes pénétraient dans ma poitrine pour m'arracher le cœur. (Elle éclata en sanglots) C'était… J'ai cru sentir la mort… La mort éternelle, sans espoir de renaissance ou de rejoindre la Lumière de la Lune. Si je n'étais pas restée quelques pas en arrière…

Elle fut incapable de poursuivre.

— Il vous a repérés et attaqués tout de suite ? demanda Nomja.

Ollowain hésita.

— Je ne sais pas très bien… Je ne crois pas qu'il s'agissait d'une attaque. C'est arrivé au moment où il guérissait le vieil homme. J'ai senti sa puissance… Yilvina a raison. Moi aussi, j'ai soudain senti la mort.

Mandred se tourna vers Nuramon.

— Comment s'y est-il pris ?

Le fils d'hommes surestimait les capacités de Nuramon. Pour la simple raison qu'il s'était une fois dépassé en guérissant Farodin, Mandred l'interrogeait pour tout ce qui, d'après lui, avait plus ou moins rapport avec la magie.

— Je n'en sais rien, Mandred.

— Mais, moi, je peux te le dire ! intervint Ollowain. La magie du fils du démon est totalement mauvaise ! Elle peut tous nous tuer sur-le-champ. Un simple charme guérissant un humain peut nous anéantir. Maintenant, je comprends le danger que la reine voit dans le fils de Noroelle. Nous devons le tuer.

— Non, nous ne le ferons pas ! protesta Nuramon d'un ton décidé. Nous le conduirons à la reine !

— Ce faux guérisseur peut tous nous détruire par un seul de ses charmes ! s'écria Ollowain. Tu comprends ?

— Oui.

— Comment veux-tu le contraindre à quitter la ville ?

— Je ne le contraindrai pas. Il nous suivra de son plein gré. Il ne connaissait pas l'effet de ses mains guérisseuses sur nos compagnons. Il n'est pas l'enfant de démon auquel s'attendait la reine.

— Tu veux te dresser contre elle ? Elle nous a envoyés le tuer !

— Non, Ollowain. C'est moi que la reine a envoyé le tuer. Moi seul aurai à me justifier devant elle.

— Je ne sais pas si je peux laisser faire ça, dit lentement Ollowain. Pourquoi, Nuramon ? Pourquoi as-tu changé d'avis ?

— Parce que j'ai le sentiment que ce serait une erreur fatale de tuer Guillaume. Rien de bon ne peut en résulter. Nous devons le conduire à la reine. Lorsqu'elle sera en face de lui, elle pourra juger en connaissance de cause. Laissez-moi lui parler. Si je ne suis pas de retour demain à midi, vous pourrez l'abattre.

Ollowain secoua la tête.

— Tu veux amener à la cour d'Emerelle un enfant de démon dont la magie nous tue, nous les elfes ? Allez ! Va lui parler ! Nous ne te reverrons pas vivant ! Je te laisse jusqu'à demain soir, à la tombée du jour. Après quoi, j'irai le chercher à ma manière. D'ici là, nous camperons à l'extérieur de la ville.

Nuramon chercha un soutien sur le visage des autres. Mais aucun, pas même Mandred, ne contredit Ollowain. Sur un signe du maître des Épées, ils se mirent en selle. Alfadas prit le cheval de Gelvuun et celui de Nuramon par les rênes.

Farodin fut le dernier de la petite troupe cavalière à quitter la cour. Il se pencha vers Nuramon.

— Es-tu sûr de vouloir courir ce risque ? Et si tu allais connaître le même sort que Gelvuun ?

Nuramon sourit.

— Alors, nous nous reverrons dans la prochaine vie.

Chez Guillaume

Nuramon avait observé Guillaume tout l'après-midi. Il avait écouté sa prédication et l'avait ensuite vu inhumer le corps de Gelvuun. Ensuite, il avait suivi le fils de Noroelle dans la ville. Avec le sentiment oppressant d'être lui-même suivi. Pourtant, chaque fois qu'il s'était retourné, il n'avait vu personne se comporter de manière suspecte. Il n'y avait là que les habitants d'Aniscans vaquant à leurs occupations. Il avait donc reporté toute son attention sur Guillaume et l'avait suivi sur la colline du temple jusqu'à le voir disparaître dans une petite maison. Avec ses murs en moellons, elle s'intégrait parfaitement à la ville. S'il s'agissait de la demeure de Guillaume, il semblait attacher beaucoup d'importance à la modestie.

Nuramon s'arrêta et observa la maison depuis la ruelle d'en face. Il attendit que Guillaume ouvrît les volets pour laisser entrer les derniers rayons du jour finissant. Mais les volets restèrent clos. Quand la nuit descendit sur Aniscans, Nuramon vit à travers leurs fentes une chaude lumière de bougies.

Il prit son courage à deux mains et se présenta à la porte du guérisseur. Il ne lui restait plus qu'à frapper. Mais il n'osait pas. Il avait peur – non pas de subir le même sort que Gelvuun, mais de faire une grossière erreur. Il ne connaissait pas Guillaume et ne savait pas comment celui-ci allait accueillir la vérité. Mais ensuite, il pensa à Noroelle. C'était ici le dernier espoir de préserver Guillaume de la mort et de sauver en même temps Noroelle… à condition, bien sûr, que la reine se rende à l'évidence de l'erreur qui consisterait à supprimer le prédicateur.

Il frappa.

À l'intérieur de la maison, rien ne bougea ; Nuramon se demanda s'il devait frapper une nouvelle fois. Il s'apprêtait à lever le bras, lorsqu'il entendit enfin des pas. Son cœur battit à tout rompre. La porte allait bientôt s'ouvrir et il verrait le visage de Noroelle. Il rejeta en arrière la capuche de son manteau afin que Guillaume voie tout de suite à qui il avait affaire.

Un verrou fut tiré, puis la porte s'ouvrit. Nuramon ne s'était pas trompé. C'était bien Guillaume. Le jeune prêtre ne parut pas le moins du monde surpris de se trouver face à un étranger. Incapable de prononcer un seul mot, Nuramon dévisagea le fils de Noroelle. Quelle expression prendrait Guillaume quand il apprendrait tout sur ses origines ?

— Entre, enfant d'albes, dit le prêtre de sa voix calme et souriante.

Apparemment, il s'était attendu à sa visite.

La maison de Guillaume était sobrement meublée. La pièce, dans laquelle Nuramon entra, occupait tout le rez-de-chaussée. Ici se trouvait tout le nécessaire, depuis le foyer maçonné jusqu'à l'autel de prière. Seul le lit manquait. La chambre devait sans doute être située à l'étage qu'on pouvait atteindre par un escalier en face de la porte d'entrée.

— Tu es venu à cause de ton compagnon, dit Guillaume en s'asseyant à la petite table au centre de la pièce.

Une lampe à huile brûlait là, devant une écuelle en bois où se trouvaient des restes de viande. D'un geste, Guillaume invita Nuramon à s'asseoir à l'autre bout de la table.

Nuramon le fit sans un mot.

Le prêtre poussa l'assiette sur le côté.

— Ton compagnon a déjà été mis en terre au cimetière. J'espère que cela ne nuira pas à sa renaissance.

— Chez nous, on dit que l'âme se détache du corps de l'enfant d'albes à l'instant de la mort, expliqua Nuramon. S'il existe un chemin pour les âmes entre ton monde et Albemark, Gelvuun l'a déjà pris et attend là-bas sa renaissance.

— Alors, son âme était déjà partie lorsque j'ai enterré son corps.

— Oui. Mais je ne suis pas venu pour ça. C'est pour toi que je suis venu.

Ces mots ne semblèrent pas étonner Guillaume.

— Parce que je l'ai tué…

Nuramon fut interloqué.

— Comment le sais-tu ?

Le guérisseur baissa les yeux.

— Je l'ai compris en l'examinant. Il semblait avoir au cou des traces de strangulation qui ne pouvaient correspondre qu'à mes doigts. (Il s'arrêta et dévisagea Nuramon.) Ce n'est guère facile de lire sur le visage des elfes. Je ne vois aucune colère dans tes traits. Et pourtant, tu es certainement venu me demander réparation.

— Non, ce n'est pas non plus pour cela que je suis ici. (Guillaume le questionna du regard.) Je voudrais juste savoir ce que tu vois dans ton avenir.

— Je suis un homme en recherche, au service de Tjured. Je crois que ce monde est plein de bienfaits cachés, mais que rares sont ceux qui les trouvent. Ainsi, je sais que la puissance des dieux se rassemble à certains endroits. Je peux sentir ces lieux et suivre les flux invisibles qui les relient. (De toute évidence il parlait des Sentiers d'Albes et les prenait pour les chemins de son dieu.) J'utilise ce savoir pour guérir les gens et prêcher la paix. Je voudrais que la haine disparaisse. Toutefois, après ce qui s'est passé aujourd'hui, il semble que le prix soit trop élevé. Quel est donc ce don qui guérit les hommes et tue les enfants d'albes ?

— Je peux te donner la réponse. Mais demande-toi d'abord si tu veux l'entendre.

— Tu sais quelque chose sur ce don d'où je tire mes miracles ?

— J'en connais l'origine.

— Alors, tu en sais plus que tous les sages et tous les prêtres que j'ai rencontrés jusqu'à maintenant. Je t'en prie, raconte…

— Tu veux vraiment que je le fasse ? Pense que si tu m'écoutes, tu sauras aussi pour quelle raison mes compagnons et moi nous sommes venus dans cette ville et pourquoi je prends ici le risque de t'approcher.

— Tu connais mes parents ? Mes vrais parents ?

—Oui, je les connais tous les deux.

—Alors, parle!

—Tu es le fils d'une elfe du nom de Noroelle. Pour protéger ta vie, elle a pris sur elle la plus terrible des punitions.

C'est avec ces mots que Nuramon commença son histoire. Il parla de Noroelle, de son amour et de l'amour de Farodin pour elle, de l'homme-sanglier et de la Chasse des elfes, de la façon dont elle avait sauvé son fils et de son exil. Il s'aperçut que le visage de Guillaume devenait de plus en plus grave et vit, ride après ride, sa ressemblance avec Noroelle disparaître. Il termina en disant:

—Maintenant, tu sais qui sont tes parents et pourquoi tu possèdes un pouvoir qui guérit les humains, mais qui tue les elfes.

Guillaume garda les yeux fixés sur la table, puis ses larmes se mirent soudain à couler. Cette vue causa de la douleur à Nuramon, non seulement parce que le guérisseur ressemblait de nouveau à Noroelle, mais aussi parce qu'il se mettait à sa place. Il fit un effort sur lui-même pour ne pas céder, lui aussi, aux larmes.

Après un long silence, le guérisseur finit par dire:

—Quel fou j'étais de penser que mon don était un bienfait de Tjured!

—Peu importe d'où tu tiens ce don, tu as fait du bien aux hommes comme ta mère avait l'habitude d'en faire aux enfants d'albes. Jusqu'à cette nuit, où...

Il ne voulait plus en parler.

—Dis-m'en plus sur ma mère, demanda Guillaume à voix basse.

Nuramon prit son temps et raconta au guérisseur, jusque tard dans la nuit, les vingt années qu'il avait passées près de Noroelle. Ses paroles lui rappelèrent tout ce qu'il avait vécu avec sa bien-aimée. Mais, quand il arriva vers la fin, son humeur changea, car à présent que tout était dit, il comprenait que tout cela était perdu et que Noroelle ne reviendrait sans doute jamais. Guillaume aussi paraissait profondément bouleversé, maintenant qu'il connaissait le sacrifice de sa mère.

— Tu as déchiré le voile qui entourait ma naissance, dit le guérisseur. Et tu m'as expliqué d'où me venaient mes pouvoirs. Mais tu ne m'as pas dit ce qui t'amène ici.

Nuramon prit une grande inspiration. Ainsi, le moment était arrivé.

— J'ai demandé à ma reine ce que je devais faire pour sauver Noroelle. Elle m'a dit de me mettre en route pour te tuer.

Guillaume accueillit cette nouvelle avec le plus grand calme.

— Tu aurais pu le faire depuis longtemps. Pourquoi me laisses-tu la vie sauve ?

— Pour la même raison que celle qui a amené ta mère à te conduire en ce monde. Parce que je ne sens rien du devianthar en toi.

— Mais si mes pouvoirs guérisseurs ont tué ton compagnon, ce doit être là l'héritage de mon père. Qui sait ce qui sommeille encore en moi !

— Aurais-tu accepté la mort de Gelvuun pour guérir la main de cet homme ?

— Jamais.

— Alors, c'est que ton esprit au moins est libre de la force obscure du dévianthar, même si son être transparaît dans ta magie.

— C'est bien la fatalité. Innocent, je suis coupable. À cause de moi, ma mère a été bannie. À cause de moi, ton compagnon est mort. Et pourtant, je n'y peux rien. Il semble que ma faute consiste à vivre.

— C'est justement pourquoi il n'est pas juste de te tuer. Et pourquoi je voudrais donner à ma mission une autre fin que celle prévue par la reine. Même si pour cela je dois m'attirer sa colère.

— Tu me laisserais fuir ?

— Oui, je le ferais. Toutefois, mes compagnons retrouveraient vite ta piste. (Nuramon pensa à Ollowain.) Il faut que tu comprennes pourquoi je suis ici. Si je ne l'étais pas, tu serais déjà mort. Je suis venu te faire une proposition qui pourra peut-être te sauver la vie et libérer Noroelle. Mais ce n'est pourtant rien de plus qu'un vague espoir.

— Parle !

— Je pourrais t'amener à la reine en t'évitant tout danger sur le chemin d'Albemark. En parlant à Emerelle, tu pourras peut-être réussir à la convaincre de ton être véritable comme tu as réussi à convaincre Noroelle et à me convaincre aussi. C'est la seule chose que je puisse te proposer.

— J'accepte ton offre, répondit Guillaume sans hésiter. Pour l'amour de ma mère.

Nuramon admira secrètement le guérisseur. Il se demandait s'il aurait été prêt lui-même à accepter d'aussi bonne grâce, car il n'y avait aucune certitude que la reine se montre clémente. Il était fort possible qu'Emerelle s'en tienne à sa décision. Cependant, Nuramon avait malgré tout une telle confiance en la reine qu'il doutait de la voir se fermer à son objection.

— Quand partirons-nous ?

— Nous devrions quitter la ville au plus tard à midi. Nous ne sommes pas pressés.

— Alors, parle-moi d'Albemark.

Nuramon décrivit à Guillaume son pays, il lui parla aussi d'Alvemer, le pays natal de Noroelle. Il termina au chant du coq et proposa alors de partir plutôt dès le lever du jour afin de ne pas se faire remarquer.

Guillaume en fut d'accord et prépara ses affaires. Puis il remercia Nuramon de lui avoir dit la vérité.

— Je ne l'oublierai jamais.

Nuramon en fut satisfait. Son but était atteint, même si pour cela il avait détourné la mission de la reine. Ollowain grognerait certainement, mais ils conduiraient le fils de Noroelle à Emerelle. C'était un compromis dont devrait se satisfaire le maître des Épées. Il se montrerait tout de même prudent et ne quitterait pas le guerrier elfe des yeux.

Guillaume se prépara une bouillie de gruau, de noisettes et de raisins secs. Il demanda à Nuramon s'il voulait aussi manger quelque chose, mais celui-ci le remercia poliment. Le guérisseur prenait son petit déjeuner lorsque des bruits montèrent de la ville. Nuramon tendit l'oreille, il crut entendre des cris. Quand il perçut des martèlements de sabots, il se leva d'un bond et sa main chercha son épée.

— Que se passe-t-il ? s'étonna Guillaume.

— Prends tes affaires ! dit Nuramon.

Les ruelles résonnaient maintenant de bruits de combat et de cris de douleur. La ville était attaquée !

Le fracas des combats s'approchait. Soudain quelque chose cogna contre la porte dans un bruit de tonnerre et Nuramon, horrifié, la vit s'ouvrir. Une silhouette se rua vers eux. Nuramon dégaina son épée pour abattre l'intrus. Il s'effraya en le reconnaissant. Ce n'était personne d'autre que…

La fatalité

Farodin ferma vite la porte et poussa le verrou de bois.

— Range ton épée, sinon tu vas occire le seul ami que tu as dans cette ville. (Il regarda autour de lui.) Y a-t-il une autre issue ?

Guillaume le dévisagea comme s'il voyait un fantôme.

— Mais que se passe-t-il ici ?

— Des hommes en armes. Ils ont occupé toutes les rues qui mènent hors de la ville et ils ont pris d'assaut le temple. Ils ne semblent pas faire grand cas des prêtres comme toi. (Farodin se dirigea vers la fenêtre donnant sur la place du temple et il écarta légèrement les volets.) Regarde !

Les guerriers étaient remarquablement bien armés. Ils portaient presque tous des cottes de mailles et des casques à crinière noir. Ils étaient pour la moitié armés de haches ou d'épées. Leurs ronds boucliers rouges portaient en armoiries une tête de taureau blanche. L'autre moitié était équipée d'arbalètes. Même s'ils faisaient sortir sans ménagement les prêtres du temple à demi construit, il était évident qu'il ne s'agissait pas de simples pillards. Ils procédaient avec discipline. Les arbalétriers assuraient la place, tandis que les combattants à la hache poussaient les prêtres vers le grand chêne.

Sur ordre d'un gigantesque guerrier blond, l'un des prêtres, un homme corpulent et déjà assez âgé, fut séparé de ses compagnons d'infortune. On lui lia les pieds avec une corde dont on lança l'autre bout sur la grosse fourche d'une branche, et on le hissa par les pieds. Le prêtre s'efforça désespérément de maintenir sa robe sur ses parties.

— Le père Ribauld ! s'effraya Guillaume. Que font-ils là ?

— J'ai entendu des hommes en armes prononcer ton nom, Guillaume. (Farodin examina le jeune prêtre de la tête aux pieds : il était loin d'être un guerrier.) Il semble que tu te sois fait en même temps des ennemis dans deux mondes différents. Qu'as-tu fait pour que ces hommes te recherchent ?

Le prêtre écarta pensivement une mèche de cheveux de son visage. Un geste anodin que Farodin ressentit cependant douloureusement. Aileen et Noroelle avaient eu aussi ce geste. Le prêtre avait des doigts étonnamment fins. Dans son visage, Farodin voyait Noroelle comme dans un lointain miroir. Elle vivait en lui.

Farodin avait suivi Nuramon, craignant que son compagnon puisse aider le prêtre à s'enfuir. Ces trois dernières années, Farodin avait vécu en paix avec lui-même. Il avait accepté l'ordre de la reine. Hier, sur la place du temple, il eût été prêt à tuer Guillaume. Mais maintenant… Il dut détourner son regard tant Guillaume lui rappelait Noroelle. S'il levait la main sur lui, il aurait l'impression de s'en prendre à elle.

Ollowain l'avait averti quand il avait quitté le camp pour suivre en secret Nuramon. Les paroles du maître des Épées résonnaient encore nettement dans sa tête :

« N'oublie pas : il est aussi l'enfant d'un devianthar, d'un maître de la tromperie. Il prend les traits de Noroelle comme un masque derrière lequel se cache le mal. Un devianthar est la haine incarnée envers les albes et nous, leurs enfants. Ce qui peut avoir habité en lui de bon est sans doute depuis longtemps empoisonné par l'héritage de son père. Tu as vu ce qui est arrivé à Gelvuun.

Nous ne pouvons pas en faire un prisonnier. En vérité, c'est nous qui serions ses captifs. Même si nous l'enchaînions, un seul mot de sa puissance pourrait nous tuer. Et pire encore : imagine-toi ce qu'une pareille créature pourrait provoquer en Albemark ! Comment la combattre ? Nous devons exécuter les ordres d'Emerelle ! Ce midi, sur la place du temple, j'ai compris la sagesse de la reine ! »

— C'est pour quelque chose que je n'ai pas fait qu'ils viennent, répondit Guillaume à la question de Farodin.

— Quoi ? dit celui-ci en sursautant.

Pendant ce temps, les guerriers sur la place frappaient Ribauld à coups de longues perches. Impuissant, l'homme se balançait au bout de la corde. Ses cris perçants devaient s'entendre jusqu'à l'autre bout de la ville. Cependant, aucun des habitants n'accourait à son aide.

— Vois-tu les têtes de taureau sur les boucliers ? demanda Guillaume. Ce sont les hommes du roi Cabezan. Sa garde personnelle. Cabezan les a envoyés me chercher. On dit que ses membres pourrissent et qu'il se meurt lentement dans d'atroces souffrances. Il m'a ordonné de le guérir. Mais je ne peux le faire. Si je sauve cette vie, une centaine d'autres seront perdues, car Cabezan est un tyran cruel. Il a assassiné ses propres enfants par crainte de les voir convoiter son trône. Il est possédé par la folie... Devant lui, il faut de montrer nu, parce qu'il craint qu'on puisse cacher des armes dans ses vêtements. Celui qui veut faire partie de sa garde doit tuer un nouveau-né à poings nus, sous ses yeux. Il ne tolère autour de lui que des hommes sans conscience. Avec Cabezan, c'est le Mal qui règne à Fargon. Voilà pourquoi, je ne le guérirai pas... Je n'en ai pas le droit. Quand il sera enfin mort, le pays sera délivré d'une malédiction. (La place retentissait toujours des cris du prêtre.) Je ne peux pas... (Guillaume avait les larmes aux yeux.) Ribauld est comme un père pour moi. J'ai grandi dans une famille de pauvres paysans. Quand mes parents..., mes parents adoptifs, sont morts, c'est lui qui m'a recueilli. Il est...

L'un des jeunes prêtres que les soldats avaient fait sortir de force du temple désigna de son bras tendu la maison de Guillaume.

—Y a-t-il une autre issue ici ? redemanda Farodin.

Deux guerriers traversaient déjà la place dans leur direction.

Le prêtre secoua la tête. Il prit un long couteau à pain sur la table et le glissa dans la manche de sa robe.

—Je m'en vais, ainsi ils ne vous tueront pas, vous aussi. Mais le roi Cabezan ne me reverra pas vivant.

Nuramon lui barra le passage.

—Ne fais pas ça. Viens avec nous !

—Tu penses donc que ce serait plus avisé de te suivre chez une reine qui t'a envoyé me tuer ? objecta

Guillaume sans aucun défi, mais avec grande tristesse. Je sais que tu ne me veux aucun mal. Mais si je sors maintenant, je vous sauverai peut-être la vie ainsi qu'à mes frères d'ordre. Et si tu peux annoncer ma mort à la reine, elle graciera peut-être ma mère.

Il tira le verrou et s'engagea sur la place.

Farodin ne parvint pas à comprendre que Nuramon ne tente rien pour retenir le prêtre. Il se précipita vers la porte, mais c'était trop tard. Les guerriers s'étaient déjà emparés de Guillaume.

— Chevaliers du roi ! cria ce dernier d'une voix tonnante. Laissez mes frères. Vous m'avez trouvé.

Le chef blond fit signe à ses hommes d'abaisser leurs arbalètes. Il s'approcha de Ribauld, attrapa le vieil homme par les cheveux et lui renversa la tête en arrière.

— Ainsi, tu prétends être le guérisseur ! s'écria le chevalier à l'adresse de Guillaume. (Il tira un couteau de sa ceinture et l'enfonça dans la gorge de Ribauld.) Alors, montre-nous ce que tu sais faire.

Farodin retint son souffle. Guillaume était encore trop près de la maison. S'il mettait ses forces guérisseuses en œuvre, c'en serait fait de lui et de Nuramon.

Le vieux prêtre se balançait au bout de la corde. Il pendait à l'arbre comme un morceau de viande au crochet d'un boucher. Ses mains serrant sa gorge.

Farodin ouvrit les volets, ils claquèrent contre la façade. De ses deux mains, il prit appui sur le rebord de la fenêtre, se lança par-dessus et se jeta au dehors. Il atterrit en souplesse devant la maison.

— Ne t'en prends pas à ma prise, fils d'hommes !

Sa voix était de glace.

Le guerrier blond porta la main à son épée.

— Tu as réussi ton entrée. Maintenant, fiche le camp !

— Tu portes la main à ton arme ? Tu cherches un duel ? (Farodin sourit.) Je suis le champion de la reine d'Albemark. Réfléchis à deux fois si tu veux te battre contre moi. Je suis venu ici chercher le prêtre Guillaume. Comme tu vois, j'étais dans sa maison. Je l'ai trouvé avant toi. Et je ne me laisserai pas dérober ma prise. Hier après-midi, il a tué un elfe. Il devra en répondre.

— « Le champion d'Albemark », le singea le guerrier blond. Et moi, je suis Umgrid, roi de Chez-les-Trolls.

Les hommes qui l'entouraient s'esclaffèrent.

Farodin écarta ses cheveux de sorte à laisser apparaître ses oreilles.

— Ainsi, tu es Umgrid ? (L'elfe pencha la tête de côté.) Tu es suffisamment laid pour faire un troll. (Il fit un demi-tour et leva les yeux vers les toits des maisons autour de la place.) Tout ce qui n'est pas un troll ici ferait mieux de vider les lieux. Les elfes cernent la place. Nous ne nous laisserons pas prendre Guillaume.

Apeurés, quelques guerriers levèrent leur bouclier.

— Des mots ! Rien que des mots !

La voix du chef semblait avoir perdu de son assurance.

— Tu devrais nous demander la permission avant de laisser filer une seule de tes crapules, tonna la voix de Nuramon.

Sur le seuil de la maison de Guillaume, l'elfe avait dégainé son épée.

— Abattez-les !

Le capitaine arracha l'arbalète de la main d'un guerrier et la pointa sur Farodin.

L'elfe plongea en avant. Il prit appui des deux mains sur les pavés et, d'une roulade, il atteignit presque la fontaine. Un carreau lui effleura la joue en lui laissant une estafilade.

Farodin fit quelques roulés-boulés pour ne pas offrir aux guerriers une cible statique. Il atterrit aux pieds d'un combattant à la hache. L'homme lui assena un tel coup de rondache qu'il en perdit l'équilibre. En titubant, l'elfe heurta le bord de la fontaine. Il eut juste le réflexe d'éviter un coup de hache le visant à la tête.

D'un coup de pied, il repoussa alors le bouclier de l'homme, puis il dégaina son épée. Un coup de revers fendit le ventre du guerrier. Puis l'elfe arracha la hache de la main du mourant. Des guerriers affluèrent de partout. Nuramon, à l'entrée de la maison, se défendait déjà contre deux hommes. La situation était désespérée. Ils luttaient à un contre dix.

Farodin bondit de la fontaine en jetant la hache sur un arbalétrier en train de le viser. L'arme trouva sa cible dans un horrible craquement.

L'elfe esquiva un autre coup de hache, para un coup d'épée et embrocha l'épaule d'un attaquant. Les guerriers l'avaient maintenant encerclé.

— Alors ? Qui se propose pour mourir en premier ? les défia Farodin.

L'énorme capitaine avait entre-temps enfilé son casque et bouclé sa rondache à son bras.

— Emparons-nous de lui !

Il leva une francisque et se rua à l'assaut.

Assailli de toutes parts, Farodin s'accroupit pour esquiver les coups violents et faucha l'air de son épée. Tel un couteau chaud dans la cire, sa lame trancha les jambes de tous ceux qui l'approchaient un peu trop.

Quelque chose effleura son bras gauche. Du sang chaud mouilla sa tunique. D'un calme souverain, il détourna une hache visant sa poitrine. Son épée mit le manche en pièces. Les humains se déplaçaient gauchement. Farodin l'avait déjà souvent observé chez Mandred. Ils étaient courageux et forts, mais, comparés à un elfe exercé depuis des siècles au duel à l'épée, ils se battaient comme des enfants. Pourtant, l'issue du combat ne faisait aucun doute. Ils étaient beaucoup trop nombreux.

Comme un danseur, Farodin s'activait dans les rangs ennemis, il plongeait pour esquiver les coups ou les parait de sa lame, pour aussitôt réagir par une contre-attaque.

Brusquement, il se trouva face au chef blond.

— Tes oreilles, je vais m'en faire un pendentif, dit l'homme entre ses dents.

Il feignit un violent coup de hache visant le bras armé de Farodin, mais changea brusquement la direction de l'attaque.

D'un pas dansant, Farodin esquiva le coup puis il frappa violemment le bouclier du géant. La rondache renforcée de fer se brisa dans un craquement sinistre juste sous le menton de son assaillant. Le colosse se mordit profondément la lèvre inférieure et cracha du sang.

Farodin accomplit une volte et décocha un coup de pied dans le bouclier qui ripa. Du plat de l'épée, il frappa le capitaine en plein visage.

Le géant trébucha. Farodin le rattrapa, lui arracha son casque et lui mit sa lame sur la gorge.

— Cessez le combat ou votre chef est mort ! s'écria l'elfe d'une voix retentissante.

Les guerriers reculèrent. Un silence de mort s'abattit sur la place, seulement interrompu par les gémissements des blessés.

Nuramon quitta la maison du prêtre. Le cuir de sa casaque était souillé de sang.

— Replions-nous dans le temple ! lui cria Farodin.

— Vous ne sortirez pas vivants d'Aniscans, menaça le capitaine des humains d'une voix suffisamment forte pour être entendue de ses hommes. Nous occupons le pont. Toutes les routes sont barrées. Nous nous attendions que le guérisseur nous cause des difficultés. Abandonne et je te promets une mort rapide.

— Nous sommes des elfes, rétorqua froidement Farodin. Tu crois vraiment pouvoir nous arrêter ?

Sur un signe de lui, Nuramon se replia avec deux prêtres vers la porte du temple.

Guillaume était pâle comme un linge. Pendant les combats, il n'avait rien pu faire d'autre que regarder. Manifestement, il était incapable de faire du mal à une mouche.

— Tu saignes, elfe, dit le guerrier blond à Farodin. Tu es de chair et de sang, comme moi. Et tu peux mourir, comme moi. Avant le coucher du soleil, je boirai du vin dans ton crâne.

— Pour un homme qui a une épée sur la gorge, tu as remarquablement confiance en l'avenir.

Farodin recula lentement en direction du temple.

Les arbalétriers tout autour rechargèrent leurs armes.

Farodin pensa à Mandred et à ses autres compagnons qu'il avait laissés dans un vignoble. Allaient-ils arriver ? Ils avaient dû voir l'attaque du temple.

Vite, il renversa son prisonnier et fila vers le portail. Des carreaux d'arbalète lui sifflèrent aux oreilles. Nuramon ferma derrière lui la lourde porte de chêne et la barra avec la poutre de renfort. Farodin regarda d'un air soucieux la tunique maculée de sang de son compagnon.

— C'est grave ?

L'elfe baissa les yeux sur sa casaque.

— Ce n'est pas mon sang, je pense, c'est plutôt du sang d'homme.

Il faisait sombre et frais dans le temple. Des colonnes de bois massives s'élevaient jusqu'au plafond qui reposait sur de solides madriers. Le temple se composait d'une unique nef haute. Il n'y avait pas de meubles, ni d'estrade pour un prêcheur. Son seul ornement était un menhir, une pierre de presque trois pas de haut, où se trouvaient gravés des signes d'une écriture sinueuse. Deux galeries couraient le long des murs chaulés de blanc. Elles étaient surmontées par des fenêtres hautes qui laissaient passer la pâle lueur du matin. Accrochées aux murs, de petites lampes à huile brûlaient dans des niches, et autour du menhir on avait placé des brûle-encens d'où montait une fumée blanche.

Farodin se sentait plus dans la tour d'une forteresse que dans un temple. Quelle sorte de dieu pouvait bien être Tjured ? En tout cas, ce n'était pas un guerrier, à en juger par la maladresse de ses servants. Les deux prêtres étaient agenouillés devant le menhir au centre du temple circulaire. Ils priaient servilement leur dieu et le remerciaient de les avoir sauvés.

— Guillaume ? dit Nuramon qui se trouvait encore à la porte. Où es-tu ?

Le guérisseur sortit de derrière une colonne. Il paraissait étrangement calme, presque ailleurs.

— Tu aurais dû m'abandonner à eux. Après ce bain de sang sur la place, ils n'auront de cesse de nous voir tous morts.

— Tiens-tu tellement à mourir ? s'énerva Farodin.

— Ne vous a-t-on pas envoyés aussi pour me tuer ? Faut-il donc se battre pour savoir qui aura le droit d'être mon bourreau ?

Farodin repoussa son objection d'un geste de la main.

— Qui songe à la mort en combattant verra la vie le quitter. Conduis-nous à la porte de derrière. Peut-être pourrons-nous sortir par là sans nous faire remarquer.

De désarroi, Guillaume écarta les mains.

— Ici, c'est un temple, pas une forteresse. Il n'y a pas de porte de derrière, pas de tunnel secret ni de portes dérobées.

Farodin jeta un regard incrédule autour de lui. À côté du portail, un escalier à vis desservait les deux galeries. Sous la charpente du toit, les murs étaient percés de hautes fenêtres ogivales en verre coloré. Elles représentaient des prêtres portant la robe bleu nuit du culte de Tjured. Troublé, l'elfe regarda ces fenêtres. L'une des images de verre montrait un prêtre précipité dans un chaudron posé sur un feu. Sur une autre, on hachait menu les bras et les jambes d'un prêtre, une troisième représentait un homme en robe bleu nuit brûlé sur un bûcher par des sauvages vêtus de peaux de bêtes. Presque toutes les fenêtres offraient les mêmes scènes de torture. Farodin comprit alors pourquoi Guillaume gardait une telle sérénité. Apparemment, le plus grand accomplissement d'un prêtre de Tjured consistait à connaître une fin des plus horribles.

Un coup de tonnerre arracha l'elfe à ses pensées. Une poussière fine sortit par les fentes du portail. Un autre coup de tonnerre suivit. Les lourds battants de la porte firent grincer leurs gonds. Farodin pesta à voix basse. Manifestement, les gardes du roi avaient trouvé quelque chose pour leur servir de bélier.

— Cessez vos prières et rendez-vous utiles, ordonna l'elfe aux deux prêtres agenouillés devant le menhir. Allez chercher toutes les lampes à huile qui se trouvent ici. Nuramon, regarde si tu peux dénicher une torche. Et ensuite, dépêchez-vous de rejoindre la galerie supérieure. Je vais vous sortir de ce traquenard.

Une lourde planche céda dans un craquement. Le portail ne tiendrait plus longtemps.

Impitoyablement, Farodin poussa les prêtres à se hâter. En grimpant l'escalier en colimaçon, ils durent, comme des femmes, remonter leur robe pour ne pas trébucher. Depuis la deuxième galerie, on pouvait atteindre les fenêtres. En raison de l'épaisseur des murs, elles se trouvaient dans de profondes ouvertures. En tendant les bras, Farodin arriva tout juste à atteindre le bord inférieur de l'une d'elles. D'un bond, il se hissa plus haut et se trouva devant l'image en verre d'un prêtre dont les membres disloqués étaient entrelacés aux rayons d'une roue. Les visages des bourreaux ressemblaient à des masques. L'artiste n'avait pas réfléchi à la façon dont les couleurs du verre s'harmoniseraient avec la lumière extérieure. C'était une œuvre d'art mineure, à peine plus ambitieuse que celle que pouvait produire un artisan peu doué en une ou deux années de travail. Cet ouvrage ne pouvait nullement rivaliser avec les fenêtres du château d'Emerelle, composées de milliers de morceaux de verre. Les artistes les plus doués d'Albemark avaient consacré des décennies de travail pour réaliser une symbiose parfaite entre la lumière et le verre à toute heure de la journée.

Farodin dégaina son épée et frappa le vitrail. Le visage du prêtre déformé par la douleur vola en éclats. L'elfe donna encore quelques coups pour écarter le sertissage de plomb afin de pouvoir passer de l'autre côté et observer les assaillants sur la place.

Du haut de la galerie, Farodin entendit les prêtres se lamenter. Il perçut nettement la voix de Guillaume :

— Par Tjured, il a détruit une représentation de saint Romuald. Nous sommes perdus !

Farodin recula un peu pour ne pas être vu depuis la place. La tour du temple était entourée par un échafaudage en bois. Un plancher étroit, réservé aux tailleurs de pierre travaillant sur la façade, se trouvait juste sous la fenêtre. À partir de là, il était possible d'atteindre les autres niveaux de l'échafaudage. Farodin examina avec méfiance l'ossature en bois. L'assemblage lui paraissait inachevé.

À côté de la tour du temple se trouvait une auberge de pèlerins. Des statues de saints occupaient les niches de sa façade. Elle était plus richement ornée que la tour dans laquelle les humains priaient leur dieu, Tjured. Avec un peu d'audace, on pouvait sauter de l'échafaudage sur le toit. Et de là, il ne restait plus qu'à passer de toit en toit pour échapper aux sbires du roi.

Farodin repassa la fenêtre. Les prêtres l'attendaient, le visage fermé. Désemparé, Nuramon haussa les épaules.

— Je ne les comprends pas.

— Qu'y a-t-il de si difficile à comprendre ? demanda un jeune prêtre rouquin. Vous avez détruit une représentation de saint Romuald. C'était un homme colérique qui n'a trouvé que tardivement son chemin vers Tjured. Les païens l'ont assassiné dans les forêts de Drusna. Il a maudit tous ceux qui ont levé la main sur lui. La même année, ses meurtriers étaient tous morts. Les païens en furent si impressionnés qu'ils adoptèrent par milliers la croyance en Tjured. On dit que sa malédiction vaut encorc aujourd'hui. Cclui qui profanc son imagc doit s'attendre au pire. Même saint, Romuald est resté colérique.

Farodin n'en crut pas ses oreilles. Comment pouvait-on croire de telles absurdités ?

— Vous n'avez rien fait. La malédiction de Romuald n'atteindra que moi. Vous n'avez pas de souci à vous faire, nous…

Dans un grand craquement, le portail du temple céda.

— Nuramon, passe devant ! Guide les prêtres ! On va escalader l'échafaudage les uns après les autres et passer ensuite sur la maison voisine. Ainsi, nous nous ferons moins remarquer. Et cela évitera la surcharge.

En bas, la nef retentit des cris des guerriers.

— Pourquoi moi ? demanda Nuramon. Tu connais le chemin...

— Oui, mais je suis aussi le meilleur à l'épée.

Nuramon le regarda, l'air vexé.

— Allez, va ! Je vais les retenir.

L'escalier en spirale résonna de pas lourds. Farodin attrapa les lampes et les lança sur les marches. Puis il arracha une manche de sa chemise et l'imbiba d'huile. Il fit prendre feu à l'étoffe en l'approchant de la mèche d'une lampe. L'huile n'était pas de la meilleure qualité. Elle mit du temps à s'enflammer et une épaisse fumée noire s'éleva. L'elfe lança le bout de tissu dans l'escalier et observa les flammes lécher l'huile renversée. Le feu consuma vite l'étoffe... et s'éteignit.

Hébété, Farodin regarda fixement les marches. L'huile était de trop mauvaise qualité ! Le premier guerrier apparut dans le virage de l'escalier. À la vue de l'elfe, il hésita et se cacha derrière son bouclier. Mais les combattants derrière lui le poussèrent en avant.

Farodin s'étira et décontracta ses muscles, bien décidé à se battre contre les hommes.

Du coin de l'œil, il aperçut dans la nef en bas un groupe d'arbalétriers mettant en joue. Leurs tirs étaient mal ajustés. Des carreaux allèrent se ficher dans le bois de la galerie, un grand vitrail se brisa bruyamment.

Excité par les braillements de des camarades, le guerrier au bouclier fit un grand bond en avant et glissa sur l'huile. Il dégringola lourdement l'escalier en entraînant quelques-uns de ses camarades dans sa chute.

— Viens ! (Guillaume se trouvait dans l'ouverture du mur et faisait signe à Farodin.) Les autres sont déjà sur le toit.

L'elfe remit son épée au fourreau. Guillaume lui saisit le bras et le hissa par l'ouverture. Malgré sa frêle apparence, le prêtre était étonnamment fort. D'une seule main, il aida Farodin à grimper. Tenait-il cette force de son père ?

Un carreau d'arbalète se planta en vibrant dans la voûte de la fenêtre. Sur la place du temple, le chef des guerriers donna de la voix. Ils étaient découverts.

— Vas-y d'abord ! dit Farodin.

Le prêtre hésita.

— Qu'est-ce que tu attends ?

— Je… J'ai le vertige. Quand je regarde en bas, je suis paralysé. Je… Je ne peux pas. Laisse-moi revenir en arrière !

Farodin l'empoigna par le bras.

— On y va ensemble !

Il le tira au bord du mur et sauta avec lui sur le plancher qui se trouvait juste sous la fenêtre. L'échafaudage trembla sous le choc. Le cœur battant, Farodin se plaqua contre le mur.

Un coup sourd retentit et la charpente tangua de nouveau. En dessous d'eux, un boulin se détacha et chuta dans un grand vacarme.

Lorsque l'échafaudage se remit à branler, Farodin se pencha et vit avec horreur ce qui se passait. En bas, devant le portail, un groupe de guerriers armés d'une lourde poutre s'acharnaient à coups de boutoir contre les montants. Ces fous ne semblaient pas penser qu'ils pourraient eux-mêmes disparaître sous les décombres, si cet assemblage de bois haut de plus de huit toises venait à s'effondrer !

En dessous d'eux, quelque chose se brisa. Il y eut une secousse, l'un des planchers se détacha et tomba dans le vide en fracassant au passage quelques portants.

Farodin sentit son estomac se nouer. Plus que quelques secondes et tout allait s'écrouler.

— Attention ! cria le prêtre.

L'elfe se retourna d'un bond. Au même instant, le guerrier qui avait précédemment glissé dans l'escalier, atterrit près d'eux. Un bruit de casse accompagna son arrivée. Sa hache partit en avant dans un éclair d'argent.

Farodin se laissa tomber pour esquiver le coup. Il s'apprêtait à faire un croche-pied à son assaillant lorsque le plancher céda. Par réflexe, l'elfe se cramponna à un montant, tandis que son adversaire chutait dans le vide en battant des bras. Pour le moment, l'édifice avait retrouvé un semblant d'équilibre. Mais il penchait fort vers l'avant.

Le cœur de Farodin battait la chamade. Il fallait quitter cet échafaudage. Comme pour confirmer sa pensée, un carreau d'arbalète vint se ficher dans le bois près de sa tête.

Le prêtre s'était réfugié sur une planche étroite d'où partait une échelle qui permettait d'atteindre l'étage inférieur. Les bras autour des genoux, Guillaume s'était plaqué contre le mur. Nuramon et les deux prêtres de Tjured s'étaient allongés sur le toit de l'auberge pour éviter les tirs d'arbalète décochés depuis la place. Farodin vit le capitaine des gardes disposer ses hommes par petits groupes pour encercler la maison. Leur tentative d'évasion avait échoué!

En bas, le bélier heurtait bruyamment les montants de bois. Des crissements et des grincements parcoururent la fragile construction. Le plancher à côté de Farodin s'inclina. Le cœur serré, l'elfe regarda en bas. En se détachant, les planches risquaient de cisailler quelques boulins, telle la lame d'une énorme hache.

Se suspendant à une traverse, Farodin progressa vers la planche sur laquelle Guillaume était accroupi. Les yeux fermés, le prêtre priait à voix basse.

— Partons d'ici! cria Farodin. Tout peut s'effondrer d'un moment à l'autre!

— Je ne peux pas, gémit Guillaume. Je n'arrive pas à bouger d'un pouce. Je... (Il sanglotait.) J'ai peur, c'est plus fort que moi.

— Tu as peur de tomber? Si tu ne bouges pas, nous allons y rester tous les deux!

Comme pour souligner les mots de Farodin, une nouvelle secousse ébranla l'échafaudage qui se mit à osciller. Farodin attrapa le prêtre et le poussa en avant. Soudain, il y eut un grand craquement. Le dernier étai venait de céder sous le poids et le plancher fut précipité dans le vide Tel un couperet géant, les planches sectionnèrent les rondins et les boulins. Tout un pan de l'échafaudage se détacha du corps principal et s'inclina lentement vers le chêne de la place.

La panique avait doté Farodin d'une force insoupçonnée. Il souleva le prêtre et le porta dans ses bras comme un grand enfant. Angoissé, Guillaume se cramponnait à lui. L'elfe avait du mal à voir où il posait les pieds.

À présent, l'échafaudage entier semblait se balancer. La planche sur laquelle il marchait tremblait de plus en plus. Effrayé, Farodin vit des chevrons se desceller des murs. Ils n'arriveraient pas à descendre l'échelle jusqu'au palier d'où un simple saut leur permettrait d'atteindre le toit de l'auberge. Il fallait se risquer à sauter de plus haut !

Farodin courut comme il l'avait rarement fait dans sa vie. Des boulins et des morceaux de bois dégringolaient sur eux. L'échafaudage tanguait comme un ivrogne. L'elfe savait qu'avec Guillaume il était trop lourd pour tenter le grand saut. Tel un noyé entraînant avec lui son sauveteur dans le fond, le prêtre s'agrippait à l'elfe.

Sans prévenir, la planche céda sous les pieds de ce dernier. Deux pas de plus, et ils auraient atteint l'endroit d'où sauter… Dans sa chute, Farodin attrapa un cordage enroulé autour d'une poutre d'étai qui penchait déjà vers le vide.

Quelque chose comme le coup de poing d'un troll atteignit Farodin dans le dos. Il sentit plusieurs de ses côtes se briser. La corde les entraîna vers l'auberge.

À moitié conscient, Farodin finit par lâcher prise. Dans leur chute, Guillaume poussa un cri strident. Ils atterrirent brutalement sur le toit. Des bardeaux volèrent en éclats. Farodin roula sur la pente, sans pouvoir s'arrêter. Ses mains cherchèrent en vain à s'accrocher aux bardeaux lisses ; il glissa par-dessus le bord du toit. Sa main gauche réussit à attraper au vol une poutre saillante. Son corps se balança et rebondit durement contre le mur de la maison.

— En voici un ! cria quelqu'un en bas.

Cramponné des deux mains à la poutre, Farodin n'avait plus la force de se hisser. Des carreaux d'arbalète s'abattirent près de lui.

L'échafaudage s'effondra dans un vacarme assourdissant. La place fut envahie par la poussière.

Un trait atteignit Farodin à la cuisse droite. L'elfe hurla de douleur. Le carreau avait traversé sa jambe et s'était fiché, maculé de sang, dans la façade de la maison.

Lentement, les doigts de Farodin glissèrent de la poutre. Sa volonté était brisée. Il ne pouvait plus se battre.

— Prends ma main !

Farodin vit des yeux bleus, agrandis par la peur. Guillaume avait rampé jusqu'au bord du toit et lui tendait la main.

— Je ne peux plus...

— Tjured, retire-moi ma peur, murmura le prêtre.

La sueur lui perlant au visage, il s'avança un peu plus et saisit Farodin par le poignet. D'une secousse qui lui déboîta presque le bras, l'elfe fut hissé sur le toit.

Farodin haletait. Il avait froid. Sa blessure à la cuisse saignait abondamment.

Guillaume, qui s'était arrimé en se coinçant un pied dans les chevrons, se releva à moitié. Il jeta un regard inquiet à la blessure.

— Je vais te bander la jambe. Sinon, tu vas…

Une dernière étincelle de vie s'alluma en Farodin. Effrayé, il s'écarta du prêtre en rampant.

— Ne me touche pas… N'essaie pas de me…

Guillaume eut un sourire fatigué.

— … de te bander la jambe. Je n'ai pas parlé de te guérir. Je voudrais juste…

Il toussa. Du sang coula de sa bouche. Le prêtre tâta ses lèvres et regarda, hébété, ses doigts souillés de sang. Une tache sombre se répandit vite sur sa robe. Un carreau lui avait traversé le corps.

Brusquement, Guillaume bascula, comme un arbre abattu. Farodin tenta de le retenir, mais tout alla trop vite. Le prêtre tomba dans le vide. Farodin entendit le fils de Noroelle s'écraser sur les pavés de la place du temple.

Les fenêtres murées

Le vacarme de l'échafaudage en train de s'effondrer s'était fait entendre jusque dans la colline plantée de vignes. Mandred plissa les yeux dans la lumière claire du matin. Là-bas, devant la place du temple, les guerriers étrangers pendaient quelque chose au chêne. Mais à cette distance, on ne pouvait pas voir exactement de quoi il s'agissait.

— Il faut aller en ville ! insista Mandred.

— Non ! répéta Ollowain pour la troisième fois. Nous ne savons pas ce qui se passe là-bas. Nuramon et Farodin se sont probablement cachés en attendant que ces incendiaires disparaissent.

— « Probablement » ne me suffit pas ! (Mandred sauta en selle.) Apparemment, le mot « ami » a une autre signification dans la langue des elfes que chez les humains. En tout cas, moi, je ne vais pas rester ici les bras croisés. Et vous ?

Il regarda Oleif et les deux combattantes. Il n'escomptait pas grand-chose de la part des deux femmes elfes. Elles étaient tout acquises à Ollowain. Mais son fils… Voici déjà trois ans qu'ils chevauchaient ensemble. N'avait-il pu pendant tout ce temps lui inculquer au moins le sens de l'honneur ?

Naturellement, Mandred savait qu'il ne pourrait rien faire tout seul : même à cinq, ils résisteraient difficilement au surnombre. Cependant, se contenter d'attendre ici en espérant que ses amis s'en sortiraient une nouvelle fois, ce n'était pas la manière dont devait se comporter un homme.

Oleif jeta un regard interrogateur à Ollowain. Son fils paraissait surpris de l'attitude du maître des Épées.

— Vous avez tous bien vu qu'une centaine d'hommes ont traversé le pont à l'aube, dit Ollowain.

Mandred caressa le manche de la hache pendue au pommeau de sa selle.

— Ça promet un combat passionnant. À ce que je vois, les forces sont pour ainsi dire équilibrées.

Il tira sur ses rênes et fit prendre à sa jument l'étroit sentier vers la vallée.

Une fois arrivé sur la route menant à la ville, il entendit derrière lui un bruit de sabots de cheval. Il ne se retourna pas, mais son cœur s'emplit de fierté. Cette fois-ci, Oleif n'avait pas agi comme un elfe.

Sans un mot, ils chevauchèrent côte à côte. Leur silence en disait plus que des mots n'auraient pu le faire.

Cinq guerriers montaient la garde au pont. Mandred vit l'un des hommes tendre son arbalète. Un costaud au crâne rasé leur barra le passage. Il pointa sa lance sur la poitrine de Mandred.

— Au nom du roi, faites demi-tour. Ce pont est barré.

Mandred s'inclina avec un sourire amène. Sa main droite glissa vers la sangle de cuir qui retenait sa hache.

— Des affaires pressantes m'amènent à Aniscans. Dégage-moi le chemin, mon ami.

— Disparais d'ici, si tu ne veux pas te retrouver pendu par les tripes à un arbre.

Le garde leva sa lance vers Mandred et la pointa sur sa gorge.

Mandred brandit sa hache et fit voler en éclats le fût de la lance. D'un coup de revers, il fracassa le crâne du garde.

Pour compliquer le tir de l'arbalétrier, le jarl se coucha sur le cou de son cheval. Oleif avait sauté de selle et semait la panique parmi les gardes surpris. Il esquivait leurs lances et faisait décrire à son épée des cercles mortels. Ni les boucliers ni les cottes de mailles ne résistèrent à l'acier elfique. En quelques instants, les cinq guerriers furent étendus raides morts.

Le pont était dégagé. Apparemment, personne ne les avait observés depuis l'autre rive. Mandred descendit de cheval et s'agenouilla auprès de l'arbalétrier. L'homme avait perdu connaissance. Un coup de pied de cheval avait transformé son visage en un amas de chair sanglante. Mandred tira un couteau de sa ceinture et lui trancha la gorge. Puis il entreprit de fouiller le mort. Il trouva sur lui une mince bourse en cuir avec quelques pièces de cuivre et un anneau d'argent noirci.

— Père, ce n'est pas vrai !

Mandred décocha un coup d'œil rapide à son fils et partit ensuite vers le chauve qui l'avait menacé de le pendre par les tripes.

—Qu'est-ce qui te chagrine ? s'étonna Mandred en tâtant les vêtements de l'homme corpulent, à la recherche de pièces cachées.

—Tu voles les morts ! C'est… écœurant. Amoral !

Mandred tourna le chef des gardes sur le côté. Il avait de grandes oreilles charnues et portait une unique boucle d'oreille avec une jolie perle. Le jarl la lui arracha d'un coup sec.

—Amoral ? (Il présenta la perle à la lumière. Elle avait la grosseur d'un petit pois et luisait d'un ton rose.) Ce serait peut-être amoral de voler des vivants. Mais ceux-ci ne pâtiront pas si je leur dérobe leur argent. Si je ne le faisais pas, ses camarades ne se gêneraient pas pour le faire.

—Ne parle pas de « camarades » ! En ce moment, on dirait que tu te moques bien de savoir si tes soi-disant « amis » sont en train de lutter pour leur vie. Ollowain avait bien raison !

Mandred se dirigea vers le mort suivant.

—Fils, pourrais-tu surveiller l'autre rive tout en continuant ton prêchi-prêcha ? Ma parole, tu t'entendrais à merveille avec Guillaume. Alors, en quoi Ollowain avait-il raison ?

—Il disait que tu étais comme un animal qui n'obéit qu'à ses instincts. Ni bon ni mauvais… Simplement primitif !

L'un des lanciers occis portait à son doigt un anneau d'argent avec une grosse turquoise. Mandred tira sur l'anneau, sans succès.

—Garde les yeux sur l'autre rive ! se contenta-t-il de dire.

Il cracha dans la main du mort et étala consciencieusement la salive pour que l'anneau puisse mieux glisser du doigt, mais ce fut encore en vain. Énervé, il tira son poignard.

— Ne fais pas ça, père.

Mandred plaça la pointe du poignard sur la troisième phalange et, du plat de la main, il donna un coup sec sur le manche de l'arme. L'osselet se brisa dans un craquement. Le jarl prit le doigt, retira l'anneau et le mit avec le reste de son butin dans un petit sac en cuir.

— Tu es pire qu'une bête !

Le guerrier se redressa.

— Ce que tu penses de moi et des animaux m'est égal. Mais ne t'avise plus jamais de prétendre que je me moque de mes amis.

— Ah bon, je comprends ! Évidemment, c'est par pur égard pour eux que nous restons ici en les laissant combattre. Tu ne veux pas leur gâter le plaisir.

Mandred se remit en selle.

— Tu ne comprends vraiment rien à ce que nous faisons ici, n'est-ce pas ?

— Si, si. Ça me paraît évident. Tu te remplis les poches… Comme ça, tu vas pouvoir te saouler et courir la gueuse dans la prochaine ville. Freya t'a peut-être aussi maudit pour ça ?

Mandred expédia à Oleif une gifle retentissante.

— N'associe jamais plus dans la même phrase le nom de ta mère et les putains ! (Le jeune guerrier se mit en selle, encore sonné par la soudaineté et la violence de cette gifle. Des marques rouges apparurent sur sa joue.)

Et maintenant, écoute-moi au lieu de bavasser, je vais t'apprendre quelque chose.

Mandred s'efforça de parler doucement, en pesant bien ses mots. Surtout ne pas se laisser aller ! Il avait grande envie de rosser son fils pour lui faire passer l'envie de donner des leçons. Voilà ce que les elfes avaient fait de son garçon !

— La plupart des guerriers humains redoutent le combat. Ils parlent haut et fort, mais le moment venu, la peur les prend aux tripes.

» Moi aussi, je crains les arbalétriers, ils sont peut-être aux aguets dans les maisons sur l'autre rive, prêts à nous abattre si nous passons le pont. S'ils sont postés là-bas, ils attendent que nous nous trouvions à bonne distance pour ne pas nous rater. Je suis descendu de cheval et j'ai rempli ma bourse pour les laisser un peu mariner dans leur jus. Car, vois-tu, ils nous redoutent, eux aussi. Ils craignent de rater leurs tirs et de nous voir débouler dans leur repaire avant d'avoir eu le temps de recharger. Plus ils nous voient et nous attendent, plus il est probable que l'un d'eux va finir par craquer et décocher son tir. Alors, au moins, nous saurons à quoi nous en tenir.

Pendant quelques secondes, la tension régna entre le père et le fils. On n'entendit plus que le craquement des bois flottants qui heurtaient les piles de pont massives.

Oleif regarda les maisons sur l'autre rive.

— Tu as raison. Si nous nous jetons tête baissée dans une embuscade, nous ne serons d'aucune aide pour Farodin et Nuramon. Rien ne bouge là-bas. Tu crois que nous pouvons franchir le pont en sécurité ?

Mandred secoua la tête.

— La guerre et la sécurité ne font pas bon ménage. À vrai dire, je ne crois pas que ce soit des guerriers ordinaires qui nous attendent là-bas. Sinon, il y en aurait bien un qui aurait craqué depuis longtemps. Mais, si au lieu de jeunes blancs-becs, il y a là quelques fils de pute vicelards, de vieux briscards avec déjà pas mal de batailles derrière eux, alors ils connaissent ce petit jeu et ils attendent en toute quiétude. (Mandred se coucha sur le cou de sa jument et il piqua des deux.) À tout à l'heure, sur l'autre rive !

Ils traversèrent le pont à bride abattue.

Mandred scruta avec méfiance les maisons, mais aucune pluie de flèches ne s'abattit sur eux à leur sortie du pont. Ces cinq guerriers semblaient avoir été les seuls gardes postés de ce côté-ci de la ville.

Mandred et Oleif tinrent leurs chevaux en bride. Devant eux, une large route partait vers le marché et sinuait plus loin vers le temple dressé sur la colline. Aniscans était comme mort. Personne ne se risquait dans les rues. Ils s'avancèrent au pas, épiés par des regards apeurés derrière les volets fermés. Du bas de la colline, on entendait des cris. Et le tintement clair des épées.

— Si c'était moi qui commandais ici, je nous laisserais entrer en ville et je barrerais toutes les ruelles, déclara Oleif.

Mandred approuva.

— On dirait que les elfes t'ont tout de même appris autre chose que palabrer doctement ou pousser la chansonnette. Descendons de cheval ! Nous serons plus mobiles à pied.

Ils quittèrent la rue principale et s'enfoncèrent dans le dédale des ruelles étroites. Ils tiraient derrière eux leurs chevaux par la bride. Le cœur serré, Mandred sondait les alentours. La ville entière n'était qu'un immense piège. Il ne leur restait plus qu'à espérer que personne n'avait observé le massacre près du pont.

Ils traversèrent tous les deux une petite place en terre battue. Une grande maison aux fenêtres murées en occupait tout un côté. Avec son haut portail ouvrant sur une arrière-cour, elle ressemblait presque à un château fort.

— Nous allons laisser les chevaux ici, déclara Mandred en faisant passer la porte à sa jument.

De nombreuses fenêtres donnaient sur la cour. Mandred jeta un regard méfiant autour de lui. Ce bâtiment lui semblait étrange. Il eut juste le temps d'apercevoir à l'une des fenêtres une jeune femme au corselet à moitié délacé. Mais elle avait vite disparu. Personne ne se présenta à l'unique porte d'entrée de la maison, ni ne leur adressa la parole depuis les fenêtres. Mandred en fut satisfait.

En face du portail, il y avait un appentis avec un long établi. Des sabots s'empilaient sur la table avec toutes sortes d'outils soigneusement alignés à côté : des rabots, des ciseaux et de drôles de couteaux à lame courbée. Ici non plus, pas âme qui vive.

Mandred passa les rênes à l'un des anneaux de fer scellés dans le mur de la maison. Ensuite, il inspecta longuement les fenêtres donnant sur la cour.

— Je sais que vous nous observez. Si jamais je ne retrouve plus les chevaux ici à mon retour, je monterai vous trancher la gorge. (Il prit la bourse en cuir de sa ceinture et en tira une pièce qu'il leva bien haut.) Mais si je les retrouve abreuvés et nourris, cette pièce d'argent sera pour vous.

Sans attendre de réponse, Mandred épaula sa hache et sortit par le portail.

— Tu as un plan ? demanda Oleif.

— Bien sûr. Ne t'en fais pas. Je sais exactement quoi faire. On va se diriger vers les bruits du combat.

Oleif fronça les sourcils.

— Rien d'autre ?

Mandred rejeta sa question d'un geste agacé.

— Trop de plans ne servent qu'à te filer la migraine et à rester les bras croisés. Un bon chef ne discutaille pas, il agit.

Mandred se mit au petit trot. Il longea les murs pour gêner les tirs d'éventuels archers. À présent, les cliquetis d'épées étaient tout proches.

Soudain, un guerrier sortit d'une maison en titubant. Sanglé à son bras, il avait un grand bouclier rond portant une tête de taureau blanc en armoiries. Nuramon apparut à la porte. L'elfe se pressait la hanche gauche de sa main. Du sang sombre coulait entre ses doigts.

Un coup de poing de Mandred expédia au sol le guerrier surpris avant qu'il ait le temps de lever son bouclier pour se protéger.

— Content de vous voir, fils d'hommes, fit Nuramon d'une voix rauque. (Il laissa tomber son épée et s'appuya, épuisé, au chambranle de la porte.) Venez !

Mandred et Oleif lui emboîtèrent le pas dans la pénombre de la maison. Ils traversèrent une cuisine dévastée et enjambèrent deux cadavres qui bloquaient la porte de la salle à manger. Ici aussi, tous les volets étaient fermés et seuls quelques minces filets de lumière s'infiltraient dans la pièce. Farodin était allongé sur la longue table qui occupait presque tout l'espace. Un jeune prêtre aux cheveux d'un roux flamboyant était penché sur lui.

— Il ne faut pas bouger, noble seigneur, disait-il, tentant de persuader l'elfe d'un ton implorant. La blessure va se rouvrir. Et tu as perdu beaucoup de sang.

Farodin poussa le prêtre de Tjured sur le côté.

— Je resterai couché quand nous serons sortis de la ville et en sécurité.

— Mais tu vas…, reprit le prêtre, qui commençait à s'énerver.

Nuramon le rassura.

— Je m'occuperai plus tard de sa blessure.

Farodin se redressa et se tourna vers le fils d'hommes.

— Vous en avez mis du temps. Où est Ollowain ?

Mandred évita le regard de l'elfe.

Farodin lâcha un grognement de mépris.

— C'est bien ce que je pensais.

En quelques mots, il relata l'attaque du temple et leur fuite.

— Et Guillaume ? demanda Oleif quand Farodin eut terminé.

L'elfe montra les volets fermés.

— Là-bas, sur la place du temple.

Mandred et son fils traversèrent la salle et glissèrent prudemment un œil à une fente. Il y avait des guerriers du roi dans tous les coins. Tout autour du chêne sacré, ils avaient empilé le bois de l'échafaudage effondré. À l'une des branches de l'arbre, deux cadavres nus, suppliciés, pendaient la tête en bas. Un homme âgé corpulent et… Guillaume. On avait lacéré leurs corps à coups de bâton. Des carreaux d'arbalète et des hampes de lance brisés sortaient de leur poitrine.

Pris de nausée, Mandred se détourna.

— Pourquoi ont-ils fait ça ? Tu as pourtant dit qu'ils devaient l'amener à leur roi.

— Après être tombé du toit, Guillaume n'était plus présentable, répondit froidement Farodin.

Puis il serra les lèvres jusqu'à ce qu'elles ne forment plus qu'un fin trait pâle.

— Le carreau qui l'a atteint était destiné à Farodin, dit Nuramon d'une voix blanche. Je…

— Guillaume a cherché la mort, l'interrompit Farodin, irrité. Tu le sais. Il voulait sortir pour aller à la rencontre de ces meurtriers !

— Pour nous sauver, répliqua Nuramon calmement. Je ne te fais pas de reproches. Mais, entre Emerelle et Cabezan, Guillaume n'avait plus de place pour vivre. Il ne lui restait plus qu'à choisir la façon dont il voulait mourir. Quand les guerriers ont ramassé son corps, ils sont devenus fous furieux. Ils ont souillé son cadavre et l'ont pendu.

— Et maintenant, ils vont venir nous chercher, dit Oleif qui se trouvait toujours à la fenêtre.

Mandred regarda au dehors et jura comme un charretier. L'homme qu'il avait assommé devant la porte, avait repris connaissance. Il le vit courir vers la place et crier en montrant la maison où ils se cachaient.

— Je t'en ficherai de la morale ! Autrefois, je lui aurais tout simplement tranché la gorge.

Farodin saisit l'épée qui se trouvait à côté de lui sur la table.

— De toute façon, ils seraient venus nous chercher. (Il se tourna vers le prêtre qui avait soigné ses blessures.) Je te remercie, fils d'hommes. À présent, va chercher ton frère d'ordre et cache-toi. Nous n'allons plus pouvoir vous protéger.

Il essaya de se lever, mais sa jambe blessée ne pouvait plus le porter.

Mandred le prit sous les épaules pour le soutenir.

— Je n'ai pas besoin d'aide, grommela Farodin.

Mandred le lâcha. L'elfe chancela, mais réussit à se tenir debout.

— Inutile de combattre ici. Essayons de rejoindre nos chevaux. Si le pont n'est pas de nouveau occupé, nous pourrons peut-être réussir à nous enfuir. (Il fit signe à Oleif de venir vers lui.) Aide Nuramon, il est moins récalcitrant.

— Ne sortez pas par la porte, dit soudain le prêtre roux. Je… Je voulais aussi vous remercier. Mon frère d'ordre Segestus… Je n'ai plus besoin de le chercher, il a déjà filé. Il y a encore un autre chemin. Suivez-moi !

Mandred regarda Farodin.

— Nous n'avons plus rien à perdre, décida l'elfe. Verrouillez les portes ! Cela les retiendra un moment. Montre-nous donc le chemin qu'a pris ton frère.

Le jeune prêtre alluma une lanterne et les conduisit par la cuisine dans un cellier. La pièce était pleine d'amphores de toutes tailles et formes imaginables. Des jambons et des saucisses fumées pendaient du plafond.

Le prêtre marchait en tête. Mandred s'attarda un moment pour glisser deux grosses saucisses fumées sous son pourpoint. Ils entamaient une fuite éperdue, et seul Luth pouvait savoir quand ils trouveraient de nouveau quelque chose de correct à se mettre sous la dent. Il aurait bien aimé aussi emporter une amphore de vin. Il fallait vraiment que le dieu Tjured soit très important pour que ses prêtres entretiennent une cave pareillement garnie. Bizarre, pensa Mandred, il n'avait entendu parler de Tjured pour la première fois que deux semaines auparavant. Mais c'était sans doute dû à son ignorance…

Le jeune prêtre les mena à une porte basse dissimulant un escalier. Arrivés en bas, ils se trouvèrent dans un espace où étaient entreposés d'énormes foudres. Mandred n'en crut pas ses yeux. Jamais il n'aurait pensé devoir lever les yeux sur des tonneaux. Ils étaient alignés contre le mur, des deux côtés. Plus loin, la cave se perdait dans l'obscurité. Ces barriques renfermaient un lac entier de vin !

— Par les tétons de Naïda, prêtre, que faites-vous de tout ce vin ? Vous vous baignez dedans ? ne put s'empêcher de dire Mandred.

— Aniscans est une ville de vignerons. Le temple reçoit souvent du vin en cadeau. Nous en faisons commerce.

Il s'arrêta, jeta un regard en arrière et compta sur ses doigts les tonneaux près desquels ils étaient passés. Puis il leur fit signe d'avancer un peu plus et les fit finalement passer entre deux foudres. Dissimulé dans l'obscurité, un passage s'ouvrait vers un tunnel bas.

— D'aucuns prétendent qu'il y existerait une deuxième ville cachée sous Aniscans. Il s'agit des grandes caves voûtées des entrepôts des vignerons. Elles sont souvent reliées les unes aux autres par des tunnels comme celui-ci. Quand on connaît l'endroit, on peut par temps de pluie rejoindre l'autre bout de la ville à pied sec. Mais on peut aussi s'y perdre à jamais…

— Eh bien, au moins, on ne mourra pas de soif ici.

Le prêtre regarda Mandred d'un air affligé. Puis il se courba et disparut dans le tunnel.

Mandred rentra la tête dans les épaules. Ce qui ne l'empêcha pas, dans l'obscurité, de se cogner sans arrêt au plafond. La faible lueur de la lanterne était presque effacée par ceux qui progressaient devant lui. De sorte qu'il avançait à tâtons. À cet endroit, on respirait mal, une odeur aigrelette flottait dans l'air. Mandred eut bientôt l'impression de se trouver là depuis une éternité. Pour se distraire, il compta ses pas. À trente-trois, ils atteignirent un deuxième entrepôt rempli de tonneaux.

Le prêtre les conduisit vers un escalier et ils quittèrent la cave par une porte battante qui ouvrait sur une cour ensoleillée.

— Et maintenant, où voulez-vous aller ?

Mandred cligna les yeux au soleil et inspira profondément.

— Nos chevaux se trouvent dans une arrière-cour. C'est une assez grande maison sur une petite place. Les fenêtres donnant sur la place sont murées, expliqua Oleif. Peux-tu nous dire comment y arriver ?

Le prêtre rougit.

— Une maison aux fenêtres murées ?

Il se racla la gorge d'un air gêné.

— Il y a un problème ? demanda Mandred. Je me demandais aussi pourquoi ils avaient transformé cette maison en forteresse.

Le prêtre se racla de nouveau la gorge.

— C'est… à cause de la taverne en face. L'aubergiste avait installé une salle spéciale au deuxième étage. Celui qui voulait y boire devait payer sa cruche de vin une pièce en cuivre de plus.

— Et alors ?

Le prêtre se dandina, gêné.

— Depuis cette salle, on pouvait bien voir les fenêtres d'en face.

Mandred commença à perdre patience.

— Et alors, qu'est-ce qu'on pouvait voir ?

— C'est… une maison où vont des hommes seuls. Depuis la salle de l'auberge, on pouvait observer ce qui se passait dans les chambres. C'est pourquoi le propriétaire a fait murer les fenêtres.

Nuramon éclata de rire et pressa aussitôt sa main sur sa plaie à la hanche.

— Un bordel ! Tu as laissé tes chevaux dans un bordel, Mandred ?

— Dans la cour d'un bordel, rectifia Oleif, rouge comme un coquelicot, lui aussi. Dans la cour !

— Je parie que c'est le seul bordel de la ville, ajouta Farodin. Et tu l'as trouvé du premier coup.

Mandred ne voyait pas ce qu'il y avait là de si drôle.

— Je ne sais rien de tout ça. Dans cette cour, il y a l'atelier d'un honnête artisan. C'est tout ce que j'ai vu.

— Bien sûr, dit Farodin en riant. Bien sûr !

Mandred regarda les deux elfes avec étonnement. Les combats et l'horrible mort de Guillaume, tout cela avait dû représenter trop pour eux. Il ne pouvait s'expliquer autrement cet accès d'hilarité absurde.

— Prêtre, tu connais l'endroit. Mène-nous le plus vite possible à ce… bazar !

Le jeune homme les fit passer par des ruelles étroites et des arrière-cours. De temps en temps, ils entendaient tout près d'eux les appels des soldats du roi, mais ils ne se firent pas remarquer. Mandred avait l'impression qu'ils auraient dû être depuis longtemps arrivés, quand le prêtre s'arrêta subitement et leur fit signe de ne pas bouger.

— Que se passe-t-il, rat de temple ? demanda le jarl entre ses dents, en se jetant en avant.

Il scruta prudemment la place. Ils avaient atteint leur but, mais sept guerriers se trouvaient devant la taverne en face du bordel. Une servante maigre leur apportait des pots de bière et des plateaux garnis de fromage et de pain.

— Luth se plaît à tisser des motifs compliqués avec les fils du destin, soupira Mandred. (Il se tourna vers ses compagnons.) Je vais distraire l'attention des soldats.

Faites en sorte d'arriver aux chevaux. Et toi, prêtre ? Veux-tu fuir avec nous ?

Le jeune homme réfléchit rapidement, puis il secoua la tête.

— J'ai des amis en ville. Ils me cacheront jusqu'à ce que cette racaille ait disparu.

— Alors, il vaudrait mieux ne pas te faire voir avec nous. Je te remercie de ton aide. Mais maintenant, tu ferais mieux de déguerpir.

— Quelle est ton intention, père ? Tu ne veux tout de même pas te battre seul contre sept ?

Mandred caressa la lame de sa hache ornée de runes.

— Avec elle, nous sommes deux. Dépêche-toi de retrouver les chevaux avec Nuramon et Farodin. Une fois que vous serez arrivés aux abords de la ville, Ollowain vous aidera peut-être en cas de difficultés.

— Et toi ? demanda Nuramon. Nous n'allons tout de même pas te laisser seul ici.

Mandred fit un geste dédaigneux.

— Ne t'en fais pas pour moi. Je trouverai bien un moyen de m'en sortir. Tu sais bien que même l'homme-sanglier n'a pas réussi à me tuer.

— Tu ne devrais pas…

Mandred n'écouta pas plus longtemps les objections de ses amis. À tout instant, un homme lancé à leur recherche pouvait surgir derrière eux dans la ruelle. Le temps des paroles était passé. Il serra plus fermement sa hache et se dirigea lentement vers la place.

— Eh, les gars ! Content de voir qu'il y a ici autre chose à boire que du jus de raisin.

Surpris, les soldats levèrent les yeux.

— Qu'est-ce que tu fabriques ici ? demanda un guerrier aux cheveux poisseux et avec une barbe de plusieurs jours.

— Je suis un pèlerin en chemin vers le temple de Tjured, expliqua Mandred. On dit qu'il y a là un guérisseur qui fait de vrais miracles. (Il s'étira.) Mes doigts se déforment de plus en plus à cause de la goutte.

— Le prêtre Guillaume est mort ce matin en tentant de se guérir lui-même, répondit le soldat avec un mauvais sourire. Tu nous surprends en plein repas d'enterrement.

Mandred les avait presque rejoints.

— Eh bien, je vais boire aussi à sa santé. Cet homme…

— Il a du sang sur sa hache, cria soudain l'un des guerriers.

Mandred fonça en avant et abattit de sa hache le premier des hommes ; il expédia en même temps un violent coup d'épaule dans la poitrine d'un autre et le fit tomber. La lame d'une épée ripa sur sa cotte de mailles sans la transpercer. Mandred fit volte-face, il bloqua une attaque à la hache et expédia son poing dans le visage d'un autre guerrier. Une hache de jet manqua de peu sa tête. Le jarl se baissa et se rua en avant. Aucune armure ne put résister aux deux tranchants mortels de sa hache. Tel un moissonneur dans le blé, il fauchait les guerriers, quand un cri d'alarme le fit se retourner.

Venus d'une ruelle adjacente, des combattants portant des boucliers à tête de taureau se ruaient sur la place. Oleif s'était mis en travers de leur chemin, pour permettre à Farodin et Nuramon de courir en boitant vers la cour du bordel.

Mandred se débarrassa des guerriers restants et se hâta de porter secours à son fils. Oleif se déplaçait avec la grâce d'un danseur. Son style de combat avait quelque chose de féminin, pensa Mandred et pourtant aucun des guerriers ne parvenait à déjouer les virevoltes de son épée longue.

Combattant côte à côte, le père et le fils furent lentement repoussés vers l'entrée de la cour. Quand ils furent sous la voûte de la porte, à l'abri des coups portés de côté ou par-derrière, ils virent les guerriers du roi se replier.

Mandred et Oleif fermèrent le lourd portail et le bloquèrent avec une poutre. Haletant, le jarl se laissa tomber par terre. De sa main gauche, il tortilla l'une de ses tresses.

— J'ai oublié de les compter, grommela-t-il avec lassitude.

Son fils lui fit un sourire en biais.

— Je dirais qu'il y en avait au moins trois. Avec les deux sur le pont, ça fait cinq. Si tu veux continuer à te souvenir de chaque mort avec une tresse, il te faudra bientôt t'acheter de nouveaux cheveux.

Mandred secoua la tête d'un air contrarié.

— Des tresses plus fines. C'est la solution.

Le souffle court, il se releva avec difficulté.

Nuramon et Farodin se trouvaient près des chevaux. Les elfes ne seraient d'aucune aide s'il fallait se battre pour traverser la ville.

Un homme chauve au visage couturé de cicatrices apparut à la porte qui donnait sur la cour. Mandred avait rarement rencontré quelqu'un d'aussi laid. À voir son visage, on eût dit qu'un troupeau de bœufs était passé dessus.

— Les chevaux sont abreuvés et nourris, guerrier. Maintenant, je te serais reconnaissant de bien vouloir quitter ma maison.

— Y a-t-il une autre issue ?

— Certainement, mais aucune que je puisse te montrer. Tu vas repasser la porte par laquelle tu es entré. Je ne protège pas ceux qui sont poursuivis par les gardes du roi.

Oleif s'avança vers la porte d'un pas menaçant, mais Mandred lui prit le bras et le tira en arrière.

— Il a raison. Je ferais exactement pareil à sa place.

Le jarl leva les yeux vers les fenêtres. Deux jeunes femmes observaient avec curiosité ce qui se passait dans la cour.

— Est-ce vraiment un bordel ici ? demanda Mandred.

— Oui, répondit le chauve. Mais je ne pense pas qu'il te reste assez de temps pour batifoler avec une de mes filles, guerrier.

Mandred détacha sa bourse en cuir de sa ceinture et la soupesa. Puis il la jeta à l'homme aux cicatrices.

— Il se pourrait bien que d'ici une heure ta maison subisse quelques dommages. Mais peut-être que tu peux encore l'en préserver… Voudrais-tu bien m'ouvrir le portail, si je t'en priais ?

— Tu peux compter sur mon aide, s'il s'agit de vous voir disparaître.

— Alors, tiens-toi prêt au portail ! (Mandred sourit à son fils.) Tu avais raison. Je laisse vraiment tout mon argent dans les bordels…

— Je regrette…

— Oublie ça. Aide-moi plutôt !

Ils se dirigèrent vers l'appentis. Mandred balaya du bras les sabots qui se trouvaient sur l'établi. La table était constituée d'une planche de chêne épaisse de dix pouces. Mandred passa sa main sur le bois taché.

— Les règles d'un siège sont fort simples, mon garçon. Il y a ceux derrière les murs : ils passent leur temps à attendre ce qui va se passer et ils se défendent de toutes leurs forces. Et il y a ceux qui ont l'avantage : ceux-ci ont toujours l'avantage, car ce sont eux qui décident du moment de l'attaque. Je suis d'avis que nous devrions renverser un peu ces règles.

Oleif le regarda sans comprendre.

Mandred glissa quelques couteaux tranchants dans sa ceinture.

— Je crois que je ne t'ai pas encore dit que tu es devenu quelqu'un de bien malgré l'éducation que tu as reçue de cet Ollowain.

— Tu penses que nous allons mourir ici ?

— Un vrai guerrier ne devrait pas mourir dans son lit. (Il hésita. Il aurait eu encore tant de choses à dire à son fils. Mais le temps les pressait. Il se sentit soudain la bouche sèche.) Je… je voudrais ne pas être entré dans cette ville. J'aurais voulu passer avec toi un été à Firnstayn. Ce n'est qu'un village modeste… Mais à sa manière, il est plus beau que tout ce que j'ai vu en Albemark. (Il ravala sa salive.) Je parie que chez les elfes personne ne t'a appris à pêcher à la mouche. À la fin de l'été, le fjord est rempli de saumons…

» Mais assez bavassé ! Ne laissons pas à ceux de dehors encore plus de temps pour se rassembler. Il nous reste peut-être encore une petite chance de leur échapper. Ils se sont dispersés aux quatre coins de la ville pour nous rechercher. (Il essaya de soulever l'établi.) Sacrément lourd ! (Il jeta un bref regard aux deux elfes.) Ils ne nous seront plus d'aucune aide au combat. Avec deux cavaliers sur le dos, les chevaux n'avancent pas. (Il hésita.)

» Je vais rester ici… Je donnerai à ma jument un coup sur la croupe dès que nous serons dehors. Si elle arrive à passer, Nuramon aura du mal à se maintenir en selle et il ne pourra pas jouer les héros stupides. Ainsi, il pourra peut-être arriver à sortir de la ville…

Oleif prit une profonde inspiration, puis il hocha la tête.

— Je reste avec toi. Puissent les dieux les assister tous les deux dans leur quête de Noroelle. Leur vie a un but… Mais moi, je ne sais même pas à quel monde j'appartiens.

Mandred serra son fils dans ses bras.

— Je suis fier d'avoir chevauché à tes côtés… Alfadas, dit-il d'une voix à demi étouffée.

Pour la première fois, il l'appelait par son nom d'elfe. Ils s'abandonnèrent quelques secondes à leur émotion, puis ils se dirigèrent vers les chevaux.

Nuramon les regarda, l'air abattu.

— Vous avez une idée de la façon dont nous allons sortir d'ici ?

— Évidemment ! (Mandred fit de son mieux pour sourire.) Nous allons les prendre par surprise, leur défoncer le crâne et puis filer tranquillement. Cela dit, je crains que ce ne soit pas très confortable de se partager une selle à deux.

Farodin rit doucement.

— Rien de plus simple. Du Mandred tout craché.

— N'est-ce pas ? (Le jarl se dirigea vers Nuramon et l'aida à se mettre en selle.) Restez bien sur les chevaux, sinon vous allez nous gêner.

Lorsque les deux elfes furent en selle, Mandred et Alfadas retournèrent à l'appentis pour soulever l'établi et le porter devant eux comme un bouclier géant.

— J'aurais une dernière chose à te demander, mon fils.

Le visage d'Alfadas était déformé par l'effort.

— Oui ?

— Si nous sortons vivants d'ici, n'utilise plus jamais cette eau parfumée. Ce truc, c'est pour les femmes et les elfes. Et il éloigne de toi Norgrimm. Tu ferais mieux de ne pas renoncer à la faveur du dieu des batailles. (Mandred tendit le menton en avant.) Ouvre le portail, balafré !

Le propriétaire du bordel fit tomber l'épar et ouvrit les deux battants du portail.

— Pour Freya ! hurla Mandred en s'élançant.

Des carreaux d'arbalète s'abattirent comme de la grêle sur le plateau de l'établi. Plaqués contre le bois, les deux hommes sortirent sur la place, à l'aveuglette, et finirent par se heurter à un groupe de guerriers. La lourde planche envoya cinq hommes à terre.

En regardant autour de lui, Mandred sentit son sang se glacer. Toutes les fenêtres alentour étaient occupées par des arbalétriers qui se hâtaient de recharger leurs armes. Les ruelles qui partaient de la place étaient barricadées et gardées par des soldats. Les quelques guerriers qu'ils avaient heurtés, se retirèrent rapidement pour s'écarter de la ligne de tir.

Soudain, on entendit des bruits de chevaux. Un étalon blanc sauta une barricade. Une cavalière, les cheveux flottant au vent, fit pivoter son cheval et banda son arc. Elle décocha la flèche avec fluidité et en saisit aussitôt une deuxième dans son carquois. Un arbalétrier chuta en criant de l'une des fenêtres de la taverne en face.

À présent, une autre ruelle retentissait aussi de bruits de chevaux. Ollowain franchit une barricade en abattant au passage un lancier. Il menait le cheval de Nuramon par la bride.

— Vite, en selle, fils d'hommes ! Tu peux bien m'avoir donné une leçon d'honneur, ce n'est pas pour autant que je vais attendre quelqu'un comme toi.

Mandred attrapa le pommeau de la selle et se hissa à cheval. Il vit qu'Yilvina avait mis pied à terre ; telle une guerrière berserk, elle frappait les soldats de ses épées courtes.

Soudain, l'air vibra de carreaux d'arbalète. Les chevaux poussèrent des hennissements stridents. Mandred, atteint dans le dos, s'effondra en avant.

Nomja tirait encore quand un carreau se ficha dans la tête de son étalon. Une fontaine de sang jaillit sur la robe blanche. Comme touché par la foudre, le grand animal s'écroula. D'un bond, Nomja avait quitté sa selle, et elle essayait d'échapper aux sabots des autres chevaux lancés au galop.

Déterminée, l'elfe brandit son arc et décocha des flèches à son tour.

— Vers Yilvina ! cria Ollowain. Elle nous a frayé le passage.

Mandred dirigea son cheval vers Nomja et lui tendit la main.

— Monte !

— Une dernière encore !

Une flèche s'envolait déjà de la corde. Nomja se retourna en chancelant. Mandred l'agrippa alors qu'elle menaçait de s'affaler et il la hissa sur son cheval. Malgré sa grande taille, elle ne lui sembla pas peser plus lourd qu'un enfant.

Mandred fit pivoter son cheval et piqua des deux. D'un grand bond, ils sautèrent la barricade et enfilèrent la ruelle au triple galop. Bientôt, ils atteignirent le pont. À aucun moment, on ne leur barra le chemin ; les soldats semblaient s'être tous rassemblés aux abords de la place, près du bordel.

Une fois sur le pont, Mandred se risqua enfin à jeter un regard en arrière. Son fils, Farodin, Nuramon, Ollowain et Yilvina, tous, ils avaient réussi ! Leur troupe avait essuyé toutes sortes de tirs, personne ne s'en sortait indemne, mais ils avaient réussi à s'échapper !

Un sentiment de bonheur indicible s'empara de Mandred. Il s'était senti si près de mourir. Triomphant, il leva sa hache et la brandit au-dessus de sa tête.

— Victoire ! Par Norgrimm ! Nous leur avons échappé… Victoire !

Il attrapa Nomja, qui était toujours en travers de la selle, pour l'aider à s'asseoir. Sa tête tomba contre son épaule.

— Nomja ?

Les yeux verts de l'elfe, grands ouverts, fixaient le ciel d'un regard vide. Alors seulement, Mandred vit à sa tempe un trou de la grosseur d'une noisette.

Les écrits sacrés de Tjured

Livre 7
De la fin du Prophète

Le même jour, il advint qu'un ange apparut en rêve au roi Cabezan. Il avait des ailes d'argent et portait une épée d'argent. Mais ce qui brillait le plus en lui, c'était le bleu clair de ses yeux. Et l'ange parla ainsi à Cabezan : « Envoie tes guerriers, car la misère fait rage à Aniscans. Le prophète Guillaume craint pour sa vie, car les enfants d'albes veulent y attenter. Et cela uniquement parce qu'un des leurs est arrivé trop tard sous ses mains guérisseuses. » Alors, Cabezan fit mettre en selle ses guerriers et il les dépêcha à Aniscans sous le commandement du capitaine Elgiot.

En ce temps-là, aucune muraille ne protégeait Aniscans. Ainsi, les enfants d'albes entrèrent dans la ville sans être vus. Il y avait six elfes et un troll qui cherchèrent Guillaume dans le temple. Mais il n'y était pas, il n'y avait là que les autres prêtres de Tjured. Or, voici que les enfants d'albes menèrent ceux-ci au grand chêne devant le temple et les tuèrent.

Alors seulement, le prophète entendit ce qui se passait en ville. Il quitta sa demeure. Et voyez : il se livra aux enfants d'albes ! Il alla vers eux, s'inclina devant eux et dit : « Disposez de moi à votre gré. Tjured vous mesurera à vos actes. » Là, les elfes l'abattirent et le troll le pendit au grand chêne. Mais le prophète vivait encore et priait Tjured. Alors une elfe prit son arc et décocha une volée de flèches sur Guillaume.

Quand ceci se produisit, Elgiot et les guerriers du roi arrivèrent, et ils combattirent pour la vie du prophète. Alors la femme elfe décocha ses flèches enflammées contre le chêne qui prit totalement feu. Les guerriers de Cabezan le lui rendirent par la mort. Cependant, pour l'amour de Guillaume, ils laissèrent s'enfuir les autres elfes et le troll. Car ils espéraient que le prophète serait encore en vie s'ils le délivraient du chêne et du feu. Le chêne était complètement noir quand ils arrosèrent d'eau les flammes et qu'ils éteignirent le feu. Ils détachèrent le prophète de l'arbre. Lui aussi était complètement noir et sans vie. Or, voyez ! L'eau qui gouttait de l'arbre tomba sur son visage et lava la suie. Le clair visage de Guillaume apparut alors. Là, les guerriers lavèrent le corps du prophète et virent que seul le fer des flèches était fiché dans son corps, mais que les flammes l'avaient épargné. Et il ouvrit les yeux, prit la main du capitaine Elgiot et dit : « Ils ont choisi leur sentier. Puisse Tjured leur accorder la grâce qu'ils méritent. » Ainsi mourut le prophète sous l'arbre noir. Mais, par cette action, les enfants d'albes s'étaient chargés d'une malédiction. Ainsi est dit.

Cité d'après l'édition Schoffenburg,
tome V, fol. 43 r.

Le jarl de Firnstayn

Les compagnons se retirèrent dans les montagnes au nord d'Aniscans. Ils enterrèrent Nomja sous un sapin argenté au bord d'un lac glaciaire et pendirent les armes de l'elfe aux branches de l'arbre.

Les elfes et les humains étaient d'humeur sombre. Malgré les pouvoirs guérisseurs de Nuramon, il leur fallut près de deux semaines pour se remettre de leurs blessures. Toutefois, celles de leurs âmes n'étaient pas près de guérir. Aucun n'aurait cru que le taciturne, le grincheux Gelvuun laisserait un tel vide. Sans parler de Nomja qu'ils avaient tous appréciée.

Quand ils n'eurent plus aucune raison de retarder plus longtemps leur départ, ils convinrent de partir pour Firnstayn. L'Étoile d'albes, dans le cercle de pierres dominant le fjord, leur ouvrirait le chemin d'Albemark.

Leur voyage dura presque trois lunes. Ils évitèrent les villages et les villes du mieux qu'ils purent pour ne pas attirer l'attention. À deux reprises, ils aperçurent au loin les troupes de cavalerie sous la bannière du roi Cabezan. Des marchands, dont ils accompagnèrent le convoi pendant toute une journée, leur apprirent les « terribles événements d'Aniscans ». La ville, dirent-ils, avait été attaquée par des enfants de démons qui avaient assassiné le bon guérisseur Guillaume et profané le temple de Tjured.

Aucun d'eux ne chercha à rétablir la vérité, même pas plus tard lorsque, à bord d'un lourd bateau chargé de blé, ils traversèrent le lac Néri vers Gonthabu, la ville royale du Pays des Fjords. Pendant la semaine qu'ils passèrent en mer, ils entendirent d'autres versions de l'histoire toujours plus enjolivées.

C'était le plein été quand ils atteignirent enfin Firnstayn. Alfadas fut surpris par la petitesse du village au bord du fjord. D'après les récits de son père, il se l'était représenté bien plus important. Neuf maisons longues et trois dizaines de cabanes étaient entourées par une palissade en bois sur une levée de terre.

À la porte du village se dressait une massive tour de guet en bois. À peine eurent-ils atteint le sommet de la colline dominant Firnstayn, qu'un coup de corne retentit. Et, quand ils approchèrent de la porte, une troupe d'archers prit position sur la palissade.

— Oh là, on ne connaît donc plus les lois de l'hospitalité à Firnstayn ? s'écria Mandred, irrité. Devant votre porte se tient le jarl Mandred Torgridson et il demande qu'on le laisse passer.

— Toi qui prétends t'appeler Mandred, répondit un jeune guerrier solide, le clan dont tu as pris le nom s'est éteint. Je suis le jarl élu de Firnstayn et je te dis que, toi et ta suite, vous n'êtes pas les bienvenus ici.

Alfadas regarda son père, s'attendant à le voir piquer un de ses accès de colère redoutés. Pourtant, Mandred resta étonnamment calme.

— Bien parlé, jarl ! À ta place, je n'aurais pas agi autrement. (Mandred retira un bracelet d'argent qu'il avait gagné en trichant aux dés contre un marchand.) Je t'offre ceci contre un tonneau d'hydromel et je t'invite à venir boire avec moi et mon fils.

Le jeune jarl examina Alfadas. Puis il secoua la tête.

— Tu exagères, bonimenteur ! Comment un homme peut-il avoir un fils qui est presque de son âge ?

— Si tu veux entendre l'histoire, viens boire à mes frais, s'écria Mandred en riant.

— Allez, ouvre donc la porte, Kalf ! (Un vieil homme se présenta à la rambarde de la palissade et fit signe aux voyageurs.) Tu me crois, là ? Regarde, il a aussi ramené les elfes. (Le vieil homme dessina vite en l'air un signe protecteur.) Ne fais pas l'imbécile, Kalf, et ne refuse pas l'entrée du village aux elfes. Tu connais pourtant les anciennes histoires.

— Je te salue, Erek Ragnarson, cria Mandred. Content de voir que, toi et ton bateau qui prend l'eau, vous n'êtes pas encore au fond du fjord. Vas-tu sortir en mer avec moi ? Je veux apprendre à mon fils à pêcher avant de poursuivre mon chemin.

— Allez, ouvrez la porte ! commanda résolument Erek.

Personne ne protesta.

Mandred et les elfes restèrent trois semaines. Quelques jours pendant lesquels Alfadas découvrit le Monde des Humains avec des yeux neufs. Il apprécia le respect bourru avec lesquels on le traitait et la façon dont les jeunes filles le regardaient. La vie était simple. Il fallait surtout veiller à ne pas se faire renverser par les porcs grincheux sur les chemins boueux du village. Il n'y avait pas le moindre luxe ici. La grossière laine tissée par les femmes grattait la peau. Les maisons étaient pleines de courants d'air et la fumée vous brûlait les yeux quand on était assis dans les maisons longues à boire et à parler jusque tard dans la nuit. Incrédule, Alfadas écouta Kalf rapporter que l'hiver précédent on avait observé des trolls dans les forêts sur l'autre rive du fjord. C'était pourquoi on avait renforcé la palissade. Même les elfes prirent cette information au sérieux.

Après une vingtaine de jours passés à Firnstayn, Ollowain et Farodin insistèrent pour partir enfin vers l'Étoile d'albes.

Kalf fut le seul à se sentir soulagé quand, au matin du vingt et unième jour, la petite troupe fut passée de l'autre côté du fjord par Erek Ragnarson. Mais Alfadas avait le cœur gros, car sur la rive il laissait Asla, la petite-fille d'Erek. Sa douce nature l'avait proprement enchanté. Chacune des dames elfes de la cour d'Emerelle l'aurait surpassée en beauté, mais il brûlait en elle une passion que les elfes comptant des centaines d'années de vie ne connaissaient guère. Elle n'était pas habituée à dissimuler ses sentiments derrière de belles paroles. De sorte qu'elle avait les yeux pleins de larmes en voyant Alfadas traverser le fjord.

Le guerrier jetait sans arrêt des regards en arrière tandis que ses compagnons et lui chevauchaient vers le cercle de pierres. Alors qu'ils avaient déjà presque disparu de sa vue, la jeune fille en robe bleue se tenait encore sur la rive, les cheveux flottant au vent.

— Tu devrais reconnaître Kalf en tant que jarl, dit soudain Mandred. Cet homme est juste.

Alfadas fut surpris par les mots de son père.

— C'est toi le jarl de Firnstayn, protesta-t-il, courroucé.

Mandred le regarda avec insistance

— C'était il y a plus de trente ans. Je n'appartiens plus à ce monde. Ce ne serait pas juste envers Kalf et tous les autres, qui sont nés après moi, si je revenais à Firnstayn. Ni envers toi, mon fils. Ton temps est venu.

Alfadas ne sut pas très bien quoi répondre. Ils s'étaient fait un peu distancer par les elfes, de sorte que les autres ne pouvaient pas entendre leur conversation.

— Tous les ans à la fête de mi-hiver, le village élit son jarl pour l'année à venir. Je ne crois pas qu'on te fasse jarl cet hiver. Tu dois d'abord faire tes preuves… au combat, mais aussi dans la vie quotidienne. Je vois en toi toutes les qualités d'un bon chef, mon fils. Je sais que tu feras ton chemin, si tu restes ici. (Mandred tint sa jument en bride et regarda le village en bas. D'une voix voilée, il continua :) Elle te suit toujours du regard. Regarde… Ne réfléchis pas longtemps, tu ne trouveras pas de femme comme elle en Albemark. Elle est fière et ne se laissera pas faire. Je suis sûr qu'elle te rendra parfois la vie difficile. Mais elle t'aime et vieillira avec toi. Aucune elfe ne peut t'offrir cela. Une elfe à la vie longue ne resterait avec toi que par pitié ou par habitude.

— Si je restais, ce serait surtout à cause de cette histoire de trolls, répondit gravement Alfadas.

Son père réprima un sourire.

— Naturellement. Et je dois dire que je serais rassuré de savoir qu'il y a un homme, au village, à qui Ollowain a enseigné le combat à l'épée et auquel j'ai appris, dans ces dernières années, toutes sortes de sales ruses... Mais, au cas où tu ne te plairais tout de même pas ici, monte au cercle de pierres par une nuit de pleine lune et appelle Xern. Je suis sûr qu'on t'entendra.

— Je ne resterai d'abord qu'un hiver, décida Alfadas.

Il fut surpris de se sentir soulagé d'un seul coup.

— Oui... à cause des trolls, confirma Mandred en jetant comme par hasard un regard en bas vers l'autre rive. Elle est vraiment têtue. Elle t'attend encore.

— Tu ne veux pas rester aussi ? Firnstayn pourrait avoir besoin de ta hache.

— Moi, personne ne m'attend plus. Je ne pourrais pas supporter de vivre à l'ombre du chêne de la tombe de Freya. Le dévianthar m'a arraché ma bien-aimée. J'aiderai Farodin et Nuramon à retrouver celle qu'ils aiment. Et je mènerai à terme ma vengeance de sang avec le dévianthar. Mon passé est réduit en cendres, mon avenir sera dans le sang. Je suis soulagé de ne pas t'avoir à mes côtés. (Il s'arrêta.) Quand le dévianthar sera mort, je pourrai peut-être vivre en paix à Firnstayn. (Il sourit.) À condition, bien sûr que le jarl Alfadas Mandredson ne s'oppose pas à laisser entrer dans son village un vieux cabochard.

Mandred leva la main en signe d'adieu furtif, puis il fit pivoter son cheval et rejoignit les elfes qui l'attendaient en haut, près du cercle de pierres.

Alfadas le regarda partir et le vit soudain disparaître dans une lumière jaillissant entre les pierres. Mandred ne se retourna pas. C'était peut-être puéril, mais jusqu'au dernier moment le jeune guerrier avait espéré un dernier regard de son père. Il lui avait promis de lui apprendre à pêcher à la mouche… Il n'en avait pas trouvé le temps.

Le jeune guerrier ravala sa salive et respira profondément. Sa place était ici. Il protégerait Firnstayn des trolls, s'ils revenaient. Il savait combattre à l'épée comme sans doute aucun autre dans le Pays des Fjords. Il était resté si longtemps à la cour d'Emerelle qu'il se sentait elfe et fils d'hommes à la fois. Il trouverait son chemin !

Asla l'attendait toujours en bas, sur la rive. Il ne put s'empêcher de sourire. Elle avait vraiment la tête dure !

Entre les pierres dressées, la lumière avait disparu et ses compagnons avec elle. Alfadas fit pivoter son cheval et descendit vers le fjord. Venu du nord, un orage d'été s'annonçait.

L'ombre d'un nuage passa sur le versant. Les oiseaux et les grillons se turent. Soudain, Alfadas eut le sentiment qu'il ne reverrait plus jamais son père.

Remerciements

Comme nombre de romans de Fantasy, l'histoire de ce livre a commencé par une nuit d'automne orageuse et l'invitation à une quête. À la veille de son examen final portant sur la littérature épique médiévale, un coup de fil de ma part a failli causer une dépression nerveuse à mon ami James Sullivan. Je lui ai demandé s'il n'aurait pas le temps et l'envie de se lancer dans l'aventure d'un livre avec moi. Une question que l'on n'a pas forcément envie d'entendre entre la lecture du *Parzival* de Wolfram et du *Lancelot en prose*. Une heure plus tard, nous reprîmes la discussion à zéro et James déclara qu'un vrai chevalier ne pouvait refuser la main tendue par dame Aventure. Ainsi commença notre quête des elfes…

Peu de créatures de la littérature de Fantasy ont autant inspiré les auteurs que les elfes. Ils sont les gracieuses silhouettes lumineuses du *Seigneur des Anneaux* de J.R.R Tolkien, les êtres sans âme de *The Broken Sword* de Poul Anderson ou les silhouettes de contes de *La Fille du roi des elfes* de Lord Dunsany… et bien d'autres encore. Nous avons donc, tout à fait consciemment, créé notre propre image d'elfe qui – comme dans les classiques de la Fantasy – mêle des traits bien connus à d'autres plus nouveaux.

Une quête ne peut réussir sans compagnons. Merci donc à Martina Vogl, Angela Kuepper, Natalja Schmidt, Bernd Kronsbein ainsi qu'à Menekse Deprem, Heike Knopp, Elke Kasper, Stefan Knopp et

Sven Wichert, qui nous ont aidés à mener l'aventure de ce roman à bon terme.

Bernhard Hennen
Juillet 2004

Achevé d'imprimer en juillet 2018
Par CPI France
N° d’impression : 3029297
Dépôt légal : août 2018
Imprimé en France
2810862-1